Sie möchten keine Neuerscheinung verpassen?
Dann tragen Sie sich jetzt für unseren Newsletter ein!

www.ylva-verlag.de

Hazel Yeats

Küsse in Amsterdam

Ein lesbischer Liebesroman

Für Kasja
Quelle der Inspiration und Motivation.

KAPITEL 1

Irgendwas war merkwürdig, aber Cara brauchte einen Moment, um zu kapieren, was es war. Das Ho-Ho-Ho klang zwar ziemlich heiter, aber es fehlte Santas charakteristischer Bariton. Es klang eher wie ein Sopran, so engelsgleich, dass er damit ein Solo in einem Mädchenchor singen könnte. Als Cara auf den Thron zuging, auf dem Santa saß, fiel ihr noch eine andere Unstimmigkeit auf. Santa wirkte etwas feminin. Es sah aus, als trüge er ein wenig Rouge auf den Wangen. Außerdem konnte er nicht ganz verbergen, dass er unter dem eindeutig falschen dicken Bauch ziemlich schlank und elegant war.

Cara seufzte. Typisch für sie. Hatte sie nicht entschieden, dass der Weg der Enthaltsamkeit der einzige für sie war – der einzig *richtige*? Und war es nicht ein wenig ironisch, dass das Schicksal ihr diese wunderschöne Weihnachtsversuchung nur Stunden später in den Schoß warf? Andererseits war das vielleicht der ultimative Test. Eine Chance, zu beweisen, dass sie bei ihrem Vorsatz blieb. Denn wenn sie es schaffte, einer Heiligen zu widerstehen, einer heißen Heiligen noch dazu, dann würde sie bestimmt damit belohnt werden, dass sie ihren Sexualtrieb verlor und zu einer häkelnden alten Jungfer in Plüschpantoffeln wurde.

Sie hatte eine Liste ihrer bisherigen Partnerinnen gemacht und erkannt, dass diese entweder narzisstisch, untreu, emotional verwirrt oder auf dem besten Weg zu einem Alkoholproblem waren. Manche vereinten auch mehrere Eigenschaften in sich. An diesem Morgen hatte sie einen Anruf von Kelly erhalten, der Frau, mit der sie seit zwei Monaten in einer Beziehung war. Mit tränenreicher Stimme hatte Kelly ihr erklärt, dass sie losziehen wollte, um sich selbst zu finden – nicht in einem Ashram oder einer Schwitzhütte, wie Cara immer gedacht hatte, sondern in den Armen einer heterosexuellen Kollegin. Oder ehemals heterosexuell. Oder sporadisch heterosexuell. Oder was auch immer.

Cara war nicht davon ausgegangen, dass Kelly und sie für immer zusammen sein würden, aber geschmerzt hatte diese Ankündigung trotzdem. Als sie aufgelegt hatte, war ihr irgendwie klar geworden, dass auf ihren Beziehungen ein Fluch lag. Man konnte es Kismet oder Karma oder einfach Pech nennen – aber das Beziehungsding schien nichts für sie zu sein. Und da alle ihre Beziehungen damit begonnen hatten, dass sie die engelsgleiche Stimme und die geschmeidige Eleganz einer Frau bemerkt hatte, schwor sie sich, die Augen zu schließen, wenn sie Santa gleich die Papiere geben würde.

Jetzt musste sie nur noch einen Weg finden, das unauffällig zu tun, was nicht einfach werden würde, wenn man bedachte, dass sie sich im Erdgeschoss des De Bijenkorf befand und dies einer der hektischsten Tage des Jahres war. Das luxuriöse Kaufhaus am Dam, dem zentralen Platz im Herzen Amsterdams, zog Einheimische und Touristen gleichermaßen an, gerade um die Weihnachtszeit. Das auffällige historische Gebäude gefiel den Leuten – die eindrucksvolle Beleuchtung der Außenfassade, die extravaganten Schaufenster, der große Lichtdom und sechs Stockwerke mit exklusivem Warenangebot. Draußen vor dem Kaufhaus war ein Weihnachtsbaum aufgestellt worden, der zwanzig Meter hoch in den Amsterdamer Himmel ragte und mit einer vier Kilometer langen Lichterkette geschmückt war.

Selbst Cara war bei dem Anblick von so viel Schönheit warm ums Herz geworden. Doch dann hatte sie sich daran erinnert, dass sie einen Job zu erledigen hatte, und sich beeilt reinzugehen.

Santas kleines Reich, das sich gut sichtbar im breiten Gang zwischen den Läden mit Nobel-Klamotten befand, war von einem hölzernen Zaun umgeben. An dessen Vorderseite war ein Tor angebracht, durch das die Kinder eintreten konnten. Neben Santas Thron standen zwei in Rot und Gold geschmückte riesige Weihnachtsbäume. Drei ziemlich echt wirkende Rentiere mit Geweihen so groß wie Äste standen in dem umzäunten Bereich. Zwei als Elfen verkleidete Kinder waren damit beschäftigt, eingewickelte Päckchen von einem Ort zum anderen zu tragen. Der Boden war mit weißen Stoffbahnen ausgelegt und aus den Lautsprechern drangen Weihnachtslieder.

Cara zog die Handschuhe aus und öffnete ihren Mantel. Es war heute nicht nur unverhältnismäßig warm, es waren auch viel zu viele Menschen hier. So um die tausend mehr, als sie eigentlich ertragen konnte. Sie wartete in sicherer Distanz zu Santas Stuhl, hielt sich am Geländer fest, um nicht zertrampelt zu werden, und sah ihm, oder vielmehr *ihr*, einen Moment bei der Arbeit zu. Santa schien sich in ihrer Rolle ziemlich wohlzufühlen, trotz des Geschlechts-Wirrwarrs. Die Energie, die sie ausstrahlte, war irgendwie elektrisch. Sie wippte vor und zurück, lachte, und sprühte vor Freude. Sie sah so natürlich in ihrem rot-weißen Kostüm aus, als würde sie das ganze Jahr über nichts anderes tragen. Die Kinder bildeten eine Schlange und warteten darauf, auf ihren Schoß zu dürfen und ihr zu erzählen, was sie sich zu Weihnachten wünschten. Dem wichtigsten Termin des Jahres, der in drei Wochen stattfinden würde.

Cara sah zu, wie die Schlange länger wurde, und geriet in Panik. Sie wollte ganz sicher nicht den ganzen Tag hier stehen und darauf warten, dass Santa kurz Zeit hatte, damit Cara ihr den Umschlag geben konnte? Cara war neu in diesem Job – genau genommen war Santa ihre erste Kundin. Man hatte sie natürlich instruiert, sie hatte sogar ein offizielles Training absolviert. Sorgfältig hatte sie das komplette Handbuch gelesen, aber keine Regeln gefunden, wie man sich verhalten sollte, wenn der erste Kunde der Weihnachtsmann war. Ganz zu schweigen von einer Weihnachts*frau*.

Sie machte sich bereit, streckte die Ellbogen raus und hoffe, damit ihren mädchenhaften Zügen etwas Forsches zu verleihen, dann ging sie an der Schlange vorbei.

»Hey!«, rief ein kräftiger Junge in einem blauen Anorak. »Warte, bis du dran bist.«

Cara drehte sich um und hockte sich vor ihn. »Jetzt hör mir gut zu, du halbe Portion«, sagte sie und zeigte mit dem Finger auf ihn. »Ich habe gerade keinen guten Tag. Santa und ich haben was zu besprechen, klar? Also verzieh dich.«

Der Junge wich über ihren aggressiven Ton erschrocken zurück und stolperte fast über den Jungen, der hinter ihm stand und natürlich sofort anfing zu schreien.

Cara ging durch das Tor, sobald Santas Schoß leer war. Sie kam näher, bis sie Santas Aufmerksamkeit hatte. Da der Thron ziemlich hoch war, musste Cara aufschauen.

»Hi«, sagte Santa. »Ich freue mich, dass Sie unbedingt auf meinem Schoß sitzen wollen, aber würde es Ihnen etwas ausmachen, meine Kunden nicht zu verschrecken? Das hier machen wir nur einmal im Jahr, wie Sie vielleicht wissen, also ist es wichtig, dass ich die Kinder glücklich mache.«

Cara starrte die Frau an. Die hatte vielleicht Nerven!

»Was kann ich denn für Sie tun?« Santa sah auf den Umschlag in Caras Hand. »Ist das Ihre Wunschliste?«

Cara schüttelte den Kopf.

»Dann sagen Sie mir doch einfach, was Sie sich wünschen.« Sie beobachtete Cara kritisch und zeigte spöttisch auf ihr offizielles Namensschild. »Ich würde ein glänzendes Schmuckstück für Ihren Kragen vorschlagen, aber wie ich sehe, haben Sie bereits eines.«

»Nein, danke«, sagte Cara und seufzte. »Das war übrigens lustig.«

Santa bedachte sie mit einem unschuldigen Lächeln. »Dann vielleicht jemanden, der Ihnen den Stock aus dem Arsch zieht?«

Cara warf ihr einen wütenden Blick zu und konnte sich nur schwer zurückhalten, auf den Stuhl zu klettern und Santa eine reinzuhauen. Aber ihre Instruktionen lauteten, dass es keinen physischen Kontakt geben sollte und schon gar keine Gewalt. Sie war in offizieller

Mission hier. Sie sah Santa kalt an. »Kraftausdrücke von jemandem in Ihrer Position …«

Santa lächelte erneut.

Cara fielen die perfekten weißen Zähne auf. Und die wundervollen braunen Augen. Der Rest ihres Gesichts war durch den Bart fast nicht erkennbar. Schon witzig, dachte Cara, dass sie nur so wenig von Santas Gesicht sehen konnte und doch wusste, dass sie attraktiv war. Sie wollte ihr den Bart abreißen. Geistig gab sie sich einen Tritt und schob alle Gedanken an Santas attraktives Äußeres beiseite. Sie verfluchte sich dafür, dass sie diese vollkommen irrelevanten Details über jemanden, der ganz offensichtlich ein Arsch war, überhaupt bemerkte.

»Ich weiß auch nicht warum«, sagte Santa, »aber einige Leute lösen das einfach in mir aus.«

Es wurde Zeit, das hier zu beenden, oder die Hölle würde losbrechen. Und außerdem konnte man mit dieser Frau nicht vernünftig reden. Cara könnte hier den ganzen Tag mit ihr streiten und würde rein gar nichts erreichen. »Wie auch immer«, sagte sie, als *Stille Nacht, heilige Nacht* aus den Lautsprechern drang. »Sind Sie Jude Donovan?«

»Psst!«, sagte Santa. Sie drückte einen Finger gegen ihre Lippen und zeigte dann auf die wartenden Kinder. »Sagen Sie das nicht so laut.«

Cara folgte ihrem Blick. Ja, da waren Kinder, na und? Sie drehte sich wieder um und wartete auf eine Antwort, die nicht kam. »Und?« Sie wurde ungeduldig. »Sind Sie es?«

Santa schüttelte den Kopf. »Nein, ich bin Kris.«

Cara starrte auf den Umschlag und las den Namen erneut.

»Kris Kringle!«, sagte die Frau, als sie Caras Irritation sah. »Sie wissen schon. Kris Kringle, so wie Santa?«

»Ernsthaft.« Cara hörte die protestierenden Eltern hinter sich. Der Schweiß rann ihr den Nacken hinab. »Ich muss Sie bitten, mir zu bestätigen, dass Sie Jude Donovan sind.«

»Okay«, sagte Santa. »Nicht, dass es Sie etwas angeht, aber ja, ich bin …«, ihre Stimme wurde zu einem Flüstern, als sie sich zu Cara vorbeugte. »… ich bin es. Ich bin Jude Donovan.«

Cara nickte, überreichte Santa den Umschlag, den diese verwirrt annahm.

Cara machte einen Knicks. »Die Vorladung wurde Ihnen hiermit überreicht.«

»Ein Kerl?« Inge öffnete die Styroporbox mit begierigen Fingern. »Wie kommst du darauf, dass jemand, der Jude heißt, ein Kerl ist?«

Cara zuckte mit den Schultern. »Das hatte ich einfach angenommen. Sind nicht alle Judes Kerle? *Jude the Obscure*? Jude Law? Der Typ aus *Hey Jude*?«

»Bei *Jude the Obscure* bin ich mir nicht sicher. Ich denke, wenn du *obscure* bist, hast du mehr Probleme als dir über dein Geschlecht Sorgen zu machen.«

Cara sah ihre Schwester kritisch an. »Weißt du überhaupt, was *obscure* bedeutet?«

»Sicher«, sagte Inge. »Unsichtbar, oder?«

Cara nickte. »Richtig. Thomas Hardy hat viele schlaflose Nächte damit verbracht, sich darüber Gedanken zu machen, ob er seinen Roman nicht besser *Jude, der Unsichtbare* genannt hätte.«

»Du brauchst hier gar nicht so literarisch-intellektuell mit mir zu reden.« Inge zerknüllte ihre Serviette und warf sie auf Cara. »Immerhin weißt du nicht einmal, welchem Geschlecht der Durchschnitts-Jude angehört.«

»Viele von ihnen sind Männer.« Cara beugte sich vor, um die Serviette vom Boden aufzuheben, und legte sie dann auf ihr Tablett.

»Wie auch immer«, sagte Inge, »erzähl mir mehr über den entzückenden Santa.« Sie biss genüsslich in ihren doppelten Cheeseburger und stöhnte.

Mit einer seltsamen Kombination aus Schuldgefühl und Befriedigung beobachtete Cara ihre Schwester wie eine Mutter ihr Kind, das sich an einem ungesunden, aber sehr verdienten Leckerbissen erfreute.

Sie war die Einzige in Inges Freundes- und Familienkreis, die sich nicht komplett weigerte, bei McDonald's zu essen, obwohl sie selbst nicht mehr das Verlangen nach diesem Zeug hatte, seit sie zwölf war. Sie machte sich nichts aus dem Essen dort oder den grellen Plastikmöbeln, aber sie hatte nicht so ein Problem mit Fast Food wie Myra oder Alice. Cara war der Meinung, dass Erwachsene selbst entscheiden sollten, was sie essen oder was sie nicht essen wollten. Während Myra damit beschäftigt war, zu tun, was auch immer Mütter von großen Familien taten, und Alice in Mailand war, um dort die tiefere Bedeutung von Saumlängen für Röcke zu diskutieren, hatte Cara sich entschieden, ihre Schwester zu verwöhnen. Immerhin hatte Inge sie jahrelang freiwillig in Lesbenbars und auf *Pink*-Konzerte begleitet, obwohl sie sich für keine der beiden Veranstaltungen sehr begeistern konnte. Ihr ab und an beim Verschlingen eines Happy Meals zuzusehen, war das Mindeste, was sie tun konnte, um Inge etwas zurückzugeben.

»Ich würde sie nicht entzückend nennen.« Cara schüttelte den Kopf. »Und außerdem habe ich es mir zur Regel gemacht, Leute, denen ich eine Vorladung überreiche, nicht auf diese Weise anzusehen.«

»Hast du also, ja? Bis jetzt hast du mir von der Länge ihrer Wimpern erzählt, der Rundung ihrer Brüste unter ihrem schmuddeligen Kostüm und davon, wie ihr Lächeln die Sonne nach einem langen, harten Winter wieder zum Strahlen bringt. Wie ist das *nicht auf diese Weise*?«

Cara zog ihre Augenbrauen zusammen. »Ich bin mir ziemlich sicher, dass ich niemals etwas über irgendeine Rundung gesagt habe.«

»Das habe ich zwischen den Zeilen herausgehört«, sagte Inge. »Also, wie geht es weiter?«

»Mit ihr meinst du? Weiß ich nicht. Ich habe nichts mit ihr zu tun. Ich gebe nur das Schreiben ab und das war's.«

»Also warst du nicht wieder im Kaufhaus, um zu sehen, ob sie noch da ist?«

»Natürlich nicht.«

»Willst du hin?« Inge drehte die rote Box auf den Kopf. Die letzten zwei Pommes frites fielen ihr in die Hand.

»Was?«, fragte Cara. »Jetzt? Warum?«

»Um zu sehen, ob sie ihren Job behalten hat natürlich.« Inge sah sich um, bevor sie den Blick auf Cara richtete. »Was, wenn«, flüsterte sie und lehnte sich weit zu ihrer Schwester vor, »sie wegen eines schrecklichen Verbrechens vor Gericht muss? Wie zum Beispiel Mord.«

»Ja«, sagte Cara. Sie seufzte. »Das wird es wohl sein. Meinst du nicht, dass sie die Referenzen von jemandem checken, wenn er sich für einen Job an einem öffentlichen Ort bewirbt? Von jemandem, der mit Kindern arbeitet?«

Inge zuckte mit den Schultern. »Ich sage ja nicht, dass sie unbedingt die Mörderin sein muss, oder? Vielleicht war sie auch nur eine unschuldige Zeugin. Jemand, der zur falschen Zeit am falschen Ort war. Zum Beispiel am grauenvollen Schauplatz eines Verbrechens, wo sie über ein kaum noch atmendes Opfer gestolpert ist, das zerschunden in der Pfütze seines eigenen Blutes lag.«

»Igitt«, sagte Cara. »Das ist widerlich.« Sie sah, wie Inge auf Caras Pommes schielte. »Ist das nicht ein bisschen zu viel Fantasie?«

»Ich bin nur neugierig.« Inge griff über den Tisch nach der roten Box und hielt sie hoch. »Isst du die noch?«

Cara schüttelte den Kopf. »Nur zu.«

Inge schüttete den Inhalt auf ihr Tablett. »Ich sage ja nur, dass ich wissen wollen würde, was mit ihr los ist, wenn ich du wäre. Du bist offensichtlich fasziniert von ihr.«

»Was, wenn sie nicht da ist? Und ich mich für immer frage, warum?«

Inge zuckte mit den Schultern. »Dann nehme ich an, dass wir es ihr schuldig sind, herauszufinden, was geschehen ist. Es ist ja nicht ausgeschlossen, dass sie in einem Zeugenschutzprogramm ist.«

»Ist das nicht etwas, das wir, wie der Name schon sagt, wohl nicht herausfinden werden?«

»Vielleicht für einfache Sterbliche, aber du bist eine Staatsbedienstete und hast Zugang zu vertraulichen Informationen, richtig?«

Cara schüttelte den Kopf. »Weit entfernt. Wenn überhaupt, dann bin ich eine bessere Postangestellte.«

»Trotzdem«, beharrte Inge. »Ich will nur die heiße Frau Santa sehen.«

Cara sah ihre Schwester entsetzt an. »Bitte«, stöhnte sie, »sag mir, dass du nicht gerade so eine komische bi-neugierige Phase durchmachst. Denn damit kann ich mich gerade wirklich nicht befassen.«

»Verschone mich damit«, sagte Inge. »Ich kann mir gar nicht vorstellen, wie ihr durchs Leben gehen könnt, ohne jemals das Gefühl erlebt zu haben, einen …«

»Stopp!«, rief Cara. »Bitte sprich nicht weiter.«

»Muss ich gar nicht.« Inge kicherte. »Du weißt genau, was ich meine. Also, kommst du? Wenn ja, dann bezahle ich das Mittagessen.«

Cara schüttelte den Kopf. »Du warst eh dran. Also verzichte ich wohl. Ich muss noch arbeiten. Diese amtlichen Dokumente liefern sich nicht von selbst aus.«

Inges Antwort bestand darin, sich die allerletzte Fritte in den Mund zu schieben.

Drei Tage später gewann Caras Neugier die Oberhand. Sie schlug einen nicht zu rechtfertigenden Umweg zwischen zwei Terminen ein, was eigentlich bedeutete, dass sie blaumachte. Also galt es, keine Zeit zu verlieren.

Sie schaute auf die Uhr und seufzte, als ihr klar wurde, dass sie jetzt gerade eigentlich in einer Sozialbausiedlung in Almere sein sollte, um einem Mann seine Inkassopapiere auszuhändigen. Ein Mann, bei dem sie das schon viermal versucht hatte. Jedes Mal wenn sie an seiner Tür klingelte, begann ein Hund zu bellen oder vielmehr zu wimmern – nicht aggressiv, eher hilflos. Sie versuchte, nicht über die Möglichkeit nachzudenken, dass der Typ abgehauen war und den armen Hund zurückgelassen hatte. Nachdem sie den Mann zweimal nicht angetroffen hatte, war sie losgegangen, um Hundeleckerlis und Trockenfutter zu kaufen, bevor sie das dritte Mal zu ihm ging. Sie hatte das Futter durch den Postschlitz geworfen und gehofft, dass der Hund es finden würde und sie nicht nur sein Leid verlängerte. Das Bewusstsein, dass sie ihm kein Wasser geben konnte, hatte sie nachts wach gehalten, weshalb sie nochmals hingefahren war und bei den Nachbarn geklingelt hatte. Ein Mann mittleren Alters hatte die Tür geöffnet – verschlafen oder betrunken und nach altem Schweiß riechend. Er hatte Cara versichert, dass der Hundebesitzer regelmäßig heimkam und dann auch mit dem Hund rausging, und dass er genug Futter und Wasser für das Tier daließe, wenn er ›seinen Geschäften nachging‹. Er hatte ihr auch versprochen, ein Auge auf das Geschehen zu haben.

Als Cara durch die Drehtür ins De Bijenkorf ging, schaute sie nach rechts und links und versuchte dabei unauffällig auszusehen, so wie jeder, der vorhatte irgendwelchen illegalen Geschäften nachzugehen. Der Gedanke daran, dass sie in nur wenigen Minuten der Frau gegenüberstehen würde, die ihr seit Tagen aus unerfindlichen Gründen im Kopf herumspukte, ließ ihr Herz schneller schlagen.

Die Enttäuschung, als sie auf den ersten Blick sah, dass sexy Santa nicht mehr dort war, war so überwältigend, dass sie eine Sekunde lang dachte, ihr würde schwarz vor Augen.

Es sah alles genauso aus wie zuvor. Die Bäume waren noch da, die Elfen und die Kinder, die Rentiere des Weihnachtsmanns und das Wichtigste, Santas Thron.

Was ganz und gar anders war, war die Person, die darauf saß. Santas dicker Bauch war echt, genau wie seine tiefe Stimme.

Jude Donovan war verschwunden.

KAPITEL 2

Freitag um Punkt zwei trafen sie sich mit Inge zum Mittagessen. Wie immer tischte sie reichlich auf: Sandwiches, Oliven, Fisch, Hackbällchen, Gurken, Käse und Wurstaufschnitt.

Alice aß ein Stück geräucherten Lachs und grinste. »Du hast geknickst?«

Cara nickte. »Habe ich.«

»Und du hast wirklich ›Die Vorladung wurde Ihnen hiermit überreicht‹ gesagt?« Alice war sehr bemüht, nicht zu lachen. »War das nicht etwas … dramatisch?«

Cara griff nach ihrem Glas und runzelte die Stirn. »Ich wollte dem Ganzen ein wenig Klasse geben, okay? Sie war ziemlich unhöflich. Und sie war meine Erste.« Cara hielt inne. »Außerdem habe ich das schon immer mal sagen wollen.«

Die Haustür ging auf. Bart kam von der Straße herein, wo er an seinem Auto gearbeitet hatte, und stellte eine Flasche Politur auf den Esstisch.

»Was hast du schon immer mal sagen wollen, Schwesterchen?« Er wischte sich die Hände an seinem mit Öl verschmierten Tuch ab.

Cara lächelte ihrem Schwager zu. Ihr verlässlicher, gutmütiger Schwager. Sie schüttelte den Kopf. »Schon gut. War nicht für dich.«

»Liebling«, sagte Inge. »Könntest du dein schmuddeliges Autozeug bitte nicht auf meinen Tisch stellen?«

Bart zuckte mit den Schultern. »Ist das einer dieser Anlässe, bei denen Männer sich zurückziehen sollten?« Er nahm die Politur wieder an sich und sah seine Frau argwöhnisch an. »Oder haben die Damen sich extra hier versammelt, um die männliche Perspektive zu ihren Sorgen zu hören?«

»Wenn du es unbedingt wissen willst«, sagte Myra, »wir haben uns hier versammelt, weil einmal die Woche Schwestern-Tag in der *Casa Inge* ist. Und in dieser Woche ist das heute.« Sie lächelte Alice an. »Ich meine natürlich Schwestern- *und* Schwägerinnen-Tag.«

»Ja.« Alice seufzte. »Ich weiß, dass ich meinen Platz in der Schwesterngemeinschaft Arend zu verdanken habe.«

»Wenn Arend und ich uns jemals trennen sollten«, sagte Myra, »der Himmel möge es verhindern, dann werden wir dich trotzdem als Familienmitglied behalten, das verspreche ich. Wir adoptieren dich als unsere eigene Schwester. Ich bin mir sicher, dass meine Eltern sich wahnsinnig über eine weitere Tochter freuen würden. Wir machen ihnen nie Schwierigkeiten, haben wir auch noch nie getan.«

»Also im Großen und Ganzen verbannt ihr mich aus meinem eigenen Haus?«, fragte Bart.

»Das ist richtig, Liebling.« Inge tauchte ein Hackbällchen in Senf.

»Was nicht heißen soll, dass wir deine Meinung nicht zu schätzen wüssten«, sagte Alice.

»Ihr sagt das nur, weil ihr nett sein wollt und nicht, weil ihr das wirklich so meint, oder?« Er lächelte.

Inge nickte. »Sind wir.«

»Ich verstehe«, murmelte er. »Dann mache ich mich mal rar. Aber wenn ihr eure Meinung ändern solltet, dann bin ich im Garten. Ruft, wenn ihr mich braucht, okay?«

»Also, warum ein Kaufhaus?«, fragte Alice, sobald Bart die Tür hinter sich geschlossen hatte. »Warum hättest du ihr die Papiere nicht nach Hause bringen können?«

»Ich fand das auch ein bisschen seltsam«, sagte Cara. »Aber meine Anweisungen waren eindeutig. Ich nehme an, dass sie es bei ihr versucht haben und sie nie da war. Wir liefern Dokumente an die seltsamsten Orte aus.«

»Armes Ding«, sagte Inge mit bösem Lächeln. »Du warst so dicht dran, zu erfahren, wo sie wohnt.«

»Halt den Mund, ja?«, sagte Cara.

»Also, warum hast du gekündigt?«, frage Alice.

Cara zuckte mit den Schultern. »Der Nervenkitzel ist weg.«

»Nach zwei Wochen?«

Cara konnte sich nicht daran erinnern, wann ihre Schwestern nicht von ihr erwartet hatten, sich für jede ihrer Handlungen zu rechtfertigen. Und nachdem Myra Arend geheiratet und sie sich alle mit Alice angefreundet hatten, war ihre Schwägerin auch Teil der Gruppe geworden, sodass sich jetzt drei Personen gegen Cara stellten. Es war nicht immer einfach, die Jüngste in der Familie zu sein.

Ihre Schwestern schienen sie als eine bessere Version von sich selbst zu sehen, als jemanden, dem es nicht gestattet war, Fehler zu machen oder mal etwas Dummes zu tun. Sie zu bemuttern war selbstverständlich für sie. Und obwohl Cara ab und zu ganz glücklich war, jemanden zu haben, mit dem sie reden konnte, wollte sie nicht, dass ihr Lebensweg (oder eher ihr Unvermögen, überhaupt einen Lebensweg zu finden) ständig kritisiert wurde. Sie erwarteten von ihr, dass sie nur vernünftige und erwachsene Entscheidungen traf. Sie erwarteten von ihr, dass sie verantwortungsvoll war. Dass sie sesshaft wurde. Aber sie war nicht bereit, sich zu binden. Nicht an einen Job, nicht an eine Frau.

Cara wusste, dass sie immer nervös war, wenn sie ihre Zeit nicht selbst verplanen konnte. Sie brauchte Platz zum Atmen. Und sie sah nichts Falsches daran, ab und zu die Jobs zu wechseln oder auch die Freundinnen. Sie war zweiunddreißig, was erwartete das Trio von ihr? Sollte sie nicht erst ein bisschen was ausprobieren, bevor sie sich festlegte? Andererseits würde sie sich vielleicht nie fest binden. Vielleicht war sie einfach so eine Person – ruhelos und abenteuerlustig.

»Die Sache ist die«, sagte sie, »ich war mir nicht ganz bewusst, worum es in dem Job genau geht. Ich habe gedacht, dass ich so was wie ein richtig cooler Privatdetektiv werde, der Kriminelle jagt und mit dem Cabrio an der Küste entlangfährt, umgeben nur vom Duft des Meeres und des Abenteuers.« Sie senkte den Kopf. »Stattdessen habe ich mich ständig vor Türen von schäbigen Häusern wiedergefunden und habe meine Papiere müden Hausfrauen in die Hand gedrückt, deren Arschloch-Ehemännern die Autos gepfändet wurden.«

»Und?«, fragte Myra. »Hat nicht jeder Job seine Schattenseiten?«

Cara zuckte mit den Schultern. »Es war deprimierend, ganz abgesehen davon, dass die Bezahlung erst interessant wird, wenn du einen Fall bekommst, der dich tatsächlich in Lebensgefahr bringen könnte.«

»Also eigentlich hast du gedacht, dass du nach Kalifornien ziehen und Kinsey Millhone werden würdest.«

»Wer?«

»Kinsey Millhone«, sagte Inge. »Die berühmte Privatdetektivin aus Sue Graftons Thrillerserie.«

Sie blickten alle ratlos drein.

»Meine Güte«, sagte sie schließlich. »Was ist nur los mit euch? Würde es euch umbringen, ab und zu ein Buch in die Hand zu nehmen?«

»Sorry«, sagte Cara. »Vielleicht solltest du uns ein paar Leseempfehlungen geben.« Sie rempelte ihre Schwester spielerisch an. »Ich habe gehört, dass du dich ziemlich gut mit *Jude the Obscure* auskennst.«

»Ich finde kaum Zeit zum Atmen«, sagte Myra. »Da habe ich erst recht keine Zeit zum Lesen.« Sie legte ihre Hand zärtlich auf ihren Bauch, der zurzeit ihr viertes Kind beheimatete. »Jedenfalls«, sagte sie und wandte sich an Cara. »Was wir sagen wollen ist wohl, dass wir uns Sorgen um dich machen. Ich dachte, mit Kelly und dem neuen Job …«

Der Rest blieb unausgesprochen und Cara wusste genau, dass ihre älteste Schwester sich gerade vorstellte, wie sie einen Kinderwagen die Straße hinunterschob oder das Plädoyer in einem Gerichtssaal hielt.

»Kelly hat Trost in den Armen einer anderen gefunden«, sagte sie. »Die Licht in ihr Leben bringt, wo ich nur Finsternis gebracht habe.«

»Wirklich?«, fragte Myra. »Wie schrecklich! Und ihr zwei wirktet so zufrieden miteinander. Wie zwei Kätzchen.«

»Schon gut«, sagte Cara. »Das Kätzchen hat ein paar fiese Kratzer hinterlassen, aber nun sind sie geheilt und es geht mir bestens. Es gibt gar keinen Grund zur Sorge.«

»Es ist nur so, dass es nicht so aussieht, als würdest du … irgendwo ankommen«, insistierte Myra.

»Niemand kommt irgendwo an«, erklärte Cara. »Der letzte Weg führt uns alle in unser Grab. Das Wichtigste ist, dass wir ein bisschen Spaß haben, bis wir da angekommen sind.«

»Und? Hast du?«, fragte Alice.

»Hab ich was?«

»Spaß.«

»Sicher«, sagte Cara und nickte, als Inge auf ihr leeres Weinglas zeigte – ja, sie wollte noch etwas. So verhört zu werden, war immer etwas einfacher, wenn Alkohol ihr ein wenig die Sinne vernebelte. »Klar habe ich Spaß«, wiederholte Cara. »Nicht mehr oder weniger als jede von euch.«

Inge füllte die Weingläser und Teetassen nach. Als sie nach einer Käseecke griff, begannen ihre Schwestern zu schreien und erfüllten so ihr Versprechen, Inge beim Abnehmen zu helfen.

»Ach, seid still«, schimpfte sie. »Bart hat mir erst gestern gesagt, dass er ein bisschen Fleisch an mir liebt.« Sie sah selbstgefällig aus. »Dann hat er mehr zum Lieben.«

Alice fuhr mit den Händen ihre Hüften entlang, als müsse sie sicherstellen, dass diese noch so schlank waren, wie es sich gehörte.

»Wenn ihr mich fragt«, nahm Cara den Faden wieder auf, »ist dieses ganze Konzept vom Ankommen eine für die westliche Welt typische, unaufgeklärte Methode, mit der Sterblichkeit umzugehen. Oder eben *nicht* damit umgehen zu müssen. Man versucht, den Gedanken wegzuschieben. Stattdessen sollten wir ihn willkommen heißen. Weil er uns antreibt. Und weil diese Sterblichkeit sich nicht ignorieren lässt. So etwas wie Kontrolle hat man über sein Leben nicht, es spielt keine Rolle, wie groß dein Haus, wie sicher dein Job oder wie gesund deine Ernährung ist. Es ist vorbei, wenn es vorbei ist. Ein Blutgerinnsel, ein Autounfall, eine Nuklearkatastrophe – *irgendetwas* wird uns dahinraffen. Da haben wir keinen Einfluss drauf.«

»Du denkst da zu viel drüber nach«, sagte Myra. »Wir reden hier über Instinkt. Es ist ganz natürlich, Ziele im Leben zu haben. Eine Familie zu wollen. Ein Heim. Vielleicht willst du sogar eines hier – in den Vororten. Oder wenigstens in einem besseren Teil der Stadt, mit weniger Schießereien und Raubüberfällen. Du brauchst wenigstens ein bisschen Sicherheit.«

»Sicherheit fühlt sich für mich an, als würde jemand auf meiner Brust sitzen und es mir unmöglich machen, zu atmen«, konterte Cara. »Und übrigens bin ich nie angeschossen oder ausgeraubt worden. Ich kann es mir schlichtweg nicht leisten, viertausend Euro im Monat für ein Apartment auszugeben. Und ich bin nicht bereit, das Leben einer Stepford-Ehefrau zu führen, die in irgendeiner Geisterstadt lebt, die erst vor wenigen Jahrzehnten dem Meer abgerungen wurde.«

»Wir sind wohl alle anders«, stellte Alice fest. »Ich für meinen Teil bekomme ein unglaubliches Sicherheitsgefühl, wenn ich daran denke, dass ich gleich meinen neuen Wagen abholen kann.« Sie sah auf ihre Rolex. »In weniger als drei Stunden, um genau zu sein.«

»Sicherheit in Besitztümern zu finden, ist auch nicht gesund, wenn du mich fragst.« Myra warf Alice einen missbilligenden Blick zu. »Du und Arend unterscheidet euch da vollkommen.«

»Arend war mal wie ich«, sagte Alice. »Aber dann habt ihr all diese Kinder bekommen und es blieb ihm nichts anderes übrig, als seine Prioritäten anders zu setzen.«

»Ich finde Sicherheit im Essen«, gestand Inge. Das war etwas, womit sie offensichtlich ihren Frieden gemacht hatte.

»Können wir einfach sagen«, fasste Cara zusammen, »dass wir alle mit den Belangen des Lebens auf ungesunde Weise umgehen, ja? Ich bin unzuverlässig, Inge isst zu viel, Alice gibt zu viel Geld aus und Myra hat zu viel ungeschützten Sex. Na und? Ich sage, wir sind alle gut so, wie wir sind, und ich persönlich liebe euch, egal was kommt.«

»Hört, hört«, sagte Myra, bevor sie den letzten Schluck Tee trank.

»Also«, sagte Inge und wischte sich die Brotkrümel vom Shirt. »Erinnert ihr euch an diese Mrs Santa Claus, über die wir geredet hatten? Unsere Cara steht auf sie.«

»Ich steh überhaupt nicht auf sie«, murmelte Cara vor sich hin, als sie heimfuhr. »Absolut nicht. Sie war unausstehlich, sie war feindselig und es würde mich nicht überraschen, wenn sie eine Klage am Hals hätte.«

Sie wusste, dass das nur leere Worte waren. Wenn sie nicht einmal selbst daran glauben konnte, wie sollte sie jemand anderen davon überzeugen? Okay, die Frau *war* unausstehlich gewesen, aber sie war auch witzig dabei, und ziemlich gut aussehend, wenn man bedachte, dass dieses Weihnachtsmannkostüm nicht viel preisgegeben hatte. Und die Wahrheit war auch, dass Cara an diesem Tag ebenfalls kein Sonnenschein gewesen war.

Was, wenn Jude ihretwegen gefeuert worden war? Hatte Cara nicht den Frieden vollkommen zerstört, indem sie den Jungen angebrüllt und mit Santa gestritten hatte? Kinder hatten angefangen zu weinen, Eltern hatten sie wütend angesehen. Was, wenn Jude ihretwegen den Job verloren hatte und selbst ganz unschuldig daran war? Sie war so gut darin gewesen. Und was, wenn diese Darstellung, die Jude als einmalige Vorstellung bezeichnet hatte, ihre *einzige* Vorstellung gewesen war? Was, wenn den Weihnachtsmann zu spielen, ihr Job war und damit ihre einzige Einkommensquelle?

Als Caras Herz sich mit Mitleid darüber füllte, dass Jude Donovan pleite sein könnte, wurde Cara bewusst, dass ihre eigenen Umstände nicht weniger schrecklich waren. Der Job eines Gerichtszustellers war absolut nicht das gewesen, was sie sich vorgestellt hatte. Es hätte ein schnelllebiger Job sein sollen, aufregend und gefährlich und voller Nervenkitzel. Aber das war er nicht gewesen. Gar nicht. Sie stellte Leuten Dokumente zu, die diese nicht haben wollten, die oft aggressiv und stets verzweifelt waren – es war das genaue Gegenteil von dem gewesen, was sie sich vorgestellt hatte. Dafür war sie nicht gemacht. Sie hatte dem Ganzen eine Chance gegeben, hatte gehofft, es würde besser werden. Aber als es begonnen hatte, sie nachts wach zu halten, hatte sie sich entschieden, aufzuhören. Nach nicht einmal zwei Wochen. Sie hatte ihren Amtsausweis abgegeben und war mit ihrem letzten Gehaltsscheck heimgegangen. Sie würde einen neuen Job finden müssen. Aber da so kurz vor Weihnachten niemand mehr jemanden einstellte, hatte sie entschieden, ein paar Wochen Pause zu machen und erst im neuen Jahr wieder nach einer Anstellung zu suchen. Sie dachte sich, dass sie ihre Zeit damit verbringen konnte, zu versuchen, nach Jude Donovan zu suchen, aber sie war sich nicht sicher, wie sie das anstellen sollte.

Cara parkte den Wagen und ging nach Hause, dabei zog sie den Schal fest um ihre Ohren. Es war wohl an der Zeit, den Vorfall endgültig hinter sich zu lassen.

Das nächste Mal, als sie schwach wurde und ins De Bijenkorf ging, um Jude zu finden, war sie erschrocken darüber, dass die ehemalige Liveshow des Weihnachtsmanns zu einer Requisitenausstellung umfunktioniert worden war. Die Elfen waren verschwunden, und Santa auch. Die Pakete lagen bewegungslos unter den Bäumen. Die

Rentiere waren da, aber ohne die Menschen drumherum sahen sie genauso leblos aus, wie sie es auch waren.

Cara fluchte leise. Irgendwo im Universum versuchte jemand, oder etwas, alles, um sie und Jude voneinander fernzuhalten. Es war fast so, als entglitt Jude ihr von Tag zu Tag mehr.

Cara stand da und war untröstlich, als ihr plötzlich eine Person in einem Weihnachtsmannkostüm auffiel, die zu den Rolltreppen ging. Hier war Eile geboten. Sie rannte quer durch den Laden, vorbei an den Schaufenstern von Louis Vuitton, Hermès, Burberry und Gucci. Auf dem Weg entschuldigte sie sich bei allen, die sie fast umrannte. Sie trat auf die Rolltreppe, eilte die beweglichen Stufen hinauf, um Santa zu erreichen, der freundlicherweise stehen geblieben war, sodass sie ihn einholen konnte. Sie kamen gleichzeitig oben an. Santa eilte davon, aber Cara folgte ihm – oder, wie sie fieberhaft hoffte, *ihr* – und als sie ihn erreichte, tippte sie ihm auf die Schulter.

»Entschuldigen Sie bitte.« Sie beugte sich vor, um einen Blick auf Santas Gesicht zu erhaschen.

Sobald Santa sich umgedreht hatte, wurde Cara das Herz schwer. Das war ganz eindeutig ein Typ. Und nicht gerade einer von denen, der seinem Geschlecht Ehre machte. Er war dürr, zupfte unentwegt an seinem Bart und seine Augen waren blutunterlaufen.

Sein Kopf schoss hoch. »Was?«

»Es tut mir sehr leid«, sagte Cara. »Aber ich suche eigentlich nach einem Ihrer Kollegen. Arbeiten Sie im Erdgeschoss?«

Eine Kundin, die vollbepackt mit Einkaufstüten war, schob Cara mit den Ellbogen aus dem Weg, um zur Rolltreppe zu gelangen.

Cara verlor fast das Gleichgewicht.

»Wie bitte?« Santa schnaubte. Er sah sie argwöhnisch an. »Sagen Sie nicht, dass Sie vom Finanzamt sind.«

Cara schüttelte den Kopf. »Ich brauche nur ein paar Informationen. Wissen Sie, wer hier noch den Weihnachtsmann gespielt hat?« *Ich klinge wie eine Idiotin. Eine verzweifelte, liebeskranke Idiotin.*

Santa schüttelte den Kopf. »Woher soll ich wissen, wer hier was tut, Lady? Was glauben Sie, was ich bin, die verdammte Informationstafel? Meinen Sie nicht, dass ich Besseres mit meiner Zeit anzufangen habe?«

»Ich dachte, dass Sie vielleicht als Gruppe zusammenarbeiten«, erklärte Cara. »Sie wissen schon, arbeiten im Team, jeder ist mal dran.«

»Im Team zusammenarbeiten?« Der wütende Weihnachtsmann kratzte sich den Bart. »Sind Sie wahnsinnig?«

»Ich irre mich wohl.« Cara hatte Angst, dass er sie vielleicht schlagen würde und lächelte deswegen besonders freundlich. »Könnten Sie mir vielleicht sagen, wer Sie engagiert?«, fragte sie.

»Königin Máxima war das, okay? Hat mich selbst angerufen.«

»Ich verstehe«, sagte Cara und seufzte.

Santa rülpste. »Wissen Sie was? Vielleicht sollten wir das später besprechen.« Er musterte Cara und sein Grinsen machte deutlich, dass ihm gefiel, was er sah. »Ich habe es im Moment etwas eilig, aber heute Abend bin ich vollkommen frei. Also was sagen Sie dazu, wenn wir später ein wenig … Sie wissen schon … Eierpunsch zusammen trinken? Nur Sie und ich, okay?«

Cara sah ihn angewidert an. Dann drehte sie sich um und stieg wieder auf die Rolltreppe.

Es ging abwärts.

Weihnachten kam und ging. Cara fuhr am Weihnachtsabend zu ihrer Mutter, in einem Schneesturm, und verbrachte zwei schier endlose Tage damit, ihre immer größer werdende Familie zu besänftigen. Sogar Myra und Arend stritten sich, und Inge, die große Friedensstifterin, war leider nicht anwesend, um ein bisschen festliche Stimmung zu verbreiten. Sie war froh, als es endlich vorbei war.

Silvester verbrachte Cara mit Inge und Bart, die eine Menge Leute eingeladen hatten, von denen sie die meisten nicht kannte. Sie saß neben einem Typen mit Schnurrbart und einer Leidenschaft für Modelleisenbahnen. Er redete zu viel und roch seltsam. Nicht unbedingt schlecht, aber seltsam. Wie Zuckerwatte. Nach seinem dritten Bier kam er näher und legte ihr seine Hand aufs Knie, der Alkohol half ihm dabei. Sie protestierte nur gering, als er ihr um Mitternacht die Lippen auf den Mund drückte.

Cara begann, Jude Donovan zu vergessen.

KAPITEL 3

In der zweiten Januarhälfte fand sie einen Job als Pizzalieferantin. Alice bezeichnete das als schlimmstes Tief ihres Lebens, aber der Geldautomat spuckte nichts mehr aus und Cara brauchte unbedingt Geld.

Aus irgendeinem Grund mochte sie ihre neue Stelle, so einfach sie auch war. Nach dem letzten Job fühlte es sich gut an, Menschen zu sehen, die sich wirklich darüber freuten, dass sie an ihre Tür klopfte. So klein die Niederlande auch waren, in einem Land, das fünftausend Lieferessen am Tag bestellte, war Caras Zukunft bei Cara Mia eindeutig gesichert.

Sie tat so viel mehr, als einfach nur Essen auszuliefern. Nicht jeder begrüßte sie mit dem Portemonnaie in der Hand und schlug ihr dann die Tür vor der Nase zu. Viele mussten erst nach Geld suchen, durchwühlten Taschen nach ihren Geldbörsen. Cara wartete geduldig, beobachtete ihre Kinder, wie sie sie anstarrten, hörte ihre Hunde sie anbellen, roch ihre Gerüche, warf verstohlene Blicke in ihre Wohnungen, nahm dankend ihre Trinkgelder an und war entsetzt über die vergammelten Klamotten, in denen manche Leute gemächlich die Tür öffneten. Es gab natürlich auch Leute, die sie nicht schnell genug wieder loswerden konnten, aber manche begannen auch eine Unterhaltung, vertrauten sich ihr sogar an. Viele entschuldigten sich für den Zustand ihrer Wohnungen. Seltsamerweise nie die, die es am nötigsten gehabt hätten. Manche sahen sie nicht einmal an, aber ziemlich viele versuchten, mit ihr zu flirten. Nur Männer, nie Frauen. Einige subtil, andere weniger. Manche von ihnen erwachsene Männer, deren Frauen im Hintergrund den Tisch deckten. Aber meistens waren es junge Burschen – Studenten, deren Gesichtsausdruck sich änderte, sobald sie sie sahen, oder Teenager, unbeholfen und verschwitzt, die immer etwas umwarfen oder ihr Wechselgeld fallen ließen.

Es gab auch Gruselige – Herablassende, Unverschämte, Betrunkene, Unflätige, emotional Gebrochene.

Die Bezahlung war gerade so okay, aber die Trinkgelder machten das wieder gut.

Pizza auszuliefern war so viel mehr, als einen fettigen Karton abzuliefern – es war eine Studie des menschlichen Daseins.

»Wieder ein Tag, wieder ein Mittagessen.« Inge rieb sich die Hände.

Es war Freitag. Alice war die Einzige, die am nächsten Tag zur Arbeit musste. Für die anderen drei gab es heute keine Sperrstunde.

Sie waren in ihrem Lieblingsfeinkostladen, einem kleinen Restaurant im Amsterdamer »Neun-Straßen«-Viertel – eine Ansammlung von engen Gassen, durchzogen von Kanälen. Es war ein elegantes Lokal, mit Holzpaneelen, schönen Tapeten und Eichenparkett. Inge hatte schon mal gesagt, dass das Essen hier fast so gut war wie ihres.

»Wunderbar.« Alice blätterte durch die Karte, obwohl sie diese schon auswendig kannte. »Ich bin am Verhungern, ich denke, ich nehme den kleinen Schafskäsesalat.«

Inge schnaufte. »Das nimmst du, wenn du verhungerst? Was bestellst du denn, wenn du nur ein kleines Hüngerchen hast, bitte?«

»Ein Glas Wasser.«

Inge streckte ihr die Zunge heraus und wandte sich dann an Cara. »Wie geht's dir, Schwesterchen? Was macht die Suche nach Jude?«

Myra, die damit beschäftigt gewesen war, einen Fleck von ihrem Kragen zu wischen, war nun ganz Ohr. Ihre Augen weiteten sich. »Jude? Wer ist Jude?«

»Niemand«, sagte Cara. »Die Suche ist abgeblasen.«

»Jude Donovan«, erklärte Inge. »Auch bekannt als ›Heiße Santa‹.«

Myra hatte noch nie überraschter ausgesehen. »Jude Donovan?«

Inge nickte. »Kennst du sie?«

»Nicht *die* Jude Donovan, oder?«

Oh Gott, dachte Cara. *Ich hatte recht. Es war in den Nachrichten. Sie hat sich umgebracht. Sie ist in einer Seitengasse gefunden worden, verhungert.* Eigentlich hatte Cara den Gedanken, dass etwas Belastendes in den Dokumenten gestanden hatte, längst aus ihrem Kopf verbannt. Wenn Jude nie mehr als nur eine Fantasie gewesen war, dann sollte es auch eine schöne sein, in der diese eher eine heiße Heilige als eine heiße Verbrecherin war. Seit dem verhängnisvollen Tag im Einkaufszentrum waren Caras Gefühle auf eine seltsame Weise Achterbahn gefahren, von wütend und beleidigt bis zu besorgt und mitfühlend. Ihre Begegnung war nun so etwas wie eine Fanfiction, in der das tatsächliche Ereignis in etwas umgeschrieben worden war, das so nie stattgefunden hatte und sich auch nie entwickeln würde. Die Geschichte hatte ein Eigenleben angenommen.

»Was meinst du mit *die* Jude Donovan?«, fragte Inge.

»Mensch!«, rief Myra aus. »Die berühmte amerikanische Kinderbuchautorin.« Sie sah sich drei paar hochgezogenen Augenbrauen gegenüber. »Die Bunny-Reihe? Ehrlich jetzt?«

»Ich bin nun offiziell eine Analphabetin«, beschwerte sich Alice. »Erst Kinsey Millhone und nun ein Hase, dessen Berühmtheit sich mir entzieht.«

»*Bunny geht auf Reisen. Bunny bekommt eine kleine Schwester.*« Myra schüttelte über Alice' Ignoranz den Kopf. »Es sind Bücher für Kinder! Sie beschäftigen sich mit Problemen des Alltags auf eine Weise, die die Kleinen verstehen.« Sie sah so stolz aus, als wäre Bunny ihre eigene Erfindung. » Das Lieblingsbuch der Zwillinge ist *Bunny hat ein Aua.*«

Inge lachte laut. »Daraus sollte man unbedingt eine Version für Erwachsene machen!« Sie jauchzte. »*Bunny hat einen schlimmen Kater.*«

Alice grinste. »*Bunny täuscht einen Orgasmus vor.*«

»Danke, Leute«, sagte Myra und warf ihnen einen wütenden Blick zu, »dass ihr mir das kaputtmacht. Ich werde Bunny nie wieder mit denselben Augen sehen.«

Cara hatte noch nichts gesagt. Sie war zu verblüfft.

»Aber ist diese Jude auch Caras Jude?«, fragte Inge schließlich.

»Das können wir sofort herausfinden.« Myra hob ihre riesige Tasche vom Boden und wühlte darin herum. »Wenn ich mich nicht irre, dann habe ich …« Zu ihrer aller Überraschung präsentierte sie ihnen ein Kinderbuch mit einem riesigen weißen Kaninchen auf dem Cover. »Ta-da.«

»Du hast das dabei, selbst wenn du ohne Kinder unterwegs bist?« Alice sah das Buch angewidert an.

»Sicher«, antwortete Myra. »Eine Mutter zu sein, ist kein normaler Job, weißt du. Das ist ein Fulltime-Job.« Sie deutete auf ihre Tasche. »Ich bin sicher, dass da drin irgendwo ein Lätzchen ist und ein Schnuller. Und eine Plüschgiraffe.«

»Wirklich.« Alice schaute kurz auf ihre edle Hermès-Tasche. »Ich verstehe nicht, wie du so leben kannst.«

»Zeig mal her.« Inge nahm Myra das Buch aus der Hand. Sie drehte es um und fand, wonach sie gesucht hatte. Das Bild der Autorin. »Wow«, sagte sie dann. »Die *ist* heiß.«

Cara traute sich nicht, hinzusehen. Sie wollte nur für sich an Jude denken, und das nicht in dieser Runde hier teilen. Dennoch ließ sie unbewusst ihren Blick schweifen und bevor sie wusste, was geschehen war, drückte Inge ihr das Buch ins Gesicht.

»Ist sie das?«, fragte sie. »Sah Santa wirklich so … mediterran aus?«

Cara starrte das Bild an, erkannte aber, dass es ohne das Weihnachtsmannkostüm unmöglich war, zu sagen, ob die dunkelhaarige, braun gebrannte Frau auf dem Bild die war, mit der sie sich vor so vielen Wochen gestritten hatte. Ob sie es nun war oder nicht, es gab genug Gründe dieses Foto so lange anzusehen, wie sie konnte. Cara schmunzelte. Vielleicht sollte sie Myra fragen, ob sie das Buch mit nach Hause nehmen durfte.

»Warum guckst du so?«, fragte Inge argwöhnisch. »Das ist sie, oder?«

Cara schüttelte den Kopf. »Ich weiß es wirklich nicht«, sagte sie und gab Myra das Buch zurück.

»Du weißt es nicht?« Inges Kopf landete fast auf dem Tisch. »Wie kannst du es nicht wissen?«

»Ich habe sie doch nur kurz gesehen, okay?«, sagte Cara verteidigend. »Sie trug ein Weihnachtsmannkostüm, mit einem Bart, unechten Augenbrauen, einer Mütze, weißen Handschuhen und einem Kissen um den Bauch – der einzig echte Teil von ihr, den man wirklich sehen konnte, waren ihre Augen.«

»Und wenn schon«, sagte Alice in leicht gelangweiltem Ton, »was macht es schon, ob das dieselbe Frau ist oder nicht?«

»Cara muss damit abschließen«, sagte Inge einfach.

»Okay!« Alice knallte die Faust auf den Tisch. »Jetzt reicht es! Ich war unglaublich geduldig mit euch. Ihr seid meine geliebten Fast-Schwestern, und ich war davon überzeugt, dass euch irgendwann ein Licht aufgehen *müsste*, aber ich denke, da lag ich falsch.«

Cara zog die Brauen zusammen. »Wovon redest du?«

»Ich habe eine Frage«, sagte Alice. »Oder eher ein Rätsel. Stellt euch vier Frauen vor – junge, gebildete Stadtfrauen. Sie essen zu Mittag in einem Restaurant, das als gehoben gilt. Sie unterhalten sich. Sie brauchen weiterführende Informationen. Sie verbringen Stunden damit, über die Angelegenheit zu diskutieren, sie starren auf das Bild eines Kinderbuchs, und zwar unglaublich lange.« Sie hob ihre Hand. »Jetzt kommt meine Frage. Und bevor ihr es vergesst, wir befinden uns im einundzwanzigsten Jahrhundert. Welche unerschöpfliche Informationsquelle vergessen diese Freunde heranzuziehen?«

»Das … ähm … Internet?«, fragte Cara zögerlich.

»Ja, das Internet!« Alice schlug erneut auf den Tisch. »Verdammt noch mal, google die Frau endlich!«

»Gute Idee«, gab Cara zu.

»Willkommen in der digitalen Welt«, sagte Alice und holte ihr Smartphone hervor, »meine lieben Neandertaler.« Sie gab den Namen ein. »Hier.« Sie sah selbstgefällig aus, als sie Cara das Smartphone gab.

Inge beugte sich vor, um auf den kleinen Bildschirm schauen zu können. »Wow«, sagte sie. »Da gibt es Millionen von Treffern.«

»Ich sagte euch doch, dass sie berühmt ist«, sagte Myra.

Cara öffnete die offizielle Website der Autorin.

»Schau dir ihre Biografie an«, meinte Inge. »Vielleicht gibt es da was über ihr Privatleben.«

»Sie hat einen Partner«, sagte Myra.

»Einen *Partner*?«, fragte Inge. »Ist das nicht das heimliche Lesbenwort für Freundin?«

»Ms Donovan lebt«, las Cara vor, »mit ihrem langjährigen Partner und zwei Hunden in den Hollywood Hills.«

»Hollywood Hills?«, fragte Alice. »Also was macht sie dann in unserem kleinen Land am Meer?«

»Sie lebt jetzt hier«, warf Myra ein. »Sie kam in die Niederlande, um ihre europäischen Fans zu treffen, und ist ein Jahr später hergezogen. Na ja, halbwegs. Sie verbringt auch noch ein paar Monate im Jahr in Kalifornien.«

»Aber warum Holland? Warum Amsterdam? Warum nicht Paris? London?«

»Weil«, sagte Myra, »sie sich verliebt hat. Darum.«

Cara starrte sie an. »Verliebt? In wen?«

»In uns alle!« Myra hob das Kinn. »Sie verehrt uns. Sie schwärmt für unsere Landschaft und unser Meer. Sie liebt unsere Kanäle und unsere Windmühlen. Am meisten liebt sie unser malerisches, gelbes

Licht, wenn die Sonne untergeht. Sie sagt, es bringt sie dazu, mit dem Malen anfangen zu wollen.«

Cara packte ihre Schwester am Arm. »Myra«, sagte sie, »was zum Teufel? Kennst du sie? Persönlich?«

Myra zuckte mit den Achseln. »Leider nicht. Ich habe nur über sie gelesen. Und ich habe sie ein bisschen auf YouTube gestalkt, wenn ich ehrlich bin. Sie hat etwas, das mich wunderbar schläfrig macht, wenn sie in diesem niedlichen amerikanischen Akzent über Kinder und das Künstlerleben spricht, und darüber, wie es ist, in zwei verschiedenen Welten zu leben. Sie ist … wie heißt das … beruhigend. Jude Donovan bringt mich zum Einschlafen, wie ihre Bücher meine Kinder.«

»Und was ist mit diesem Partner?« Cara wollte ihre Schwester auf den Kopf stellen und die Informationen aus ihr herausschütteln.

»Darüber weiß ich nichts«, sagte Myra. »Ich denke, sie wird ihn mitgebracht haben, als sie hergezogen ist. Das wäre wohl logisch. Vielleicht ist er auch in Hollywood geblieben. Sie spricht nicht viel über Privates.«

»Also hast du all diese vollkommen irrelevanten Informationen über sie, aber du weißt nicht, ob sie lesbisch ist?«, fragte Inge.

»Warum sollte ich das auch wissen? Woher sollte *ich* denn wissen, dass meine kleine Schwester auf sie steht?«

»Ich dachte, das Wort ›Partner‹ benutzen meistens nur vierzigjährige Frauen, die sich unwohl dabei fühlen, den Begriff ›Freund‹ zu verwenden«, kommentierte Alice.

»Unsinn«, sagte Inge. »Sie ist ganz sicher lesbisch.« Sie nahm Cara das Handy aus der Hand und schaute sich die Bildergalerie nochmals an. »Das kann ich sehen.«

»Wie das denn?«, fragte Alice. »Ich kann das nie erkennen, nicht wenn sie keinen Bürstenschnitt und Flanellhemden tragen.« Sie hielt inne. »Und Schlüssel an Ketten. Ich bin fast vom Stuhl gefallen, als

Arend mir von Cara erzählt hat. Wie konnte sie … ihr wisst schon? So wie sie aussieht?«

»Warum?«, fragte Cara. »Weil ich blond bin?«

»Nun … nein.« Alice zuckte mit den Schultern. »Du weißt genau, was ich meine. Es liegt daran, wie du deine blonden Haare trägst – diese Ringellöckchen um deine Ohren, es liegt an deinem subtilen Make-up, deinen langen Beinen. Du sendest einfach diesen feinen, femininen Chiffon-Vibe aus.«

»Chiffon-Vibe?«, Inge drehte sich zu Alice. »Was zum Teufel …«

»Zuerst einmal«, unterbrach Cara. »danke, denke ich. Zweitens, ihr seid ein Haufen furchtbar intoleranter Menschen, und drittens macht es keinen Unterschied, was sie ist. Sie könnte auch was mit Bunny persönlich am Laufen haben, soweit es mich betrifft.«

»Bunny ist ein Mädchen«, sagte Myra in die Runde.

Inge wandte sich an Cara. »Bist du nicht neugierig?«

»Ich dachte, ich wäre daran schuld, dass sie gefeuert wurde«, sagte Cara. »Dass ich sie obdachlos gemacht hätte und sie meinetwegen verhungert. Jetzt, da ich weiß, dass sie berühmt und ekelhaft reich ist, muss ich mir darüber keine Sorgen mehr machen. Ich kann loslassen. Alles abgeschlossen.« Sie gab Alice das Smartphone zurück. »Lasst uns über etwas anderes reden.«

»Richtig.« Myra stand auf. »Etwas ganz anderes. Ich muss auf die Toilette.« Sie sah zu Cara. »Kommst du mit?«

»Das finde ich immer wieder seltsam«, sagte Alice, »wenn Frauen zusammen auf die Toilette gehen.«

Inge zuckte mit den Schultern, nahm ihr Messer, stach es in ein Stück Brie und schob es sich dann in den Mund.

Als sie in der Toilette angekommen waren und sich ihre Gesichter im Spiegel ansahen, wandte Myra sich an Cara. »Hör mal«, begann sie. »Ich weiß nicht, was zwischen dir und Jude Donovan abgeht, aber wenn du wirklich herausfinden willst, wer sie ist, dann kannst du sie morgen im De Paddestoel finden – dem Kinderbuchladen.

Du weißt, wo der ist, ja? Er hat dieses wild dekorierte Schaufenster voller Ballons, Girlanden und Plüschtieren.«

Cara nickte. »Was macht sie da?«

»Na, ihr neues Buch vorstellen natürlich.«

»Lass mich raten.« Cara legte den Kopf schief. »*Bunny löst einen Mordfall.*«

»Eigentlich«, sagte Myra, »heißt es *Bunny findet einen Freund.*«

Cara wusste nicht, was sie dazu sagen sollte.

»Der Laden macht um vier auf. Ich wollte dir das nicht vor den anderen sagen.« Myra schob sich zur Tür. »Inge ist heute irgendwie etwas anstrengend.«

»Wirst du dort sein?« Cara deutete auf Myras runden Bauch. »Wenn man bedenkt, dass du die Vorsitzende des Ms Donovans Fanklub bist.«

Myra schüttelte den Kopf. »Das können wir nicht mit unserem Terminplan vereinbaren. Samstage sind immer ein bisschen verrückt. Eigentlich ist der ganze Tag eine einzige lange Rushhour.«

»Ich verstehe«, sagt Cara.

»Pass gut auf, Cara.« Myra wackelte mit dem Finger vor Caras Gesicht. »Diese Frau ist wie eine Göttin für jeden unter sechs.«

KAPITEL 4

Sie war früh dran, aber trotzdem wartete schon eine Schlange vor dem Buchladen, die sich bis runter zur Spiegelgracht erstreckte. Dort waren Dutzende Kinder, die schrien und Bunny-Bücher in den Händen hielten. Sie hatten Taschen dabei, die ohne Zweifel Zeichnungen und Papierbasteleien von Kaninchen enthielten, die sie der Frau geben würden, die Myra als deren Göttin bezeichnet hatte.

Vom Ende der Schlange aus war der Laden nicht mal mehr sichtbar. Cara wurde das Herz schwer. Wie lange würde sie warten müssen, bis sie drinnen ankam? Und wie sollten all diese Leute überhaupt in den Laden passen? Von draußen sah er nicht so groß aus – lang, aber schmal. Sie verließ die Schlange und ging Richtung Buchladen, bis sie ihn von der anderen Straßenseite aus sehen konnte. Sie stand dort eine Weile, starrte das thematisch auf Bunny abgestimmte Schaufenster und die Pappaufsteller von Jude Donovans liebreizendem Gesicht an. Es war ziemlich beeindruckend. Aber was jetzt? Sie würde den Tag nicht damit verbringen, in der Schlange zu stehen. Selbst wenn, würde es nicht komisch wirken, dass sie allein dort war? Hätte sie sich vielleicht besser eines von Myras Kindern ausleihen sollen?

Vielleicht konnte sie draußen warten, überlegte sie, bis Jude später mit einem fetten Scheck in der Hand den Laden verließ. Sie fühlte sich lächerlich, als sie sich daran erinnerte, wie besorgt sie darum war, dass Jude verhungern musste, nachdem sie vermeintlich Schuld an deren Entlassung gewesen war. Sie war natürlich nicht gefeuert worden – ihr Auftritt als Santa war wahrscheinlich nur eine einmalige Sache gewesen. Vielleicht hatte sie eine Tour durch die Einkaufszentren des Landes gemacht. Ein Geschenk an ihre vernarrte Leserschaft, an die Eltern ihrer Fans, die wussten, aber geheim halten mussten, dass ihr Kind tatsächlich auf Jude Donovans Schoß gesessen hatte, ohne es zu wissen.

Cara sah einen ihrer Kollegen von der Pizzeria mit dem Fahrrad an ihr vorbeifahren. Er winkte und ihr kam eine Idee. Sie konnte sich von den normalen Leuten abheben. Sie konnte in den Laden gelangen, indem sie etwas *lieferte*. Etwas, ohne das Ms Donovans Vortrag ein Desaster werden würde. Sie dachte lange und angestrengt nach – was war es, ohne das jede Lesung für Kinder nicht auskam? Kinder, klar. Eine Bombendrohung? Das verwarf sie aus offensichtlichen Gründen. Sie begann den Gehsteig hoch und runter zu laufen, blieb dann stehen, um nachzudenken, und lehnte sich an eine riesige Plastik-Eistüte neben einer Snackbar. Sie starrte auf den kleinen Buchladen auf der anderen Seite der breiten Straße, die Verkehrsgeräusche prasselten auf sie ein. Sie erkannte, dass sie nicht gerade die einfallsreichste Person des Planeten war. Alles, was ihr einfiel, war, tatsächlich eine Pizza zu liefern. Aber sie wusste nicht mal, ob die schlanke Jude überhaupt Pizza aß. Vielleicht ernährte sie sich von grünem Tee und Sojabohnen. Wenn sie nur Alice' Smartphone hätte, um die Homepage nochmals lesen zu können, auf der vielleicht etwas zu ihren Essgewohnheiten stand.

Sie überlegte, ob sie vielleicht gerade wahnsinnig wurde. Sie wusste, dass irgendwo in ihrem Bewusstsein die Frage danach, warum sie Jude Donovan so verzweifelt treffen wollte, eine Antwort verlangte. Doch für den Moment entschied sie, das zu ignorieren.

Sie verschwendete nur wertvolle Zeit. Sie musste es einfach riskieren.

Also rannte sie los, um die Tram zu erwischen.

KAPITEL 5

Es war fast halb vier und der Laden war noch geschlossen. Durch das Fenster konnte Cara eine ältere Frau mit Dutt sehen, die damit beschäftigt war, Bunny-Bücher spiralförmig aufzustellen. Cara klopfte mit dem Fingernagel gegen das Glas. Die Frau sah auf, schüttelte aber den Kopf. Cara klopfte erneut, diesmal etwas lauter.

»Wir haben geschlossen«, sagte die Frau lautlos. Doch sie ging trotzdem zur Tür. »Hat die Agentur Sie geschickt?«, rief sie durch die geschlossene Tür hindurch.

Cara wusste nicht, was das bedeutete. Sie schüttelte den Kopf und stellte ihre Tasche auf den Gehweg. Dann fischte sie eine Serviette und einen Stift heraus und schrieb das Wort Lieferung darauf, dann drückte sie die Serviette gegen die Scheibe.

Die Frau mit dem Dutt schloss auf und öffnete die Tür einen Spalt. Wie auf Befehl begannen die wartenden Kinder zu rufen und sich gegenseitig weiter vorzuschieben.

»Hey!«, rief Cara. »Zurück mit euch! Wenn ihr nicht stehen bleibt …« Sie wollte schon sagen, dass sie die Macht hatte, Bunny in der nächsten Geschichte vor den Bus zu werfen, ließ es dann aber doch sein. »Ruhe!«, rief sie stattdessen. »Es ist gleich so weit! Je stiller ihr seid, desto schneller wird sich die Tür öffnen!«

»Schon gut«, hörte sie eine Mutter zu einer anderen sagen. »Sie gehört zur Buchhandlung.«

In der Zwischenzeit hatte die Frau mit dem Dutt die Tür wieder geschlossen und ging nun zurück zu ihren Büchern.

Cara klopfte erneut an das Glas. Die ältere Frau wurde eindeutig wütend. Sie schüttelte den Kopf, berührte ihren Dutt, ging zurück zur Tür und öffnete sie erneut, nur einen Spaltbreit.

»Was wollen Sie?«, fragte sie. »Sehen Sie nicht, dass wir geschlossen haben?«

»Ich soll hier etwas Besonderes ausliefern«, sagte Cara und deutete auf die Plastiktasche, die, wie sie jetzt feststellte, sehr viel mehr nach einer ganz gewöhnlichen Lieferung aussah und die ungünstigerweise das Logo der Pizzeria trug.

»Pizza?«, fragte die ältere Dame und deutete auf die Tasche. »Wir haben keine bestellt.«

Cara fischte eine falsche Rechnung aus der Tasche und schaute darauf. »Es ist für Mr Donovan.«

»Eine *Ms* Donovan vielleicht?«, fragte die Frau.

Cara sah erneut auf die Rechnung. »Sorry, stimmt«, gab sie unschuldig zu. »Ms Donovan. Sind Sie das?«

Die ältere Dame brachte ihr Gesicht so dicht an die Tür, dass ihre beachtliche Nase durch die Öffnung ragte. Sie schnupperte. »Ms Donovan besucht uns heute hier. Ich bin Mrs Beldam, die Besitzerin. Wie Sie sehen können, sind eine Menge junger Leser hier, um Ms Donovan zu sehen. Ich kann mir nur schwer vorstellen, dass sie eine knappe halbe Stunde vor ihrem Auftritt noch eine Pizza bestellen würde.«

»Sie wissen doch, wie Stars sind«, sagte Cara. Sie zuckte mit den Schultern. »Elvis ließ sich vor jeder Show zwanzig Hamburger in seine Kabine liefern.«

Der Gesichtsausdruck von Mrs Beldam änderte sich von verärgert zu geschockt.

»Nicht, dass ich Ms Donovan mit Elvis vergleichen will«, beeilte Cara sich hinzuzufügen. »Sie ist viel … nun ja … dünner. Außerdem bin ich mir ziemlich sicher, dass sie nicht singen kann.« Sie wischte sich mit dem Handrücken über die Stirn. »Nicht, dass ich sie schon mal singen gehört habe – ich meine, ich will hier keine voreiligen Schlüsse ziehen. Soweit ich weiß, könnte sie auch eine tolle Singstimme haben, und ich war nie ein großer Elvis-Fan – er hatte etwas an sich, dass mich nie …« Sie schaute flehend zu Mrs Beldam. »Es lag wohl an den Anzügen.« Sie blies sich eine Haarsträhne aus dem Gesicht. »So weiß. Und dann all diese Fransen und Troddeln …«

»Entschuldigung!« Mrs Beldam beendete Caras bizarren Monolog mit einem wütenden Blick, sodass ihre ungezupften Augenbrauen, die jetzt ganz eng beieinanderstanden, ihr etwas eulenhaftes verliehen. »Miss?«, fragte sie. »Warum geben Sie mir nicht einfach die Tasche, okay? Geben Sie sie einfach her und ich sorge dafür, dass Ms Donovan sie bekommt.« Sie streckte ihre Hand aus, doch Cara hielt die Tasche außerhalb ihrer Reichweite.

»Es tut mir sehr leid«, sagte sie, »aber ich …« Sie lächelte verschwörerisch. »Die Sache ist die, Ms Donovan besteht darauf, denjenigen persönlich zu treffen, der ihre Vorauftritts-Pizza liefert.«

Cara sah, wie Mrs Beldams Zweifel an ihrer geistigen Gesundheit wuchsen.

»Junge Dame, Sie können entweder die Tasche bei mir lassen«, sagte sie, »oder mit der Tasche verschwinden. Es liegt ganz bei Ihnen, und Sie haben …«, sie schaute auf ihre Uhr, »… fünf Sekunden, um sich zu entscheiden.«

Aus der hinteren Tür des Ladens trat eine Frau in den Raum. Cara konnte sie nur undeutlich sehen, aber sie erkannte, dass sie Mrs Beldam ansprach, die sich zu ihr umdrehte.

Cara konnte nicht verstehen, was sie sagten, doch Mrs Beldam streckte die Hand durch die Tür und deutete auf Cara und ihre Tasche. Es war anscheinend eine Kollegin, die im Nebenraum ihre Diskussion gehört hatte.

Die Frau kam zur Tür, stand einen Moment da, zwischen den Bunny-Büchern und den bunten kleinen Tischen und Stühlen, und sah durch das Fenster.

Cara war überrascht. Das Gesicht der Frau war auf gleicher Höhe mit einem der Pappaufsteller von Jude Donovan im Schaufenster. Es gab gar keinen Zweifel. Die Gesichter waren dieselben. Die Frau, die sie durch das Fenster hindurch anstarrte, war keine Angestellte – sie war die bekannte Autorin selbst, Jude Donovan. Doch obwohl es offensichtlich war, dass Jude ziemlich großartig aussah, war Cara sich immer noch nicht sicher, ob sie auch die Weihnachtsfrau war, die ihr ständig im Kopf rumspukte. Sie hatte damals einfach zu wenig von ihr gesehen, um es genau sagen zu können. Das machte sie nur noch entschlossener, es herauszufinden.

Cara sah, wie Jude Donovans Lippen sich zu einem Lächeln verzogen. Sie kam näher, bis sie an der Tür war. Mrs Beldam ging aus dem Weg. Jude öffnete die Tür etwas weiter und duckte sich, als die Kinder wieder zu schreien anfingen.

»Du kommst besser schnell rein«, sagte Jude. Sie öffnete die Tür weiter und Cara, die langsam das Gefühl hatte, dass sie all das nur träumte, schlüpfte hinein.

Mrs Beldam sprang nach vorn und schloss die Tür hinter ihr.

Als sie erst einmal drin war, machte Judes Nähe Cara hoffnungslos schüchtern. Sie hatte keine Ahnung, was sie sagen sollte, denn sie hatte nicht daran gedacht, was sie tun würde, wenn ihr Plan tatsächlich funktionieren sollte.

»Das ist meine Assistentin«, sagte Jude zu Mrs Beldam. »Ist der Anzug hinten?«

»Ich bin deine … Assistentin«, wiederholte Cara verblüfft.

»Der Anzug, ja. Folgen Sie mir«, sagte Mrs Beldam an Cara gewandt und nahm sie am Arm.

»Der Anzug?« Cara war zu abgelenkt, um sich richtig vorzustellen. »Was ist das für ein Anzug?«

Jude lächelte. »Ein witziger. Beeil dich lieber, es ist schon spät.«

Mrs Beldam sah Cara an, als sie in den hinteren Teil des Ladens gingen, und schüttelte den Kopf. »Warum haben Sie das nicht gleich gesagt? Warum haben Sie nicht einfach gesagt, wer Sie sind? Wir haben uns schon gefragt, ob Sie überhaupt auftauchen würden. Ich hätte Sie doch sofort reingelassen, wenn Sie nicht mit dieser dummen Lieferung weitergemacht hätten. Was sollte das überhaupt?«

»Die … ähm«, stammelte Cara. »… dumme Lieferung, ja.« Sie atmete tief durch. »Das tut mir leid. Es war ein Witz. Ein ziemlich mieser, wie ich jetzt sehe.«

Mrs Beldam öffnete die Tür zu einem schmalen Flur, der zu einer kleinen Küche auf der einen und einer engen Treppe auf der anderen Seite führte. Sie ging die Treppe hoch und sah ständig zurück, als wollte sie sichergehen, dass Cara ihr auch ja folgte.

Das Steigen der Treppen war scheinbar sehr anstrengend für Mrs Beldam – sie ging langsam, atmete schwer und lehnte sich etwas gegen das Geländer. Als sie oben angelangt waren, ging Cara ein paar Schritte in den Raum hinein. Die Bretter unter ihren Füßen knarrten. Sie versuchte, sich den Raum anzusehen, aber dazu war es zu dunkel. Mrs Beldam betätigte den Lichtschalter und ein leicht oranger Schleier von der nackten Glühbirne, die von der Decke hing, überzog den engen Raum.

»Hier ist nicht so viel Platz«, sagte Mrs Beldam. »Es ist größtenteils ein Abstellraum.«

Es war nicht mehr als eine Besenkammer, dachte Cara, in der ein *richtiger* Besen auf dem Boden lag. Der Raum war vollgestopft. Mit Möbeln, Kartons voller Bücher, mehr Kartons auf den Regalen, voll mit Spielzeug, Ballons, Stofftieren, einem Jahresvorrat an Kaffee und Tee. Eine Kleiderstange voller Kinderkleidung, meist Mäntel und Sweatshirts, klemmte zwischen der schiefen Decke und der Wand. Cara nahm an, dass dies Kleidungsstücke waren, die ihre Besitzer im Laden vergessen hatten. Vielleicht war Mrs Beldam auch eine von diesen alten Damen, die kleine Kinder fraßen.

»Den nehmen wir besser aus dem Weg«, sagte Mrs Beldam und hob einen Besen hoch, »bevor jemand darüber stolpert.«

Cara war sich nur einer Sache sicher. Sie wollte hier raus. Sie war davon überzeugt, dass es hier ganz stark nach einem Voodoo Ritual roch, an dem sie nicht teilnehmen wollte.

»Hören Sie …«, sagte sie, »… die Sache ist die …«

Mrs Beldam nahm etwas vom oberen Regal, das in Plastik eingehüllt war, und drückte es Cara in die Arme. Unter dem Plastik befand sich etwas Fluffiges, und für einen Moment befürchtete Cara, dass es ein totes Haustier von jemandem war. Wo war sie da nur reingeraten. Sicher, die berühmte Schriftstellerin war unten. Alles was sie voneinander trennte, waren eine Treppe und eine Sperrholztür. Doch wenn man es recht betrachtete, was wusste Cara denn schon von Jude Donovan oder den bizarren Vorlieben, die sie hatte? Dinge, die nicht auf ihrer Website standen, weil es keine Seite für eklige Fetische gab.

»Wir haben es reinigen lassen, wie Ms Donovan wollte«, sagte Mrs Beldam. »Ich glaube, es ist schon länger nicht mehr getragen worden. Aber es ist immer noch in gutem Zustand. Ich lasse sie dann mal damit allein. Bitte beeilen Sie sich.«

Sie ging die Stufen hinab und ließ Cara zurück. Cara wusste nicht wirklich, was sie tun sollte, also wickelte sie das Paket aus. Sie riss die Folie ab. Etwas Flauschiges und Weißes fiel auf den Boden. Und dann verstand sie endlich, was los war und schlug sich gegen die Stirn. Es war ein Hasenkostüm! Sie sollte es anziehen und die Kinder unterhalten! Beide, Jude und die alte Dame, hatten sie mit dem angeheuerten Kaninchen verwechselt. Sie brach in Gelächter aus, das von den Wänden widerhallte.

»Ist alles in Ordnung da oben?«, rief Mrs Beldam fragend vom Fuße der Treppe aus.

»Ja, danke«, rief Cara zurück. »Ich bin gleich unten.« Sie zuckte mit den Achseln. »Ach, was soll's«, sagte sie zu sich selbst. Jetzt, da sie so weit gekommen war, konnte sie das auch durchziehen. Der echte Hase konnte immer noch kommen, aber damit würden sie sich beschäftigen, wenn es so weit war. Sie war im Laden, sie hatte Zugang zu Jude, und wer wusste schon, was an diesem bizarren, abenteuerlichen Tag noch passieren würde. Sie sollte also Tausende Kinder bespaßen, na und?

Sie zog Mantel und Schuhe aus, öffnete den Reißverschluss des Anzugs und kletterte in die haarigen, weißen Pfoten, dann streifte sie den Rest des Anzugs über. Sie wusste nicht, ob das Kostüm eines von diesen One-Size-Teilen war, aber als sie es anhatte, erkannte sie, dass es wie angegossen saß. Das erinnerte sie an den Tag im Einkaufszentrum und sie fragte sich, ob es irgendwie Judes und ihr Schicksal war, sich gegenseitig nur in Kostümen zu sehen, die nichts weiter als ihre Augen und Münder erkennen ließen.

Die Schlappohren waren riesig. Genau wie die Füße. Sie überlegte, ob sie die Brille abnehmen sollte, wenn man bedachte, dass Hasen für ihre guten Augen bekannt waren, weil sie so viele Karotten aßen. Doch da sie wahrscheinlich schon der Füße wegen die Treppe hinunterfallen würde, entschied sie sich, zumindest für den Moment die Brille noch aufzulassen.

Glücklicherweise schaffte sie es in einem Stück nach unten. Sie fühlte sich lächerlich, doch beide, Mrs Beldam und Jude, waren zufrieden mit dem, was sie sahen, als sie sich ihnen zeigte. Mrs Beldam war froh, zumindest diesen Punkt abgehakt zu haben, und entschuldigte sich, denn sie musste nochmals auf den Dachboden, um mehr von Judes Bestsellern zu holen, wobei *Bunny hat ein Aua* die Liste anführte. Sie rechnete offensichtlich damit, heute groß abzukassieren.

»Sieh dich an, du siehst perfekt aus«, sagte Jude, als sie allein waren. »Als Hase, versteht sich.« Sie lächelte und musterte Cara von Kopf bis Fuß. »Ich persönlich«, fügte sie hinzu, »fand dich perfekt, bevor du den Anzug anhattest.«

Wurde Jude rot? Cara wurde in diesem Hasenanzug noch verlegener als vorher. Wie konnte sie einen solch offensichtlichen Flirt erwidern, jetzt, wo sie ein verdammter Hase war?

Sie sah Jude an und nickte. »Danke«, sagte sie. »Vielleicht sollte ich mich vorstellen.«

»Brauchst du nicht.« Jude lächelte. »Bunny, richtig?«

»Ähm … ja.«

»Die Agentur schickt dich, oder?«

»Die … ähm … Agentur«, sagte Cara.

»Du gehörst doch zur Agentur?«

»Ich bin eigentlich mehr ein … unabhängiger Hase«, sagte Cara.

Sie warf einen kurzen Blick auf Jude, die Jeans und Boots trug und ein tief ausgeschnittenes schwarzes Top, das etwas zu sexy gewesen wäre, wenn sie darüber nicht noch eine graue Jacke getragen hätte. Um ihren Hals lag eine große, silberne Kette – ein ineinander verschlungenes Design von zwei Vögeln im Flug, die Cara an das Yin-und-Yang-Symbol erinnerten. Jude war etwas kleiner als Cara und kurviger, als ihre schlanke Gestalt anfangs preisgegeben hatte. Ihr Haar war knapp schulterlang. Sehr glatt und fast schwarz. Ihre braunen Augen sahen Cara mit dem gleichen intensiven Blick an, den Cara nun auch von ihrer kurzen Begegnung im Einkaufszentrum wiedererkannte. Ihre Hände waren elegant, mit langen Fingern und perfekt gepflegten Nägeln. Sie trug keine Ringe. Eine kleine Narbe auf ihrer linken Schläfe hob die Reinheit ihrer Haut noch mehr hervor.

Es war nicht so, dass es Cara wie Schuppen von den Augen fiel, vielmehr kam sie eher langsam zu der Erkenntnis: Jude Donovan war *definitiv* der Santa aus dem Einkaufszentrum.

»Ein unabhängiger Hase?«

»Warum die ganzen Fragen?«, fragte Cara. »Du hast einen Hasen bestellt und hier bin ich.« Sie verbeugte sich erneut. Um der alten Zeiten willen.

»Das Lustige ist nur«, sagte Jude mit einem spöttischen Ausdruck, »dass die Agentur mich gerade angerufen hat, um mir zu sagen, dass mein bestellter Hase mit Grippe im Bett liegt und sie leider in so kurzer Zeit keinen Ersatz finden konnten.«

»Die Grippe, ja?« Cara erkannte, dass sie so nicht weiterkamen. »Verdammt.«

»Also, …« Jude zuckte mit den Schultern. »dass du hier aufgetaucht bist, ist sehr mysteriös.«

Cara wurde klar, dass sie die Strategie ändern musste. »Darf ich ganz ehrlich sein?«

Jude nickte. »Klingt nach einem Plan.«

»Weißt du, wer ich bin?«

»Nun ja«, sagte Jude, »es hätte nicht so lange gedauert, es herauszufinden, wenn du dein glänzendes Ansteckschildchen getragen hättest, so wie jeder gute Staatsdiener es tun sollte.« Sie lächelte. »Aber ich habe es irgendwann geschnallt. Ich habe deine …«, sie räusperte sich, »… Gesichtszüge erkannt.« Sie sah Cara an, als wollte sie sie aufessen, einen leckeren Bissen nach dem anderen.

Cara, die sich in diesem Kostüm lächerlich und unglaublich erhitzt fühlte, wand sich vor Unbehagen. Waren da Käfer in diesem Anzug? Aber dann erinnerte sie sich, dass Mrs Beldam gesagt hatte, er wäre gereinigt worden. Das Jucken kam dann wohl aus ihr selbst.

»Richtig«, sagte Cara, »die Gesichtszüge.«

Jude grinste. »Sag mir nicht, dass das Gericht dich angewiesen hat, mir eine Pizza zu liefern.«

Cara sah den Kindern zu, die ihre Gesichter von außen gegen die Scheiben pressten. Es war kurz vor vier und sie wollten haben, was rechtmäßig ihnen gehörte. Sie hatten schon lange genug gewartet. Einige Eltern hatten vielleicht sogar vor dem Laden geschlafen, um sicherzustellen, dass ihr kostbarer Nachwuchs den großartigen Hasen treffen würde.

»Ängstigen sie dich nicht ein bisschen?«, fragte Cara. »Wenn es so viele sind?«

»Das sind Fans«, erwiderte Jude. »Ich liebe sie.«

»Ich kann nicht so gut mit Kindern«, beichtete Cara.

»Sicher kannst du«, sagte Jude. »Das musst du. Mein Ruf scheint einmal mehr in deinen Händen zu liegen, und ich bitte dich inständig, nicht noch einen meiner Auftritte zu versauen. Übernimm mal ein bisschen Verantwortung. Du hast es dir eingebrockt, also löffel es auch aus.«

»Keine Sorge«, sagte Cara und neigte den Kopf, sodass ihre Ohren nach vorn fielen. »Ich werde dich stolz machen.«

Jude nahm eines der Ohren in die Hand und ließ das Fell durch ihre Finger gleiten.

Cara war sich nicht sicher, ob es sie zu einer Art Perversling machte, dass sie das sehr anregend fand. Viele Dinge geschahen heute, die verwirrend ohnegleichen waren.

»Weißt du, was das Geheimnis ist?«, fragte Jude und ließ ihr Ohr los. »Nimm sie ernst. Respektiere sie und sie werden darauf anspringen.«

»Willst du mich gar nicht fragen, warum ich überhaupt hier bin?«, fragte Cara.

»Wir haben nicht viel Zeit«, warnte Jude. »Das Fenster wird sie nicht mehr lange aufhalten.«

»Okay«, sagte Cara. »Ich komme zum Punkt. Ich wollte mich entschuldigen. Deshalb habe ich versucht, dich zu finden. Ich war unhöflich. An diesem Tag hatte ich selbst ein paar Probleme, aber es war falsch von mir, es an dir auszulassen.«

»Das ist schon okay«, sagte Jude. »Ich erinnere mich, dass ich auch nicht gerade eine Lady war.«

Cara schüttelte den Kopf. »Du hast angeboten, mir den Stock aus dem Arsch zu ziehen.«

Jude lächelte. »Schande über mich.«

»Ich wusste nicht, wer du bist«, sagte Cara. »Dass du dieser bekannte Star bist, meine ich. Ein riesiger, *amerikanischer* Star. Meine Schwester hat es mir erzählt. Ihre Kinder sind eingefleischte Fans. Also habe ich mir einen Trick ausgedacht, um dich zu sehen. Einen gerissenen und hinterhältigen Plan.«

Die Kinderstimmen wurden lauter, nun da sie einen Blick auf Bunny geworfen hatten. Die Eltern hatten es langsam schwer, sie im Zaum zu halten.

»Das hier war dein gerissener und hinterhältiger Plan?«, fragte Jude und ignorierte die Lautstärke draußen. »Mrs Beldam vorzutäuschen, dass ich eine Pizza bestellt hätte?« Sie schüttelte den Kopf. »Ich frage mich langsam, ob du dein Amtsabzeichen überhaupt wert bist.«

»Ich habe nicht gesagt, dass ich gut darin bin«, sagte Cara. »Außerdem gibt es kein Abzeichen mehr.«

»Was ist passiert? Bist du befördert worden?«

Cara schüttelte den Kopf. »Das ist eine lange Geschichte«, sagte sie. Eigentlich war es eine kurze Geschichte, aber sie würde ihren mitleiderregenden beruflichen Werdegang nicht mit der erfolgreichsten Person diskutieren, die sie je kennengelernt hatte.

»Was ist mit den Dokumenten, die ich an jenem Tag zugestellt habe?«

Jude zuckte mit den Schultern. »Was soll damit sein?«

Cara wusste nicht, wie sie fragen sollte, weshalb Jude vorgeladen worden war, ohne unhöflich und neugierig zu wirken. Außerdem, wollte sie es überhaupt wissen? Was, wenn die Antwort dazu führte, dass das wunderbare, kribbelnde Gefühl, das sie unter all dem grauenvollen Pelz verspürte, verschwand?

»Du fragst dich, warum ich sie bekommen habe«, sagte Jude. Sie lächelte. »Welches Verbrechen mir vorgeworfen wird.«

Cara nickte. »Eigentlich schon. Aber das musst du mir natürlich nicht sagen. Nicht, wenn du nicht willst.«

»Ist schon gut«, sagte Jude. »Es ist kein Geheimnis. Wir kommen alle mal zu dem Punkt, an dem Mord die einzige Lösung zu sein scheint. Ich bin mir sicher, so weit warst auch du schon mal. Ich habe nur nach Instinkt gehandelt. Was ich nicht bedacht habe, war, dass es sich so unglaublich gut anfühlen würde. Dass es mir so liegen würde. Dass es nach dem ersten Mal wirklich kein Zurück mehr geben würde.«

Cara starrte sie voller Entsetzen an und trat einen Schritt zurück, wobei sie fast einen Stapel Bücher umstieß.

»Du bist sehr leicht reinzulegen, oder?« Jude brach in Gelächter aus.

Cara wollte ihr eine verpassen, doch entschied sich, stattdessen lieber zu lächeln.

Judes Gesicht wurde ernst. »Wenn du es unbedingt wissen willst, es gibt da ein kleines Problem bezüglich eines Plagiatsfalls. Jemand versucht, das Gericht davon zu überzeugen, dass ich meine Bunny-Geschichten von ihm gestohlen hätte. Ich erspare dir die Details. So interessant ist es nicht.«

»Ich verstehe«, sagte Cara.

»Um das klarzustellen, das ist alles Schwachsinn. Das alles war ein kleiner Albtraum, aber ich bin mir sicher, dass es bald vorbei sein wird.«

Mrs Beldam kam mit den Büchern zurück. »Es ist fast so weit«, erklärte sie feierlich.

»Es ist fast so weit«, wiederholte Jude. Ihre Worte klangen unheilvoll und beruhigend zugleich, als würde ihre Bedeutung weit über den simplen Fakt hinausgehen, dass sie gleich ihre Fans traf. »Denk daran, dass wir hier jetzt zusammen drinstecken.«

»Ich bin bereit«, sagte Cara. »Obwohl ich nicht wirklich vertraut bin mit Bunnys Sprache oder irgendwelchen ihrer Besonderheiten.«

»Du musst dir zwei Dinge merken«, erklärte Jude. »Bunny neigt dazu, sich mit anderen Spezies zu unterhalten, sehr zum Ärger ihrer bürgerlichen und nervtötend überbeschützenden Eltern. Und sie sucht immer nach einem Weg, um an Karottentorte zu kommen.«

»Karottentorte«, wiederholte Cara. »Alles klar.«

»Fans bringen gern Karottentorte zu Lesungen mit. Oft von Fünfjährigen gebacken. Matschig. Mit Glitzer.« Jude lächelt. »Bon appétit.«

»Igitt«, sagte Cara. »Ich mag Karottentorte nicht einmal wirklich, wenn sie vom Bäcker kommt, und schon gar nicht …«

»Schweres Los!«, sagte Jude. »Weißt du was? Überwinde dich heute für mich und ich bezahle dir den üblichen Preis, *und* ich lade dich nachher zum Kaffee ein, ja?«

Cara lächelte. »Deal.« Dann verdüsterte sich ihr Blick. »Es gibt einen üblichen Preis?«

»Oder vielleicht Drinks, wenn dir das lieber ist. Deine Entscheidung.«

»Drinks. Die sind mir eindeutig lieber.«

Caras Meinung nach würden Drinks länger dauern und sie bedeuteten etwas anderes. Gemeinsam Kaffee zu trinken, war unschuldig, für Drinks auszugehen, könnte so ziemlich zu allem führen. Sie wurde langsam wirklich aufgeregt, wie sich die Dinge entwickelten, aber eine Sache musste sie noch aus dem Weg räumen. Wenn es unangemessen war, dann war dem halt so.

»Wäre das denn okay?«, sagte sie und schaute Jude unschuldig an. »Für deine Langzeitbeziehung, meine ich?«

Jude starrte sie einen Moment lang an. »Für meine … was?«

Cara zuckte mit den Schultern. »Auf deiner Homepage steht, dass du mit deinem Partner und zwei Hunden in den Hollywood Hills lebst.«

»Wow.« Jude gluckste. »Hast du die ganze Seite auswendig gelernt?«

»Nein«, antwortete Cara. »Nur diesen Teil.«

»Und?«

»Nichts.« Cara zuckte mit den Schultern. »Ich weiß, dass du teilweise in den Niederlanden lebst. Und ich frage mich nur, ob dein … du weißt schon … Mann, oder Ehemann, dich abholen und uns zu … diesem, nun ja … was immer es auch ist, was wir machen werden, begleiten wird.« Ihr Herz hämmerte in ihrer Brust. »Es wäre wohl lustig, denke ich. Ihn zu treffen.« Sie wurde rot und hasste sich selbst.

»Richtig«, sagte Jude. »Es ist nur so, dass die Informationen auf meiner Website ein bisschen veraltet sind.« Sie räusperte sich. »Die Dinge …« Sie brach ab.

»Was?«

Sie zuckte zusammen. »Darüber möchte ich jetzt nicht reden, okay? Lass uns bei der einfachen Version bleiben und sagen, dass sich die Dinge geändert haben.«

»Okay, sicher.« Cara nickte. »Die Dinge haben sich geändert. Das tun sie ständig, nicht? Meistens, wenn man es am wenigsten möchte.«

»Ich habe Kalifornien verlassen, als meine Ehe zu Ende ging«, sagte Jude schlicht. »Es ist kein Geheimnis, nur nicht der breiten Masse bekannt.«

Und doch, dachte Cara, wusste meine Schwester alles darüber.

»Laurie und ich haben uns getrennt und ich brauchte eine Veränderung«, fuhr Jude fort. »Neue Horizonte, so was halt.« Sie lächelte. »Es hat sich herausgestellt, dass euer Horizont der schönste von allen war. Es ist das Licht, weißt du. Zur Abenddämmerung. Es fängt einen ein.«

Cara konnte sich nicht so auf diese sehr romantischen Enthüllungen konzentrieren, wie sie es sonst vielleicht getan hätte, denn sie selbst war ein Fan dieser Abenddämmerung. Ihre Aufmerksamkeit lag auf etwas anderem. Auf einem Namen, der sie schwindelig machte. *Laurie*! Nicht John, nicht Brad, nicht Michael. Laurie! Und nicht nur eine Laurie – eine Laurie, die sie *verlassen* hatte.

Mehr Zeit hatten sie nicht.

»Meine Damen«, rief Mrs Beldam. »In drei, zwei, eins!«

Sie öffnete die Tür und da waren sie, Dutzende von schreienden, wild umherrennenden Kindern, die sie fast umwarfen.

Cara war nicht darauf vorbereitet, was als Nächstes geschah. Sie dachte, die Kids würden alle zu Jude stürmen, doch es stellte sich heraus, dass sie ganz und gar nicht hinter Jude her waren. Sie waren viel interessierter an Bunny, ihrem niedlichen, felligen Idol, als an der Autorin, die dieses Idol zum Leben erweckt hatte. Sie warfen sich auf Cara.

Sie versuchte fieberhaft sich daran zu erinnern, was Hasen normalerweise *taten*. Sie musste eine Darbietung liefern, irgendetwas, damit die Kinder auf ihre Kosten kamen. Das einzige Kaninchen, das sie je gekannt hatte, war Konijn gewesen, das Haustier, das sie als Kind gehabt hatte – und alles, was der getan hatte, war mit der Nase zu wackeln und zu hoppeln. Hoppeln! Sie hockte sich hin und versuchte es, nicht nur das Hoppeln, auch das Nasewackeln. Die Kinder rasteten aus. Sie schoben ihr Karotten vor das Gesicht, die sie zwischen die Zähne nahm, um darauf herumzukauen. Der Mutigste von ihnen kletterte ihr auf den Rücken. Sie streichelten ihr Fell. Sie spielten mit ihren Ohren. Sie gaben ihr Geschenke und Bilder. Sie dankte ihnen und bewunderte ihre Kunst mit einer Fistelstimme – sie hoffte, dass sie so klang, wie die Kinder sich Bunny vorstellten.

Sie liebten sie. Sie hatten wahnsinnigen Spaß. Genau wie Cara selbst.

Jedes Mal, wenn sie zum Luftholen auftauchte, warf sie einen Blick auf Jude, die sie aus einiger Entfernung beobachtete. Ihr gefiel, was sie in Judes Gesicht las. Es ließ sie noch härter daran arbeiten, sie stolz zu machen.

Als Cara die kleinen Fans endlich beruhigt hatte und Jude anfangen konnte, zu lesen, waren sie erledigt. Sie saßen in einem Halbkreis auf dem Boden, dicht bei Judes Stuhl, und die ganze Zeit hörten sie sprachlos, sogar einige mit offenem Mund, der Lesung zu – man hätte eine Stecknadel fallen hören können.

Mrs Beldam schoss ununterbrochen Fotos mit ihrer kleinen Kamera.

Stunden später, als wieder Ruhe in die Buchhandlung eingekehrt war und Cara wieder aussah wie ein richtiger Mensch, schob Mrs Beldam Cara und Jude fast aus dem Laden.

»Aber … das hier!«, protestierte Cara und deutete auf das Schlachtfeld, das die kleinen Besucher hinterlassen hatten.

»Das geht schon«, versicherte ihr Mrs Beldam. »Später kommt noch jemand, um mir zu helfen, okay?« Sie schob sie zum Ausgang.

»Nun geht schon, Kinder. Ich bin mir sicher, ihr könnt etwas Besseres mit eurer Zeit anfangen, als hier rumzuhängen.« Sie sah unglaublich liebenswert aus.

Bin ich verrückt, dachte Cara amüsiert, oder weiß Mrs Beldam genau, was hier läuft?

Die Straßen waren ruhiger, nun da die Sonne untergegangen war und einen schwachen pinkfarbenen Schein am Horizont hinterlassen hatte. Sie gingen nebeneinander, bis Jude anhielt und ihre Hand ausstreckte. »Ich bin übrigens Jude.«

Cara schüttelte die Hand und hielt sie absichtlich ein wenig länger fest. »Ich bin Cara.«

»Ja«, sagte Jude. »Cara, natürlich. Ich habe mir an die hundert Namen überlegt, und keiner schien der richtige zu sein. Cara ist perfekt.«

Cara wurde es ein bisschen schwummerig. Jude hatte lange genug über sie nachgedacht, um sich über hundert Namen für sie zu überlegen?

»Dieser Name ist sehr selten in den Niederlanden«, sagte sie. »Meine Großmütter hießen Carolina und Rachel – meine Eltern sind dann ein wenig kreativ geworden.«

»Dann lag ich wohl falsch«, gab Jude zu. »Ich dachte, er wäre irisch. Er erinnert mich an Kleeblätter und grüne Hügel.«

Cara zuckte mit den Schultern. »Es gibt keinen Grund, warum er dich nicht immer noch daran erinnern kann.«

Die Nacht war kühl und frisch. Cara fühlte, oder glaubte zumindest zu fühlen, dass ein Hauch von Frühling in der Luft lag, obwohl es erst Februar war. Die Dunkelheit hatte sich in den vergangenen Nächten anders angefühlt, irgendwie schwächer, als ob sie sich schon langsam dieser Gewalt ergab, der sie sich ohnehin beugen musste.

»Ich gehe nachts gern durch die Stadt«, sagte Jude. »Nach einem solchen Tag muss ich runterkommen. Veranstaltungen machen mir Spaß, sie sind aber auch anstrengend.«

Cara nickte. Sie war ganz glücklich, Jude für sich allein zu haben, neben ihr zu laufen. Sie sah sie ab und zu flüchtig an, hoffte, dabei unauffällig zu sein. Vielleicht lag es daran, dass sie mit einer Berühmtheit unterwegs war, denn wo Cara sonst so kühn war, blieb sie jetzt vorsichtig. Es war ihr immer noch nicht hundertprozentig klar, was hier los war. Jude hatte mit ihr geflirtet und mit ihr arbeiten wollen, und sie hatte zugegeben, an sie gedacht zu haben. Doch das war nicht genug für Cara, um herauszufinden, ob das hier eine Art Date oder nur ein Spaziergang mit einer freundlichen Fremden war.

Sie schob die Hände in ihre Manteltaschen. »Ich auch«, sagte sie. »Ich mag es auch gern.«

Sie gingen Richtung Herengracht. Jude legte ein zügiges Tempo vor. Sie kam Cara wie das Klischee einer aktiven Frischluftfanatikerin vor, die Cara immer bewundert hatte, zu der sie aber selber nie hatte werden können. Sie hatte sich Judes Leben vorgestellt, diese berühmte Schriftstellerin, die in den Hollywood Hills residierte, mit ihrem Partner, den Hunden, vielleicht einem Pferd. Caras Verstand hatte ein detailliertes Bild konstruiert – das Haus im Tudorstil, das große Arbeitszimmer, in dem Jude schrieb, die Bücherregale entlang der Wände und aufwendig gearbeitete Kronleuchter, die von den Decken hingen. Sie hatte sich vorgestellt, wie Jude und ihr Partner auf lange Wanderungen gingen, Gäste empfingen, die Abende auf der imposanten Veranda verbrachten und dem Sonnenlicht zusahen, wie es hinter den Bergen verschwand. Das Bild war wahrscheinlich ungenau. Sie war noch nie in Kalifornien gewesen und was sie über kalifornische Häuser wusste, hatte sie nur aus dem Fernsehen. Das spielte nun auch gar keine Rolle, da Jude offensichtlich viel beeindruckter von den engen Straßen und den Kanälen Amsterdams war, als von den imposanten Bergen ihrer Heimat.

Und doch machte es sie nicht weniger unerreichbar. In der Buchhandlung hatte sie sich Jude nah gefühlt. Jetzt fürchtete Cara allerdings in eine alte Falle zu tappen, indem sie etwas in Dinge hineininterpretierte, die eigentlich ganz harmlos waren. Das tat sie ständig. Sie neigte dazu, sich zu schnell zu heftig zu verlieben. Und riskierte so, enttäuscht zu werden. Selbst jetzt, wo sie nebeneinander gingen, wirkte Jude so unnahbar wie noch an diesem Morgen.

Oder nicht?

Sie drehten sich in genau dem gleichen Moment zueinander. Ihre Blicke trafen sich, dann schaute Jude weg. Cara atmete tief ein.

»Was ist los?«, fragte Jude und verlangsamte ihren Schritt.

»Nichts«, antwortete Cara. Sie fühlte sich wie eine Sechzehnjährige auf dem Schulball, die ihre Schwärmerei für ein heißes Mädchen versteckte und sich fragte, ob das Leben je einfacher werden würde.

»Sag es mir, ja?«

»Du willst es nicht wissen.«

Jude hielt abrupt an.

Cara rannte sie fast um.

»Vertrau mir«, sagte Jude. »Das will ich.«

Cara ging weiter – sie wollte Jude zur Kreuzung Reguliersgracht und Herengracht führen, um ihr die Stelle zu zeigen, von der aus man fünfzehn Brücken gleichzeitig sehen konnte, die über die Kanäle führten. Zu dieser Zeit waren die Brücken beleuchtet, sodass es einer der romantischsten Plätze der Stadt war.

Der Mond war hinter den Wolken hervorgekommen, tauchte alles in blasses, bläuliches Licht. Cara zitterte. Die Nacht versprach etwas, das sie beflügelte. Sie hatte dieses Gefühl nicht zum ersten Mal und sie machte immer das Beste daraus, doch heute Nacht hatte sie keine Ahnung, was sie damit anfangen sollte.

»Ich bin nicht die stabilste Person der Welt«, sagte sie, als Jude sie eingeholt hatte.

»Und?«

»Ich habe jede Beziehung ruiniert, die ich je hatte.«

Jude schien darüber nachzudenken. »Vielleicht«, sagte sie endlich, »bist du nur nie mit der richtigen Person zusammen gewesen.«

»Kann ich ehrlich sein?«

Jude nickte. »Sicher.«

Cara blieb mitten auf der Brücke stehen, von wo aus sie Jude unbedingt diese Aussicht zeigen wollte. »Erst will ich dir etwas zeigen«, sagte sie. Sie drehten sich zum Wasser um und Cara deutete auf die Reihe aus sechs geschwungenen Brücken, und dann auf die anderen sechs, und dann nach links, wo noch zwei weitere standen. »Die Brücke, auf der wir stehen, ist die fünfzehnte«, sagte sie. »Hast du das schon mal gesehen?«

Jude schüttelte den Kopf. »Ich kann einfach nicht glauben, was alles in dieser Stadt steckt«, sagte sie. »Als ich das erste Mal hier war, dachte ich, ich liefe durch eine Art Märchen. Die Atmosphäre ist so überwältigend und so anders als alles, was ich je kennengelernt habe. Ich habe mich auf Anhieb bei meinem ersten Spaziergang verliebt.«

Als sie sich umdrehten und gegen das eiserne Geländer lehnten, begann das Glockenspiel der Westerkerk zu läuten, als wolle es den Reiz der Stadt untermalen.

»Du wolltest ehrlich sein«, erinnerte Jude. Sie sah sie erwartungsvoll an.

Cara bemerkte, dass Jude kalt war. Ihr Gesicht war blasser und sie zitterte, als sie ihre Hände in die Manteltaschen schob. Cara wünschte, sie wäre mutig genug, Judes Hände in ihre eigenen Manteltaschen zu stecken, um sie dort warmzuhalten. Aber sie war schüchtern. Hier waren so viele Menschen – Tag und Nacht waren hier Menschen – und da war der Verkehr und der Lärm, die Straßenbahnen bimmelten und die Kirchenglocken läuteten und das Glockenspiel erklang, während die Kanalboote sanft durchs Wasser glitten. Und ungefähr eine Million Menschen auf Rädern surrten an ihnen vorbei.

»Ich habe aus einem bestimmten Grund versucht, dich zu finden«, gestand sie.

»Um dich zu entschuldigen, richtig?« Judes spöttisches Lächeln war zurück.

»Du genießt es wirklich, mich zu quälen, oder?«

»Du machst es mir so einfach«, sagte Jude. »Aber ich werde Erbarmen haben, okay? Lass mich dir helfen. Du hast versucht mich zu finden, weil du an dem Tag im Einkaufszentrum genau dasselbe gefühlt hast wie ich. Dass da unter der Oberfläche noch etwas anderes war, als wir uns gestritten haben, etwas, das warm und kribbelnd war und das es wert sein könnte, zu erforschen.«

Cara nickte.

»Also, was können wir tun?«

Cara zuckte mit den Schultern.

»Cara«, sagte Jude. »Komm schon. Ich bin mir sicher, dass uns *irgendwas* einfällt.«

Jude drehte sich halb um. Nun standen sie sich direkt gegenüber. Sie drückte ihren Körper sanft gegen Caras und ließ damit keinen Zweifel an ihren Absichten.

»Wir stehen auf einer beleuchteten Brücke.« Cara kicherte, nervös und amüsiert.

»Und?«, fragte Jude. »Wir sind in Amsterdam, erinnerst du dich? Alles ist möglich. Licht ist gut.«

Cara legte die Hände an Judes Hüften, doch sie konnte nicht wirklich etwas fühlen durch den dicken Mantel.

Jude, die mutiger war, strich über Caras Haar. Ihre Hand blieb eine Weile an ihrem Hals, dann an ihrem Kinn. Dann schob sie die Finger langsam zu Caras Mund und fuhr mit dem Daumen über ihre Lippen.

Cara vergaß zu atmen.

Jude zog die Hand zurück und nahm dann Caras Hände in ihre und hielt sie so. Sie sah die Hand an, hob sie dann an ihr Gesicht, küsste die Handgelenke, küsste die Finger und verschränkte sie mit ihren eigenen. Jude schien jedes Stückchen Haut, das sie entdecken konnte, berühren zu wollen.

Cara hatte sich nie so begehrt gefühlt. Sie sah Jude in die Augen, die jetzt dunkler waren. Sie wusste, was das bedeutete, und sie dachte, es wäre besser, sich nicht zu rühren, nicht zu sprechen.

Jude drückte sich energischer gegen Cara und begann dann, sie zu küssen.

Cara, die überrascht war von der Tiefe dieses ersten Kusses, fühlte, wie ihre Knie weich wurden. Es gab kein vorsichtiges Herantasten, sie hatte keine Chance, den neuen, fremden Mund kennenzulernen – Judes Kuss war vollkommene Hingabe, langsam, sinnlich und tief. Cara fühlte sich, als hätte sie ein Leben lang in der Kälte gestanden und würde sich nun auf ein weiches Bett sinken lassen, um von der wärmsten, weichsten Decke umhüllt zu werden, die sie je gefühlt hatte. Sie streckte die Arme aus, doch Jude griff ihre Handgelenke und drückte sie gegen das Geländer der Brücke, sodass sie das kalte Metall berührten. Zur selben Zeit rieb sie ihre Hüften gegen Caras. Dabei unterbrach sie nie den Kuss. Cara konnte sich nicht mehr bewegen und gab sich dem Gefühl hin, keine Wahl zu haben und ganz Judes hungrigem Mund und ihren leidenschaftlichen Küssen ausgesetzt zu sein.

All ihre Gedanken wurden in den Hintergrund gedrängt, als ihr Körper die Kontrolle übernahm und ihren Verstand zum Schweigen brachte. Als sie schließlich Luft holen mussten, blinzelte Cara und fragte sich, ob das, was sie sah, wirklich war – dass die Welt nun in helleren Farben erstrahlte. Menschen liefen oder radelten über die Brücke, doch niemand interessierte sich für sie. Vielleicht waren die Amsterdamer daran gewöhnt, zwei sich küssende Frauen an einem der belebtesten Orte der Stadt zu sehen, und es war vollkommen in Ordnung für sie.

»Jesus«, sagte Cara. »Hast du schon mal etwas von spontaner menschlicher Selbstentzündung gehört?«

Sie schaute über das Wasser und versuchte Atem zu holen. Unter der Brücke tauchte ein Kanalboot auf. Von dort winkte ihr ein

Mann zu. Er schien eine Kamera in der Hand zu haben. Sie fragte sich kurz, was ihre Schwestern wohl darüber denken würden, wenn sie sie heute Abend auf YouTube sahen, wie sie mit Jude in aller Öffentlichkeit rumknutschte. Sie drehte sich um und lehnte sich gegen das Geländer. Eine ältere Dame in einem hellgelben Mantel hastete an ihnen vorbei und warf ihnen einen argwöhnischen Blick zu. Jude tippte sich an den imaginären Hut. Dann wandte sie sich wieder Cara zu und lächelte.

»Ich nehme an, es wäre ein gutes Zeichen, wenn du in Flammen aufgingest?«

Cara nickte. »Das habe ich noch nie in der Öffentlichkeit mit einer berühmten Schriftstellerin getan.«

Jude verneigte sich. »Ich bin stolz, die Erste zu sein.«

Cara legte die Arme um Jude und zog sie für einen weiteren Kuss zu sich. Wenn überhaupt, war dieser noch besser, denn ihre Umarmung machte ihn noch intimer. Cara war es gewohnt, sich ein wenig zurückzuhalten, wenn sie eine Frau zum ersten Mal küsste, sie wollte sich erst mit ihrer Art, zu küssen, vertraut machen. Mit Jude schien das Wort ›Zurückhaltung‹ aus dem Wörterbuch gestrichen worden zu sein. Nicht nur, dass Cara sich gar nicht bremsen wollte, sie konnte es auch nicht – es war unmöglich, sich diesem sinnlichsten aller Gefühle zu verweigern. Jude zu küssen, war viel mehr, als Jude einfach nur zu küssen. Es war mehr als nur ein Vorspiel vor dem Sex. Es *war* Sex, eine Art Miniaturausgabe davon. Was ihre Münder taten, konnte sie in ihrem ganzen Körper spüren – das Kribbeln, Pochen und Pulsieren. Und für Jude war es nicht anders, denn so wie Cara ihre Erregung in sich aufsteigen fühlte, wusste sie durch die Laute, die Jude von sich gab, und ihre Bewegungen, dass Judes Erregung im Einklang mit ihrer eigenen war.

Doch als sie spürte, wie Judes Knie vorsichtig ihre Beine spreizen wollte, wurde sie plötzlich wieder klar im Kopf. Sie erkannte, dass sie hier, für den Moment, einen Schlussstrich ziehen musste, bevor die Sache vollkommen aus dem Ruder laufen würde. Sie zog sich zurück. Abrupt.

Jude lehnte sich weiterhin gegen sie, ihr Kopf an Caras Schulter. Cara, die Jude so nah an ihrem Ohr schwer atmen hörte, kämpfte um Selbstbeherrschung. Es war fast unmöglich, dem Drang zu widerstehen, Jude erneut zu küssen.

»Was ist los?«, fragte Jude keuchend.

»Ich will das mehr als alles andere«, flüsterte Cara ihr ins Ohr. »Aber nicht hier.«

»Es tut mir leid«, sagte Jude. Der Zauber war verflogen. Sie hob den Kopf von Caras Schulter und trat zurück. Sie strich ihren Mantel glatt und fuhr sich mit der Hand durch die Haare. »Ich auch nicht«, sagte sie und schüttelte den Kopf. »In der Öffentlichkeit rumzuknutschen, ist billig und geschmacklos.« Sie entschuldigte sich erneut. »Es ist mit mir durchgegangen.« Sie streckte die Hand aus und strich zärtlich über Caras Wange. »Du bist nur so …« Sie machte ein Geräusch, das halb Stöhnen, halb Schnaufen war.

Cara versuchte es nachzumachen. Sie lachten. Cara war sich fast sicher, dass sie noch nie zuvor jemand so liebevoll angesehen hatte. »Wir müssen aus der Kälte raus«, sagte sie. »Mein Apartment ist gleich um die Ecke.«

Jude schüttelte den Kopf. »Lass uns noch ein bisschen laufen, okay?« Sie blies sich auf die Hände – es wurde immer kälter.

Cara folgte ihr die Brücke hinab. Sie wollte absolut nicht noch länger draußen bleiben. »Warum?«, fragte sie. »Meine Wohnung ist nicht weit weg. Und warm ist es dort auch.« Doch sie folgte Jude trotzdem.

»Meine Wohnung ist eigentlich auch ganz in der Nähe«, sagte Jude. »Aber es geht nicht um die Nähe oder einen Ort, wo wir hinkönnten. Und obwohl dein Angebot wirklich sehr verlockend ist, werde ich wohl ablehnen.«

Cara wurde schwer ums Herz. Sie lehnte ab? Nach dem, was gerade geschehen war? War sie eine furchtbare Küsserin? Gab es jemand anderen? War es ein Fehler? Und wenn ja, würde sie sich *je* wieder erholen?

»Du willst nicht.« Sie klang genau, wie sie sich fühlte – am Boden zerstört.

»Im Gegenteil«, sagte Jude. »Ich will im Moment nichts mehr, als dass du mich mit nach Hause nimmst und wir da weitermachen, wo wir aufgehört haben.« Ihre Augen waren sanft, als sie Cara ansah. »Doch als jemand, der bisher jede Beziehung ruiniert hat, solltest du es diesmal vielleicht etwas anders angehen.«

Cara schmunzelte. »Meinst du nicht, dass der Zug schon abgefahren ist?«

»Ich meine«, sagte Jude und stieß sie spielerisch in die Seite, »von jetzt an.«

Cara nickte. »Vielleicht. Also, was schlägst du vor?«

»Lass es uns richtig machen«, sagte Jude. »Wir sollten ganz offiziell ausgehen.«

Cara starrte die Spiegelungen der Bäume im Wasser an und dachte einen Moment darüber nach. »Ausgehen?«

»Du weißt schon. Sich schick machen? Abendessen? Vielleicht ein Film?« Jude legte Cara den Arm um die Schultern, zog sie zu sich und legte ihr die Lippen ans Ohr. »Ich habe das Gefühl, dass es hier mehr gibt, als nur auf einer Brücke in Eiseskälte zur zweiten Base vorzudringen«, flüsterte sie. Sie schaute zu einer Straßenlaterne auf, die ihr warmes, goldenes Licht auf sie warf. »Egal, wie romantisch das Drumherum ist.«

»Also, Ms Donovan«, begann Cara, »versuchen Sie mir zu sagen, dass Sie mir den Hof machen wollen?«

Jude zog den Arm zurück. »Ich kann dich nicht leiden, wenn du übermütig wirst«, sagte sie.

Cara lachte laut auf. Sie legte die Hand auf Judes Schulter und schaute sie an. »Ich will dir auch den Hof machen«, sagte sie und war plötzlich ernst dabei.

Sie hielten an und begannen wieder, sich einander anzunähern, doch bevor ihre Lippen sich treffen konnten, zog Jude sich zurück. »Warte mal«, sagte sie. »Ich denke nicht, dass das funktioniert, wenn wir nicht ein bisschen Abstand voneinander haben.« Sie sah Cara an und schüttelte den Kopf. »Wenn du in der Nähe bist, kann ich mich nicht beherrschen. Ich war mal *so* anständig und jetzt sieh mich an.«

Cara seufzte. »Und was ist mit mir?«

»Du siehst ein wenig erhitzt aus, stimmt.« Jude grinste. »Ich bin sicher, dass eine kalte Dusche das schon wieder richten wird.«

Cara schob sie spielerisch von sich. »Du bringst mich noch um.«

Jude schüttelte den Kopf. »Ich will nicht daran denken, was es für Santas Ansehen und auch für mein eigenes bedeuten würde, wenn ich wegen unzüchtigen Verhaltens verhaftet würde.« Sie sah Cara mit ihren dunklen Augen an. »Was ist nun mit der Verabredung?«

Cara nickte. »Ich würde sehr gern mit dir ausgehen.«

Jude nahm ihre Hand und küsste sie. »Ich verspreche, diesmal eine perfekte Dame zu sein.«

»Nö«, sagte Cara. »Wo bleibt da der Spaß? Bitte versprich mir, dass es nicht dazu kommen wird.«

Jude lachte. »Führe mich nicht in Versuchung, okay? Wie wäre es mit Samstag? Wir treffen uns um acht hier auf der Brücke.« Sie neigte ihren Kopf zur Seite.» Alle Liebespaare treffen sich doch auf Brücken.«

Cara nickte. »Dann um acht«, sagte sie. Sie beugte sich vor, küsste Jude zärtlich auf die Wange und ging fort.

»Versuche, dich bis dahin zu benehmen, okay?«, rief Jude ihr hinterher.

Cara hob die Hand. Als sie zur Metro ging, fühlte sie sich, als ob sie – wenn sie wollte – in diesem Moment fliegen könnte.

KAPITEL 5

»Und?«

»Was, und?«

Inge verdrehte die Augen. »Mensch! Hast du sie getroffen? War sie es? War die heiße Santa auch die heiße Schriftstellerin?«

Cara nickte feierlich. »Habe ich und war sie.«

»Und?«

»Was, und?«

»Und … habt ihr?«

»Sei nicht vulgär, okay?« Myra rammte Inge spielerisch ihren Ellbogen in die Seite. »Du redest über die Person, die von meinen Kindern verehrt wird.«

»Und viel wichtiger«, sagte Cara. »Wir reden auch über meinen guten Ruf. Der, wie ihr alle wisst, quasi der einer Nonne ist.«

Alice zog die Brauen zusammen. »Der einer Quasi-Nonne? Und welcher Teil genau wäre bei dir quasi, wenn du eine Nonne wärst? Ist das jemand, der dir die Absolution online erteilt?«

»Komm schon!« Inge rollte mit den Augen. »Hör auf, uns zu veralbern. Cara, sag es uns – habt ihr wenigstens rumgeknutscht?«

»Ach ja.« Alice sah ins Leere. »Rumknutschen. Das waren noch Zeiten.«

Cara seufzte, eher zufrieden als wütend. »Bevor die Fantasie mit euch durchgeht, will ich euch erst wissen lassen, dass ich die Ehre hatte, Ms Donovan dabei zuzusehen, wie sie von einer Million schreiender Kinder zertrampelt wurde, bevor ich dann mit ihr spazieren gegangen bin.« Sie fühlte sich nicht wohl dabei, zu enthüllen, dass sie den größten Teil des Nachmittags in einem

Hasenkostüm gesteckt hatte. Sie ahnte, dass ihre Erfolgsgeschichte sonst zu schnell ins Lächerliche gezogen werden würde.

Cara hielt kurz inne, als die Kellnerin ihnen ihr Essen brachte. Sie waren in einem neuen Restaurant, das Inge vorgeschlagen hatte. Es war ein Lokal mit schlichtem Interieur und langsamer Bedienung – die Kellner waren sehr jung und nicht gerade zuvorkommend. Die Schwestern saßen in einer Nische auf einer Bank aus Lederimitat; Alice beschwerte sich, dass der Sitz so sehr an ihr kleben würde, dass sie sich jedes Mal ein Stück Haut abreißen würde, wenn sie sich bewegte. Die Speisekarte war ebenso schlicht, weshalb Cara und Alice sich mit einem Kaffee und einem Stück *Appeltaart* mit einem großen Klecks Sahne begnügten.

»Spaziergang?« Inges Gesicht drückte völlige Entrüstung aus.

»Genau«, sagte Cara. »Es war entzückend.«

»Spaziergang?«, wiederholte Inge. »Entzückend? Wer bist du, die verdammte Charlotte Brontë?«

»Weit gefehlt.« Cara erinnerte sich zurück an den sehr nicht-viktorianischen Kuss, den sie mit Jude getauscht hatte. »Obwohl ich zugeben muss, dass ich sehr wenig über Ms Brontës Liebesleben weiß. So wenig, dass ich nicht einmal weiß, ob sie überhaupt eins hatte.«

»Ich dachte, du hast all das Zeug ständig lesen müssen?«, fragte Alice.

Cara zuckte mit den Schultern. »Ich habe nie wirklich verstanden, wie irgendein Paar diese ganze Etikette durchstehen konnte. Ich weiß nur, dass viel umgarnt und geschmachtet wurde, aber ich bin mir nicht sicher, ob überhaupt je einer von ihnen richtig zur Sache gekommen ist. Und selbst wenn, muss es Stunden gedauert haben, all die Unterröcke auszuziehen.« Sie schob sich einen Löffel Sahne in den Mund, dabei stöhnte sie leise, als die seidige Creme ihren Gaumen berührte. Sie war in letzter Zeit seltsam empfänglich für körperlich ansprechende Dinge, sogar für Süßigkeiten, die vorher nie sonderlich ihre Leidenschaft entfacht hatten. Es war, als hätte Judes Kuss all ihre Sinne geschärft. Sie fragte sich sehnsüchtig, welche Auswirkungen mehr als ein Kuss auf sie haben würde. Allein die Aussicht darauf ließ sie kribbelig und seltsam atemlos werden, als wäre der Sauerstoff plötzlich aus dem Raum gesogen worden.

»Du hast das wirklich gut durchdacht, oder?«, fragte Inge, die offensichtlich angebissen hatte. »Du weißt aber schon, dass nur die eine Hälfte des Paares damals Unterröcke getragen hat?«

»Ja, richtig«, sagte Cara. »Es war unsere Generation, die die Möglichkeit von Geschlechtsverkehr zwischen zwei rocktragenden Personen erfunden hat.« Sie lächelte. »Niemand hatte es vorher je probiert. Es war ein ziemlicher heureka!-Moment.«

»Und außerdem«, warf Alice ein, »trugen die Männer auch komplizierte Kleidung. Unterhemden, Hosenträger, Westen, Unterhosen – es kann auch nicht so einfach gewesen sein, in *diese* Hosen zu gelangen.«

Myra räusperte sich. »Nicht, dass das nicht faszinierend wäre«, sagte sie, »aber lasst uns wieder zum eigentlichen Thema zurückkommen. Hat Ms Donovan vielleicht erwähnt, wann ihr neues Buch erscheinen wird?«

»Nein«, sagte Cara. »Hat sie nicht.«

»Worüber habt ihr dann geredet?«, fragte Alice und schaute auf ihre Nägel. »Kaninchen?«

Cara zuckte mit den Schultern. »Das Leben. Literatur. Die Zukunft des Planeten.«

»Hat sie das irgendwie … in dir hervorgebracht?«, bohrte Alice weiter.

»Warum? Ich rede die ganze Zeit über das Leben und Literatur und die Zukunft des Planeten.«

»Tust du? Wann?«

»Alice hat recht«, mischte Myra sich ein. »Du klingst anders. Mehr wie die eloquente Cara, die du mal warst. Ich habe dich immer als Dichterin gesehen, aber in letzter Zeit …« Sie summte. »Eher nicht so.«

Cara neigte ihren Kopf zur Seite. »Danke.«

»Ich sage nur, dass Jude einen tiefgreifenden Einfluss auf dich hat. Jetzt schon.«

Ihr habt ja keine Ahnung, dachte Cara.

»Und das ist wunderbar«, fuhr Myra fort. »So langsam fügt sich alles für dich.« Sie wackelte mit dem Kopf hin und her, weil sie versuchte, an ihrem Bauch vorbeizusehen. »Könnte bitte jemand nachsehen, ob ich zwei verschiedene Schuhe trage? Ich kann es nicht sehen, aber sie fühlen sich unterschiedlich an.«

»Ich gehe da nicht runter«, sagte Inge. »Wenn du deine Füße nicht sehen kannst, ist es wahrscheinlich, dass du sie auch nicht gewaschen hast.«

Alice beugte sich vor und schaute unter den Tisch. »Sie passen zueinander«, sagte sie und verzog das Gesicht. »Die Schuhe meine ich. Und das ist so ziemlich das einzig Positive, was ich dazu sagen kann.«

»Meine Knöchel sind ein bisschen geschwollen«, erklärte Myra, »deswegen bin ich auf bequemere Schuhe umgestiegen.«

»Ich hoffe, das ist es wert«, sagte Alice.

Inge versteifte sich. »Wie kannst du so was nur sagen?«, flüsterte sie. »Das ist jedes Opfer wert.«

»Es tut mir leid«, sagte Alice kopfschüttelnd. »Ich habe nicht nachgedacht.«

Cara streckte eine Hand aus und legte sie sanft auf Inges Schulter. Inge schob sie weg.

»Ich finde es fast schade, dass es dieselben sind«, versuchte Myra die Laune wieder zu heben. »Ich hätte einen neuen Trend kreieren können.« Sie sah zu Cara. »Aber weiter.«

»Was?«, fragte Cara.

»Ich finde die Idee, dass du dich mit Jude Donovan triffst, ein bisschen komisch, wenn ich ehrlich bin. Es ist wie aus einem Film. Surreal.«

»Es hat sich ganz und gar nicht surreal angefühlt«, sagte Cara. »Es war sehr natürlich. Als würde ich sie schon mein ganzes Leben kennen.« Sie grinste und wappnete sich für die Kommentare, die ihrer uncharakteristischen, kitschigen Aussage folgen würden.

Inge beugte sich vor und machte laute Würgegeräusche.

»Du bist nur eifersüchtig.« Cara schob sie spielerisch von sich. »Ich wette, Bart wirkt jetzt nicht mehr wie ein toller Fang!«

»Wirst du sie wiedersehen?« Myras Augen weiteten sich. »Könntest du … du weißt schon, eine kleine Privatveranstaltung für die Kinder organisieren?«

»Ich weiß nicht«, sagte Cara. »Wir gehen am Samstag zum Pastaessen aus.«

»Versau das nicht, Cara, okay?« Myra schüttelte den Kopf. »Dieses Mal bitte nicht.«

Sie aßen im Magna Plaza zu Abend, einem luxuriösen Einkaufscenter zwischen dem Königlichen Palast und der Nieuwe Kerk. Das Innere des neugotischen Gebäudes aus dem neunzehnten Jahrhundert bestand aus einer großen Halle mit Galerien, zwei oberen Stockwerken, war von Arkaden umsäumt und von einem Sonnendach gekrönt. Im Erdgeschoss lag eine stilvolle Brasserie mit wunderschönen Holzelementen, glänzenden Spiegeln und prunkvollen, kristallenen Kronleuchtern. Cara war sich sicher, dass es ein toller Ort für ein erstes Date war.

Sie war glücklich. Es war laut, es war warm, sie hatte Wein, sie hatte Spaghetti. Und ihr gegenüber saß mit leuchtenden Augen und langen Beinen, die ab und zu Caras Knöchel unter dem Tisch streiften, die erstaunlich umwerfende Frau, die sie gerade erst begann kennenzulernen.

Cara sah auf und hoffte, dass sich ihre Blicke treffen würden. Jude sah atemberaubend aus, ohne bei ihrem legeren Look, den sie wohl am liebsten trug, Kompromisse eingegangen zu sein. Sie war lässig-chic, auf schriftstellerische Art und Weise: Sie trug eine weiße Seidenbluse, schwarze, enge Hosen und eine graue Jacke, ähnlich der, die sie in der Buchhandlung getragen hatte. Die Bluse hatte einen Knopf zu viel auf, um das hier als unschuldiges Abendessen mit einer neuen Freundin auszugeben, denn so war der Blick frei auf einen leichten Brustansatz und ein kleines Stück eines roten BHs. Cara versuchte, nicht dort hinzustarren. Judes ungewöhnliche Kette war anscheinend verstellbar, denn der Anhänger lag nicht, wie beim letzten Mal, zwischen den Schlüsselbeinen, sondern hatte einen Platz zwischen ihren Brüsten gefunden. Münzgroße, silberne Ringe zierten ihre Ohren. Caras Blick lag einen Moment darauf, bevor er zu Judes Kiefer und weiter ihren Hals hinunterwanderte. Ihr Parfüm, etwas Leichtes und Blumiges, streifte Cara wie eine Berührung. Jude trug kein Make-up – die weiche, gebräunte Haut brauchte augenscheinlich keines. Auf ihren Lippen lag ein Hauch von Farbe. Mehr nicht.

Cara räusperte sich. Sie erinnerte sich einmal mehr daran, wie sie Jude in der kalten Nachtluft, auf der Brücke, geküsst hatte. Wenn es nur irgendwie anständig gewesen wäre, hätte sie vorgeschlagen, das Dessert ausfallen zu lassen und sich stattdessen draußen ein Plätzchen zu suchen, um zu sehen, ob die Magie vom letzten Mal noch da war. Sie war von der umwerfenden Schriftstellerin so bezaubert, wie jedes Mal, wenn sie sich trafen – sie hatte tatsächlich die Stunden bis zu diesem Date gezählt.

Sie nahm ein Stück Knoblauchbrot aus dem Körbchen und reichte es Jude, die es mit einem Lächeln annahm. Cara wurde bewusst, dass das hier nicht nur ihr Lieblingsrestaurant war, sondern auch ihr liebster Teil des Abends, und definitiv ihr liebster Teil in einer Beziehung. Es war alles so neu und aufregend. Es gab so viel, das sie von der Frau ihr gegenüber erfahren wollte und was sie sich über sie vorstellen konnte. Die Tatsache, dass sie Jude vorher schon geküsst hatte, steigerte nur ihre Erwartungen. Sie liebte die Möglichkeiten einer solchen Nacht – die spielerische, jedoch freundliche Konversation, der feine Umschwung zu einem intimeren Thema und dann, endlich, der Teil, in dem die Hemmungen schwanden, die Wangen sich röteten, Weinflaschen geleert und Blicke bedeutsam wurden. An diesen Abenden war die Luft schwer und schwül und geschwängert von Versprechungen.

Jude sah sich um. »Ich war noch nie hier«, sagte sie.

Erwachsene wussten scheinbar nicht, wer Jude war, wenn keine Kinder oder Bunny-Bücher um sie herum standen. Die Leute sahen sie definitiv an, doch ohne sie zu erkennen. Hier war sie nicht die erfolgreiche Schriftstellerin, was Cara dankbar begrüßte.

»Ist es nicht schön?«, fragte Cara. »Das hier war mal Amsterdams Hauptpostamt. In den frühen Neunzigern ist es zu einem Einkaufszentrum umfunktioniert worden. Das Äußere ist vollkommen neu gestaltet worden, wobei die originalen dekorativen Elemente beibehalten worden sind.«

»Es ist wunderschön und sehr gemütlich«, stimmte Jude zu. »Groß aber intim, genau wie ich es mag. Kommst du oft her?«

Cara wollte die Stimmung nicht verderben, indem sie gestand, dass sie ihre neuen Freundinnen oft hierher ausführte, also schüttelte sie den Kopf. »Nicht so oft. Wenn ich ausgehe, dann meistens mit meinen Schwestern, und dann haben wir den Hang zu großen Cafés mit weniger Touristen – du weißt schon, diese dunkleren und kleineren Restaurants, mit diesen gruselig schmalen Stufen hinunter zu den Toiletten.«

Jude nahm einen Schluck Wein. »Klingt, als versteht ihr euch ziemlich gut.«

Cara nickte. »Es ist nicht immer leicht, aber ja, wir stehen uns nah.«

»Du hast Glück.« Jude griff nach einer weiteren Serviette und tupfte sich den Mund ab. »Also, was hast du mit deinem Amtsausweis gemacht? Du schuldest mir noch eine Geschichte.«

Cara stöhnte. »Was ist mit dem netten Vorgeplänkel? Bist du sicher, dass du gleich zum Thema ›deprimierende Karrierechancen‹ kommen willst?«

»Absolut«, sagte Jude. »Warum nicht? Die Jobs anderer Leute faszinieren mich.«

Judes ernstes Auftreten hatte Cara nicht wirklich erwartet. Sie war freundlich und offensichtlich fühlte sie sich wohl, doch sie wirkte nicht so zugänglich wie beim ersten Mal, zumindest nicht in demselben Maße wie nach ihrem Kuss. Vielleicht musste sie *diese* Jude erst einmal herauslocken. Und Cara war sich nicht sicher, ob sie dieser Aufgabe gewachsen war. Sie war sich nicht einmal sicher, ob sie irgendeiner anderen Aufgabe gewachsen war, außer körperlich anziehend zu wirken.

»Es ist nicht wirklich eine Geschichte«, sagte sie und rutschte unruhig auf ihrem Stuhl herum. »Ich habe gekündigt, mehr gibt es dazu eigentlich gar nicht zu sagen. Es war nicht das Richtige für mich.« Sie drehte ein paar Spaghetti mit ihrer Gabel auf. »Ich würde lieber über deine Jobwahl sprechen.«

Jude hob die Brauen. »Darüber weißt du doch schon alles.«

»Der Auftritt als Weihnachtsmann?«

»Oh, das«, sagte Jude. »Ich mache gern einmal im Jahr etwas inkognito, das mir die Chance gibt, meine Leser außerhalb der üblichen Umgebung von Kinderbuchläden und Bibliotheken zu treffen. Letztes Jahr war ich ein Clown auf einem Jahrmarkt irgendwo in …« Sie dachte lange und angestrengt darüber nach. »Ich würde sagen … Groningen?«

Cara nickte. »Das ist gut möglich. War es sehr flach, sehr windig und sehr grau? Und war überall Gras und steckten die Traktoren im Schlamm fest, und hast du nicht ein Wort von dem verstanden, was die Leute gesagt haben?«

Jude lachte laut auf. »Ganz genau.«

»Dann war es höchstwahrscheinlich Groningen.«

»Dieses Jahr habe ich mich entschieden, nicht so weit wegzufahren. Und ich wollte unbedingt, dass mein Auftritt etwas mit Weihnachten zu tun hat. Ich weiß, dass euer Weihnachtsmann im Vergleich zu unserem ziemlich blass aussieht, aber ich dachte, ich tue meinen Teil, um ihn für die Kinder lebendig zu machen.«

»Wow«, sagte Cara. »Es gibt keinen Zweifel daran, dass Kinder total dein Ding sind.«

Jude zuckte mit den Achseln. »Ich denke schon. Mein Publikum ist ein wesentlicher Bestandteil meiner Arbeit. Aber es ist nicht nur Arbeit, ich genieße es auch sehr.«

Igitt, dachte Cara. Sie hat auf so ziemlich alles die richtige Antwort. Sie nahm einen Schluck Wein, dann stellte sie plötzlich fest, dass dies hier vielleicht nicht nur das erste, sondern auch das letzte gemeinsame Abendessen sein könnte, wenn sie nicht selbst mit einer inspirierenden Geschichte über Beharrlichkeit und Hingabe aufwartete.

»Und sie freuen sich immer, Bunny zu sehen«, sagte Jude. »Du hast sie übrigens *ziemlich* gut gespielt. Ich war beeindruckt von deiner umwerfenden Improvisation. Ich habe tatsächlich darüber nachgedacht, dich als Vollzeitkraft zu engagieren.«

Cara lächelte. »Über dieses Angebot werde ich definitiv nachdenken.« Sie schob ihr Glas über den Tisch und hinterließ feuchte Spuren auf der matten Oberfläche. »Hast du je eigene gewollt? Kinder meine ich?«

Jude brauchte eine Weile, um zu antworten, was Cara fürchten ließ, dass die Frage entweder unangebracht oder schmerzhaft war. Sie verfluchte ihre mangelnde Diskretion, die sich immer dann bemerkbar machte, wenn man sie am wenigsten gebrauchen konnte. Sie dachte an ihre Schwester, die schon so unglaublich lange erfolglos versuchte, ein Baby zu bekommen. Cara hatte unzählige

Male bei Inge gesessen und ihre Verzweiflung über einen weiteren vergangenen Monat geteilt, nach dem sie wieder ihre Periode bekommen hatte. Und die Uhr tickte.

»Es tut mir leid«, sagte sie. »Ich habe manchmal …«

»Nein, schon gut«, sagte Jude. »Ich … warum denkst du, dass ich nicht schon welche habe?«

Cara ließ ihr Glas los. »Hast du?«

Jude nickte.

Cara wusste nicht, was sie sagen sollte. Irgendwie war es ihr nie in den Sinn gekommen, dass Jude Mutter war. Gab es … eine weitere Mutter? Einen Vater? War Judes letzter Partner noch immer jemand, mit dem man rechnen musste? War ihre Trennung nur auf Zeit? Und wenn eine Chance bestand, dass sie wieder mit Laurie zusammenkam, wäre sie dann um die halbe Welt gereist und hätte sich mit jemand Neuem verabredet? Jemand, mit dem sie so sehr rummachen wollte, dass sie es in der Öffentlichkeit getan hatte?

»Habe ich dich geschockt?«, fragte Jude. Sie griff über den Tisch und berührte sanft Caras Arm.

Caras Haut schien dabei zu prickeln, doch sie konnte sich nicht darauf konzentrieren, dieses Gefühl zu genießen. All diese neuen Informationen beschäftigten sie zu sehr. »Nein, nein«, beeilte sie sich zu sagen. »Ich habe mich nur … ein paar Dinge gefragt.«

Jude zog ihre Hand zurück. »Sag mir, welche, okay? Du kannst mich alles fragen.«

»Okay«, sagte Cara. »Ich werde ehrlich sein.«

Jude nickte.

»Ich frage mich so langsam, was wir hier machen. Deine Signale sind ein wenig verwirrend. Augenscheinlich hast du Kinder. Und einen Ex, der eine Frau ist. Hast du eine Familie mit dieser Laurie gehabt? Oder mit … einem Mann? Besteht die Chance, dass du mit wem-auch-immer wieder zusammenkommst? Wirst du wieder nach Kalifornien ziehen? Hatten wir nur … ein wenig Spaß das letzte

Mal?« Sie zuckte mit den Achseln. »Nicht, dass an ein bisschen Spaß etwas auszusetzen wäre. Ich weiß nur gern, woran ich bin. Oder …«

Sie brach ab, als ihr auffiel, wie anmaßend sie in den Ohren von jemandem klingen musste, der das hier gar nicht vertiefen wollte. Es war durchaus möglich, dass sie jetzt eine heftige Abfuhr kassieren würde.

»Ich bin Single«, sagte Jude. Sie hielt ihre Hände hoch – kein Ring. »Bin ich schon seit einiger Zeit. Ich werde garantiert mit niemandem aus meiner Vergangenheit wieder zusammenkommen. Und ich bin definitiv lesbisch.« Ihr Fuß streifte Caras unter dem Tisch, ein unschuldiger Weg, Nähe herzustellen. »Ich erzähle dir die Geschichte, wenn du möchtest.«

Cara nickte. »Bitte tu das.«

Judes Haltung veränderte sich. Sie legte ihre Ellbogen auf den Tisch und beugte sich verschwörerisch vor, als ob sie gleich ein großes Geheimnis verraten würde. »Ich wusste es, seit ich ein Kind war.« Sie hielt inne, beobachtete die vorbeifahrenden Autos vor dem Fenster draußen. »Viele Homosexuelle sagen, dass sie immer gewusst haben, dass sie anders sind, aber so habe ich mich nie gefühlt, ich war einfach nur lesbisch. Oder, weil ich es damals nicht besser wusste, jungenhaft.«

Cara lächelte. Jude wirkte gar nicht mehr so jungenhaft. Nicht, dass es ihr etwas ausgemacht hätte – sie war ein wenig Butch in den Frauen, die sie datete, nicht abgeneigt.

»Ich habe meine Familie und Freunde mit meinem Coming-out an meinem sechzehnten Geburtstag überrascht.« Jude grinste böse. »Es war fantastisch. Sie saßen alle zusammengedrängt in unserer Küche auf der Farm in Wisconsin. All die Jahre haben sie es irgendwie geschafft, ihre Wertvorstellungen aus den Fünfzigern zu konservieren; sie glaubten daran, dass Masturbation blind macht und dass das Frauenwahlrecht der Untergang des Landes sein würde. Und plötzlich wurden sie mit dem Horror einer glücklichen, offen lesbischen Tochter, Enkelin oder Freundin konfrontiert. Es war der verwirrendste Tag in ihrem Leben.«

»Das war sehr mutig von dir«, sagte Cara.

Jude schüttelte den Kopf. »So hat es sich gar nicht angefühlt. Ich war nur der Überzeugung, dass ich das Recht hatte, mein Leben genauso stolz zu leben wie alle anderen.«

»Was ist danach geschehen? Haben die sexy Farmerstöchter aufgehört, Butter zu stampfen, und sich stattdessen dir zugewandt?« Cara kicherte. »Heiße Sommernächte im Heu?«

In ihrem Kopf entstanden lebhafte Bilder einer solchen Szene, ein wenig anzüglich, aber nicht unerfreulich, die sie lieber für sich behielt.

»So ziemlich das Gegenteil.« Jude wurde leiser.

Sie klang traurig und Cara verbannte die aufkeimenden Bilder aus ihrem Kopf.

Jude zuckte mit den Achseln. »Sie wollten nichts mit mir zu tun haben. Und wenn doch, erlaubten es ihre Eltern nicht. Ich war sehr jung und ich bin in einer traditionellen Gemeinde aufgewachsen. Kinder haben sich nicht wirklich gegen ihre Eltern aufgelehnt. Sie vertraten dieselben Ansichten und Werte, von einer Generation zur nächsten änderte sich nicht viel. Man akzeptierte etwas Neues oder anderes eigentlich nicht.«

Cara nickte betroffen. War das nicht eine Geschichte, die zu vielen von ihnen bekannt vorkam?

»Ich war sehr einsam«, sagte Jude weiter. »Fast eine Ausgestoßene. Meine Familie akzeptierte mich, solange ich nicht von Mädchen redete, und mir wurde langsam bewusst, wie ahnungslos sie wirklich waren. Sie konnten ganz einfach nicht verstehen, dass lesbisch zu sein genauso eine reale und unwiderrufliche Orientierung war, wie hetero zu sein. Dass es keine vorübergehende Wahnvorstellung war oder eine Folge von schlechten Erfahrungen oder ein Weg, aufzubegehren. Also haben sie mich immer wieder mit den Jungs der Nachbarsfarmen zusammengebracht, in der Überzeugung, dass ich mich schon irgendwann in einen von ihnen verlieben, diesen Wahnsinn, wie sie es nannten, vergessen und endlich heiraten würde. Am Ende habe ich es nicht mehr ertragen, ich wollte um jeden Preis fort. Also bin ich, sobald ich achtzehn war, nach Los Angeles gezogen.«

»Und?«

»Ich habe die verlorene Zeit komplett nachgeholt.«

Cara erwiderte Judes anzügliches Lächeln und machte sich eine geistige Notiz, Jude zu einem besseren Zeitpunkt darüber auszufragen, wie und mit wem sie diese verlorene Zeit nachgeholt hatte. Sie liebte Gute-Nacht-Geschichten. »Hast du noch Kontakt zu deinen Eltern?«

»Mein Vater ist vor drei Jahren an einem schweren Herzinfarkt gestorben«, sagte Jude. »Meine Mutter sehe ich vielleicht zwei- oder dreimal im Jahr. Wir haben nie über meine sexuelle Orientierung gesprochen. Sie haben nie gefragt, ob ich mit jemandem zusammen bin. Als ich schwanger wurde, haben sie wohl gedacht, ich hätte mich entschieden, alleinerziehend zu sein. Was auch der Wahrheit entsprach. Ich bin mir sicher, dass sie eine Geschichte für mich erfunden haben – dass mein Ehemann mich verlassen hatte oder gestorben war. Aber sie waren glücklich über meinen Erfolg und stolz, Großeltern zu sein. Ich glaube, das hat mir gereicht.« Sie zuckte mit den Achseln. »Wenn du älter wirst, lernst du, dir deine Kämpfe auszusuchen. Meinst du nicht? Und du akzeptierst Dinge, die du nicht ändern kannst. Ich vermisse meinen Dad, aber ich bin froh, meine Mum noch zu haben, und ich verbringe gern Zeit mit ihr. Ich denke, sie versteht mich nun besser, obwohl sie es nie gesagt hat. Ich habe Laurie nur einmal mit zur Farm genommen und sie als eine Freundin und meine Illustratorin vorgestellt, was sie auch war. Ich bin sicher, dass meine Mum wusste, was los war, aber sie hat nie etwas gesagt und ich auch nicht. Wir haben wohl mit der Zeit beide gelernt, ein wenig aufeinander zuzugehen.«

Cara nickte. Vielleicht war es gar nicht so falsch, wenn sie auch lernen würde, etwas leichter zu vergeben. »Also«, sagte sie, »kommen wir zu deinen Kindern.«

»Ich habe nur eins«, sagte Jude. »Zoe, sie ist fünf.« Sie schüttelte den Kopf. »Aber das fühlt sich langsam wie ein Interview an. Sie schob den Teller mit den Resten ihrer Lasagne von sich und nahm die Weinflasche, die leer war. »Lass uns noch ein bisschen mehr Wein bestellen, ja?«, fragte sie. »Und dann über dich reden.«

Nachdem der Kellner ihnen beiden ein Glas Chardonnay gebracht hatte, fragte Cara sich, was sie über sich enthüllen konnte, das auch nur halb so interessant war wie Judes Leben. Die beeindruckende Coming-out-Geschichte, der mutige Schritt in solch eine neue Welt, das Kind, die Karriere, der Ruhm – all das war ein wenig einschüchternd. Wollte sie Jude wirklich die Wahrheit über sich erzählen? Warum sie ihren Dienstausweis wieder abgegeben hatte? Und stattdessen eine Pizzalieferantin geworden war? Wie es mit Kelly schiefgelaufen war, ganz zu Schweigen von der Reihe der Freundinnen vor ihr? Wie konnte sie die Wahrheit über die fehlende Ausrichtung ihres Lebens erzählen? Jetzt wo sie wusste, dass Jude Mutter war. Dass sie die Erfahrung machen musste, einen Elternteil zu verlieren. Dass sie ihr Leben und ihre Karriere sorgfältig durchgeplant hatte. Dass sie klug und vergebend war? Hatte sie überhaupt irgendwelche Fehler? Das war alles so verdammt ernst! Gleichzeitig hatte die Coming-out-Geschichte neue, verwirrende Gefühle in ihr hervorgebracht – einen Hauch Mitleid, seltsam betörend, und etwas, das wahrscheinlich gute alte Unsicherheit war. Sie war sich nicht sicher, wie sie reagieren würde, wenn Jude sich in die Schlange derer einreihte, die dazu neigten, ihr ungebetene, halb herablassende, halb besorgte Ratschläge darüber zu geben, wie sie ihr Leben in den Griff bekam.

»So viel gibt es da nicht zu sagen«, begann sie. »Mich interessiert eigentlich viel mehr, wie du eine Schriftstellerin geworden bist.«

»Das erzähle ich dir ein anderes Mal, okay? Ich bin sicher, über dich gibt es viel zu erzählen.«

Ärger stieg in Cara auf. War es Judes Ruhm, der sie denken ließ, dass sie Cara besser kannte als Cara sich selbst? Wenn sie sagte, dass es da nicht viel zu erzählen gab, dann war das auch so. Wie konnte Jude das verneinen, ohne irgendwas von ihr zu wissen? »Ich denke doch, dass ich mich selbst ein bisschen besser kenne als du«, spottete sie.

Ihre wütende Stimme schien Jude zu erschrecken. Sie setzte sich auf und drückte den Rücken durch, dann legte sie die Hände in den Schoß.

»Tut mir leid«, sagte Cara. »Ich wollte nicht so ausflippen.« Sie versuchte, das Gespräch nicht eskalieren zu lassen – damit der Abend kein kompletter Reinfall wurde.

»Da habe ich wohl offensichtlich einen wunden Punkt getroffen«, sagte Jude. »Was ist los? Sprichst du nicht gern über dich selbst?«

»Natürlich tue ich das«, antwortete Cara. »Meine Geschichte wirkt nur etwas peinlich im Gegensatz zu deiner. Ich bin kein großer Fan von Planung und Struktur in meinem Leben. Ich lege mich nicht gern fest, schon gar nicht für längere Zeit, außer auf dem College, wo ich eine unglaublich inspirierende Zeit verbracht habe. Danach habe ich zugeschaut, wie die Leute um mich herum sesshaft wurden. Nicht nur das, sie wurden auch gesetzter. Ich persönlich war immer mehr an vorübergehenden Projekten interessiert, als daran, Karriere in nur einer Branche zu machen. Für mich ist es wichtig, mir Optionen offenzuhalten. Nicht jeder versteht oder akzeptiert das.«

Sie atmete tief ein, als ihr bewusst wurde, wie lahm das alles klang. War es überhaupt wahr? Hielt sie sich wirklich Optionen offen? War sie wirklich an kurzfristigen Projekten interessiert? Oder versuchte sie sich als unangepasst darzustellen, um Jude zu beeindrucken? Sie schob das aufkommende Gefühl von Selbsthass fort. Jetzt war sicher nicht der richtige Zeitpunkt für eine erneute Selbstanalyse.

»Und da dein Lebenslauf ein wenig überwältigend ist …« Den Rest ließ sie im Sand verlaufen. Den Satz musste sie nicht beenden, um ihren Standpunkt klarzumachen.

Jude trank einen Schluck Wein und beugte sich wieder vor. Sie versuchte die Lücke zwischen ihnen zu überbrücken. »Ich versichere dir, dass ich nicht weniger von dir halte, weil du nicht Karriere machst. Ich hatte nicht erwartet, dass du genau wie ich bist oder dass du irgendwelche Ansprüche erfüllst. Verdammt, ich habe nur nach deinem Leben gefragt. Nach dir.«

»Okay«, sagte Cara und ihr wurde bewusst, dass sie irgendwann die Wahrheit sagen musste. »Es ist so, ich liefere Pizza für Cara Mia aus.«

Jude zeigte ein breites Lächeln. »Also warst du aus professionellen Gründen in der Buchhandlung?«

»Nicht wirklich«, sagte Cara. »Na, jedenfalls wirst du dich fragen, was für ein Job Pizza-ausliefern für eine erwachsene Frau ist …«

»Hey!«, unterbrach Jude sie stirnrunzelnd. »Hör auf, voreilige Schlüsse zu ziehen, okay? Ich habe mich das überhaupt nicht gefragt. Macht eine erwachsene Frau nicht aus, dass sie selbst entscheiden kann, wie sie ihre Rechnungen bezahlt?«

»Das ist nichts, worauf ich stolz bin«, beharrte Cara.

»Aber es ist auch nichts, wofür du dich schämst, oder?«

Cara schüttelte den Kopf. »Ich denke nicht.« Sie überlegte, ob sie Jude erzählen sollte, dass Pizza auszuliefern eigentlich eine Studie über das menschliche Verhalten war, aber sie ahnte, wie unglaublich oberlehrerhaft das klingen würde. Belehrend zu sein, war schon schlimm genug, wenn es einen Grund dafür gab – es war jedoch ein absoluter Stimmungskiller, wenn man versuchte, damit seine eigene Inkompetenz zu verschleiern.

»Es ist schön, wenn Leute etwas haben, woran ihr Herz hängt«, sagte Jude. »Es kommt nicht darauf an, was es ist – es kann alles sein, von Politikwissenschaft bis hin zur Briefmarkensammlung. Es gibt nichts Schöneres, als etwas zu tun, das dein Herz zum Klingen bringt.«

Cara kicherte. »Ich würde nicht so weit gehen, zu sagen, dass Pizza auszuliefern mein Herz zum Klingen bringt. Aber ich schlage mich wohl ganz gut. Ein Künstler zu sein, ist jedoch eine ganz andere Liga. Es muss toll sein, eine Schriftstellerin zu sein.«

Jude nickte. »Ganz ehrlich, im Moment hapert es ein bisschen, aber es war schon immer das lohnendste und befriedigendste auf der Welt für mich.«

»Ich fühle mich ein wenig eingeschüchtert«, gestand Cara.

Jude schüttelte leicht den Kopf. »Glaub mir, das musst du nicht. Warum denn?«

»Warum …«, begann Cara. »Lass mal sehen. Könnte es daran liegen, dass ich hier mit Jude Donovan sitze – die umwerfende, berühmte Schriftstellerin? Und könnte es daran liegen, dass ich unsicher bin, weil ich zwanzig Euro auf der Bank habe, einen miesen Job, vollkommen fehlenden Ehrgeiz und eine geheime Leidenschaft für Liebesromane, während die ganze Welt denkt, dass ich zu Hause die Klassiker studiere? Ich habe keine Ziele, keine Aussichten und ich werde nicht weiterkommen.« Sie hielt ihren Finger in die Luft und grinste. »Wohlgemerkt, das ist das, was meine Familie über mich sagt.«

Jude nahm ihre Serviette und hielt sie sich vor ihr Gesicht.

Cara dachte einen Moment lang, sie hätte zu weinen begonnen, doch als Jude die Serviette wegzog, erkannte Cara, dass sie tatsächlich lachte.

Cara sah sie mit kaltem Blick an. »Findest du meine Misere witzig?«

»Ein wenig«, gestand Jude. »Willst du meine Misere hören? Ich werde von einem ungebildeten Drecksack verklagt, der behauptet, ich hätte seine Bunny-Idee gestohlen. Ich leide an akuter Schreibblockade. Meine Ex-Frau stalkt mich. Ich habe PMS, und zwar so heftig, dass ich dafür eine Auszeichnung verdient hätte, und meine Tochter ist die erste, die schon mit fünf in die Pubertät kommt. Alles was sie tut, ist, mich anzuschreien und mich vor Fremden zu demütigen.« Sie lächelte süß. »Halleluja«, sagte sie. »Aber mal was anderes, habe ich dich gerade … sagen hören, … dass ich eine umwerfende, berühmte Schriftstellerin bin?«

Cara gab vor, lange und gründlich nachzudenken. »Nee«, sagte sie schließlich. »Daran kann ich mich wirklich nicht erinnern. Das musst du falsch verstanden haben.«

Jude lachte nun laut auf. »Du bist eine furchtbare Frau«, sagte sie. »Heiß. Aber furchtbar.«

Cara erhob ihr Glas. »Das gebe ich gern zurück.«

Die Magie war wieder da.

KAPITEL 6

»Wo ist sie jetzt?«, fragte Cara, als sie das Restaurant verließen. »Zoe meine ich.«

»Sie ist bei einer Freundin. Meine Freundin, nicht ihre.« Jude schaute auf die Uhr. »Sie sollte tief und fest schlafen.«

»Bedeutet das, dass für dich eine Art Sperrstunde gilt?«

»Nein. Nicht wirklich.«

»Was heißt nicht wirklich? Entweder hast du eine oder eben nicht.«

»Es bedeutet«, sagte Jude und knöpfte ihren eleganten, langen Wintermantel zu, »dass ich frei bin wie ein Vogel. Doch das so zu sagen, fand ich etwas anmaßend.«

»Ha!«, sagte Cara. »Ganz und gar nicht.« Sie würde nicht zulassen, dass Jude die Schüchterne spielte. »Lass uns an die frische Luft gehen, okay? Mal sehen, was im Zentrum am Dam-Platz abgeht. Und dann erwischen wir vielleicht die Metro und nehmen bei mir noch einen kleinen Schlummertrunk.«

Jude nickte. »Ein Schlummertrunk ist in Ordnung. Solange es keine Umschreibung für etwas anderes ist.«

»O…kay.« Cara fragte sich, wann so eine spezielle Einladung mal keine Umschreibung für etwas anderes war.

»Ich meine damit, dass wir keinen Sex oder so was haben können«, sagte Jude aus heiterem Himmel. Sie folgte Cara die Straße runter. »Das ist erst unser zweites Date. Und ich bin nicht mal sicher, ob das erste überhaupt zählt.«

Cara belustigte es fast, dass Jude das so ohne Umschweife anmerkte. Es war unromantisch, aber seltsam liebenswert. Sie stieß Jude mit dem Ellbogen an. »Wer sagt, dass man beim zweiten Date keinen Sex haben kann? Die Moralisten aus Wisconsin, die dich so mies behandelt haben?«

Jude schüttelte den Kopf. »Jeder respektable Mensch.«

»Nun ja«, sagte Cara. »Die liegen falsch. Oder vielleicht auch nicht, aber wer will schon respektabel sein?«

»Ich will das«, sagte Jude. »Und du ebenfalls. Du bist absolut nicht der Hengst, für den du dich hältst.«

»Wer hat dir so etwas Furchtbares über mich erzählt?« Cara starrte sie mit großen Augen an und gab vor, schockiert zu sein. »Na? Hast du mich gegoogelt?«

Jude lachte. »Nein. Ich habe dich nur dabei beobachtet, wie du deine unverdorbene Seite verstecken wolltest. Erfolglos, wie ich anmerken darf.« Sie hielt inne und wartete, bis eine Gruppe laut debattierender Männer in Nadelstreifenanzügen an ihnen vorübergegangen war. »Allerdings hast du *mich* gegoogelt.«

»Wer hat dir das gesagt?« Cara trat eine leere Dose über das Kopfsteinpflaster – das Geräusch von Hoffnung und Zweifel in der Nacht. Sie klapperte gegen einen Laternenpfahl und blieb dann liegen.

»Du.«

»Stimmt«, gab Cara zu. »Habe ich. Aber du bist eine Person des öffentlichen Lebens. Du hast deine eigene Webseite.«

»Was dir einen unfairen Vorteil verschafft.«

»Ganz und gar nicht«, verteidigte sich Cara. »Ich habe nichts von den Dingen rausgefunden, die ich wissen wollte.«

»Wirklich?«, fragte Jude. »Was denn zum Beispiel?«

Cara entschied sich, das nicht zu beantworten. Fürs Erste.

Als sie am Dam ankamen, war es erst kurz nach zehn und immer noch waren Unmengen von Leuten dort. Nicht zu vergessen, die Tauben.

»Ah«, sagte Jude und schaute auf die wundervoll beleuchtete Fassade des De Bijenkorf, »da hat alles angefangen.«

Cara dachte daran zurück, wie sehr sie sich bei der Suche nach Jude immer wieder zum Affen gemacht hatte. Das hatte sie ihr nie erzählt und würde es auch jetzt nicht tun.

»Wer konnte ahnen«, sagte sie, »dass wir nur Monate später hier stehen würden, freiwillig. Und friedlich.« Sie lächelte. »Mit zärtlichen Erinnerungen an diesen Tag noch dazu.«

»Eigentlich habe ich das gewusst«, sagte Jude dann. »Nenn mich verrückt, aber ich war immer überzeugt davon, dass wir uns eines Tages wiedersehen würden.«

Cara war sich nicht sicher, ob sie das wirklich so meinte oder nicht. Über das Leben und das Schicksal hatten sie nicht viel gesprochen. Vielleicht war Jude einer von diesen Menschen, die dachten, dass alles irgendwie miteinander verbunden ist und aus einem Grund geschieht.

»Als ich das erste Mal hierherkam«, sagte Jude, »ging es mir nur um die Sehenswürdigkeiten.« Sie deutete auf den hinteren Teil des Platzes, wo das Rotlichtviertel begann. »Ich bin dort hingegangen. Und dann erkannte ich, dass mich dieser Ort traurig machte.«

»Die Stadt kann etwas viel auf einmal sein«, sagte Cara. »Manchmal ist es besser, einen einheimischen Fremdenführer zu haben.«

Jude nickte. »Ich bin nie mehr dorthin gegangen. Aber hier ist es schön. Irgendwann will ich hier auf diesem Platz für die Kinder lesen, hier im Freien – wie die anderen Straßenkünstler. Wäre das nicht toll? Hier ist so viel Geschichte – der Königliche Palast, die Nieuwe Kerk, das Nationalmonument.« Sie deutete auf den steinernen Obelisken. »Obwohl es für meinen Geschmack etwas zu phallisch ist.«

»Phallizismus liegt im Auge des Betrachters«, sagte Cara. »Manchmal ist eine Zigarre einfach nur eine Zigarre.«

Jude tat, was sie schon das letzte Mal getan hatte, nach dem Kuss auf der Brücke – sie legte ihren Arm um Cara und zog sie zu sich. Wenn sie das tat, fühlte Cara sich wundervoll. Es war intim und doch unschuldig, es kreierte einen Bund zwischen ihnen. Es brachte sie dazu, Jude alles erzählen zu wollen, sie selbst zu sein, ohne Vorbehalte.

»Ich konnte nicht glauben, wie klein hier alles ist«, sagte Jude. »All die schmalen Straßen und engen Wege und Miniaturhäuschen – ein kleines Land, das von außergewöhnlich großen Menschen bewohnt wird.«

»Es wundert mich nicht, dass du so denkst«, sagte Cara, »da du aus einem Land kommst, in dem das Essen aus Eimern und die Getränke aus Fässern kommen.«

Jude zog den Arm zurück und stieß mit der Hüfte gegen Caras. »Oh mein Gott!«, rief sie aus. »Ich habe dich beleidigt.« Sie lachte. »Du bist eine heimliche Patriotin.«

»Nenn mich nicht so.« Cara tat so, als ob sie schmollte. »Für Menschen wie mich ist das eine Beleidigung.«

Jude beugte sich vor und küsste sie auf die Wange.

Ein plötzliches Glücksgefühl floss durch Cara. Es war so stark, dass ihr schwindelig wurde. »Wusstest du«, fragte sie, »dass das hier einmal auch die Hippie-Hauptstadt des Landes war? Vielleicht sogar von ganz Europa?«

Cara stellte sich den Platz vor, wie sie ihn auf alten Fotos von damals gesehen hatte. Sie seufzte. »Ich wünschte, ich hätte in den Sechzigern hier sein können. Es war *der* Ort für Sit-ins, Sleep-ins und jedweden friedvollen, drogengeschwängerten Protest gegen die Regierung, den man sich vorstellen konnte. Wenn ich damals hier gewesen wäre, wäre ich *definitiv* ein Teil davon gewesen. Es muss so eine tolle Zeit gewesen sein.«

Jude sah sie liebevoll an. Ihre Augen waren dunkel, ihre Haut schien zu strahlen. »Ich denke, ich bin für den Schlummertrunk bereit«, sagte sie.

Cara nickte. »Würdest du das trubelige Nachtleben am Leidseplein-Platz vorziehen oder den stillen Glanz meines Appartements?«

Jude grinste. »Letzteres. Wo ist dein Wagen?«

»Nicht hier«, sagte Cara. »Tut mir leid. In der Stadt zu parken, ist die Hölle. Deshalb fahre ich meistens mit dem Rad oder der Metro.«

Jude sah sie bewundernd an. »Du bist in dieser Stadt Rad gefahren und lebst noch, um davon zu berichten?«

»Sicher«, sagte Cara. »Wir Einheimischen haben eine besondere Begabung. Aber heute habe ich die Metro genommen.«

»Dann führe uns«, sagte Jude. »Ab in den Untergrund.«

Doch als sie in Richtung der Metro liefen, fragte Jude, ob sie nicht auch eine Tram nehmen konnten. In der Metro war nichts zu sehen, beharrte sie, während das Fahren mit der Tram ein wunderbarer Weg war, aus sicherer Entfernung den Trubel der Stadt zu erleben.

»Ich bin in das Klingeln der Amsterdamer Tram verliebt«, sagte sie. »Es ist Teil der Musik der Stadt.«

In der Tram saßen sie nebeneinander auf den bequemen blauen Sitzen und sahen aus dem Fenster.

»Das ist gemütlich«, sagte Jude und rückte dichter an Cara.

»Ich wohne in einem sehr hässlichen Apartmentkomplex«, sagte Cara aus heiterem Himmel.

Jude kicherte. »Du weißt wirklich, wie man einem Mädchen den Kopf verdreht.«

»Nun ja«, sagte Cara, »es ist wahr. Ich dachte, ich sollte dich lieber gleich vorwarnen. Ich weiß, dass ihr von der anderen Seite des großen Teichs nicht wisst, wie die anderen leben.«

»Wenn es nach mir ginge, könntest du auch in einem Zelt leben«, sagte Jude.

Sie schien in bester Stimmung zu sein. Es war, als wäre ihr kleiner Zwist im Restaurant endlich vergessen und hätte Platz gemacht für ein Gefühl des Vertrauens und der Unbeschwertheit zwischen ihnen. Oder Jude war einfach ein lockerer Mensch. Cara wollte sich kneifen – eine lockere Freundin, *das* war definitiv was Neues. Sofort ermahnte sie sich selbst, über Jude nicht schon als ihre Freundin zu denken. Zu viel, zu schnell. Würde sie es je lernen?

»Warum guckst du so?« Jude sah sie besorgt an. »Hast du es dir anders überlegt?«

Die Tram hielt an und sie lachte. »Bitte lass mich hier nicht aussteigen in der …« Sie versuchte den Namen auf dem Display zu lesen. »… Egidiusstraat.« Sie schnaufte. »Das geht einem als Amerikaner nicht so leicht von der Zunge, oder?«

»Ich finde, du bist ein Naturtalent«, sagte Cara. »Ich hätte nie rausgehört, dass du keine Einheimische bist. Und ich habe es mir definitiv nicht anders überlegt.«

Um das zu verdeutlichen, legte sie ihre Hand auf Judes Bein. Besitzergreifend? Na und? Sie wusste, dass da was war, Jude wusste, dass da was war – verdammt, alle wussten, dass da was war. Und es fühlte sich so richtig an.

Als sie ausstiegen, deutete Cara auf einen Häuserblock die Straße runter. »Da ist es«, sagte sie. »Kommst du?«

Jude folgte ihr und starrte das Haus an. »Ich sehe nicht, was so falsch daran ist«, sagte sie.

Cara zuckte mit den Achseln. »Mein Apartment ist im fünften Stock. Es hätte einen tollen Ausblick, wenn es tatsächlich etwas zu sehen gäbe.«

»Du hast so eine Angewohnheit, die Dinge grundlos kleinzureden«, stellte Jude fest.

Die gekachelte Eingangshalle stand voller alter Räder. Bündel von Briefen lagerten oben auf den Briefkästen an der Wand.

Jude sah sie mit hochgezogenen Augenbrauen an.

»Rechnungen«, erklärte sie. »Freundliche und weniger freundliche Aufforderungen, erledigte Dienste zu bezahlen. Ich hätte meinen Lebensunterhalt als Gerichtszustellerin verdienen können, ohne mein Haus zu verlassen.«

»Interessant«, sagte Jude, als sie in den Aufzug stiegen. »Du schuldest mir immer noch eine Antwort auf meine Frage.«

»Welche Frage?«

»Die Information, die du nicht auf meiner Website gefunden hast. Wir wollen informieren, weißt du.«

Cara schluckte. »Ich habe mich nur gefragt …«, sagte sie.

»Ja?«

»Wie du klingst …«

»Wie ich klinge?«

»Wenn du … du weißt schon.«

»Oh Gott«, sagte Jude und suchte mit ihrer Hand Halt an der Wand.

»Und das war nur eine der Sachen, die ich gerne wissen wollte.«

»Bitte, sag nichts weiter«, bat Jude, »sonst werde ich noch ohnmächtig.«

»Das können wir nicht zulassen«, sagte Cara grinsend. »Wir sind übrigens da.«

Die Türen gingen auf und sie traten in eine enge Lobby, mit fünf Türen auf jeder Seite. Cara öffnete ihre Wohnungstür. Sie hatte ein Guckloch.

»Keine Katzen?«, fragte Jude, als sie in den Flur ging. Sie öffnete die Tür zu einem wunderbar geräumigen und hellen Wohnzimmer und ging hinein.

»Keine Katzen«, sagte Cara. »Und kein nennenswerter Geschmack, was Inneneinrichtung angeht.« Sie zog die Schuhe aus. »Und das ist okay.«

»Was meinst du damit, kein nennenswerter Geschmack, was Inneneinrichtung angeht?« Jude stand mitten im Raum und sah sich um. »Ich weiß nie, was ich zur Bescheidenheit mancher Leute sagen soll.« Sie knöpfte ihren Mantel auf, zog ihn aus und hing ihn über einen Stuhl. »Soll ich ihnen sagen, dass sie falsch liegen oder soll ich ihnen recht darin geben, dass sie scheiße sind, in was immer sie meinen, scheiße zu sein.«

Cara zuckte mit den Achseln. »Ich wollte nicht bescheiden klingen. Es ist nur so, dass die meisten Menschen, die meine Wohnung zum ersten Mal sehen, mir sagen, dass es aussieht, wie in einem farblosen Ikea-Katalog.«

»Die meisten Menschen sind scheiße«, sagte Jude. »Was ist falsch daran, seine Möbel in einem Laden zu kaufen, der so was verkauft?

Wer hat schon Zeit, die Flohmärkte nach versteckten Schätzen abzusuchen und sie monatelang zu restaurieren? Ich für meinen Teil ganz sicher nicht.«

»Setz dich.« Cara deutete auf ihre bequeme graue Couch.

Jude setzte sich. Sie zog ihre Jacke aus und hing sie ordentlich über die Lehne. Dann ließ sie sich in die Kissen sinken. »Vielleicht könnte man dem Ganzen etwas Farbe geben«, sagte Jude und schaute sich um. »Ein paar Kissen und Pflanzen würden dein Wohnzimmer aufwerten. Ansonsten finde ich es ziemlich geschmackvoll. Und ich mag deine Sammlung.« Sie deutete auf die lange Bücherwand. »Wer hat schon noch echte Bücher zu Hause?«

»Ich führe dich später herum«, sagte Cara und ging in die Küche. »Was möchtest du?« Sie nahm eine Flasche von der Kochinsel und betrachtete sie argwöhnisch. »Die hier ist leer, fürchte ich. Was uns die Wahl gibt zwischen einem Rest Tequila oder …« Sie öffnete und schloss Schranktüren. »… wie sich rausstellt, einem Rest Tequila.«

»Ich bin mir nicht sicher«, sagte Jude. »Ich denke, ich versuch's mit Tequila.

Cara nickte. »Exzellente Wahl.«

Sie goss die Drinks ein, ging zurück, gab Jude ihr Glas und setzte sich neben sie, dicht genug, um sicherzugehen, dass sie subtil und scheinbar unbedacht gegen Judes Knie stieß.

Jude sah zweifelnd auf ihr Glas. »Andererseits bin ich nicht sicher, wie klug es ist, das nach so viel Wein noch zu trinken. Ich bin nicht wirklich an so viel Alkohol gewöhnt.«

»Es wird dir zu Kopf steigen.« Cara klang, als könne sie es gar nicht erwarten, dass das geschah.

»Von was genau ist der Tequila eigentlich übrig geblieben? Gab's eine wilde Feier?«

Cara lachte. »Eine wilde Feier? Wohl kaum. Ich arbeite nur und amüsiere mich nie, wusstest du das nicht?«

»Armes Ding.« Jude drehte sich zu ihr um und legte ihr die Hand auf das Knie. »Arme, wunderschöne Cara. Keinen Spaß im Leben? Niemals?«

Cara schüttelte den Kopf.

»Vielleicht könnten wir …« Jude fuhr mit der Hand Caras Bein entlang, langsam, vom Knie bis zum Oberschenkel und noch höher, mit dem Daumen voran. Gerade, als Cara scharf den Atem einsaugen wollte, hörte sie auf.

»Quäl mich nicht.«

Jude lächelte. »Was lange währt, wird endlich gut.«

»Ich habe mich gefragt«, sagte Cara und fühlte, wie es in ihrem Bauch kribbelte, »was es mit deiner Kette auf sich hat.« Sie streckte die Hand aus und berührte den feinen, silbernen Anhänger, ihre Finger lagen sanft auf Judes Haut.

»Jemand hat es extra für mich anfertigen lassen«, sagte Jude, »bei einem Goldschmied. Es repräsentiert zwei Dinge, die viele als Gegensätze sehen, aber ich nicht.« Sie legte ebenfalls ihre Finger auf den Anhänger und streifte dabei Caras Hand. »Ich treffe diese Person schon seit einer ganzen Weile nicht mehr, aber es erinnert mich noch immer daran, dass es so etwas gibt. Zusammen zu sein und doch, irgendwie, frei.«

Cara nickte.

»Meiner Erfahrung nach«, sagte Jude, »ist es ziemlich unmöglich, beides zu haben.« Sie zuckte mit den Achseln. »Ich finde mich entweder mit jemandem wieder, der die Freiheit ein bisschen zu sehr nutzt oder mit jemandem, der es nicht ertragen kann, mal zehn Minuten von mir getrennt zu sein.«

»Ich bin mir nicht sicher, ob es so unmöglich ist, beides zu haben.« Cara mochte, was sie hörte. »Jedenfalls ist der Anhänger hübsch.« Sie ließ ihn los, doch erlaubte sie ihren Fingern, weiter hinunterzuwandern und sich im Stoff des Shirts zu vergraben, bis sie weiche, warme Haut berührte.

Judes Atem kam stoßweise.

Cara wollte ihr Glas auf den Tisch stellen, doch sie wusste, dass sie dafür ihre Hand wegbewegen musste.

Es war ein Dilemma, und Jude sah ihrem inneren Kampf lächelnd einen Moment zu. »Lass mich dir helfen«, sagte sie endlich. »Etwas sagt mir, dass du hier beide Hände brauchen wirst.« Ihre Stimme war tief, fast wie ein Schnurren. Sie nahm das Glas und stellte es auf den Beistelltisch neben der Couch. »Du hast das wirklich nicht durchdacht, oder?« Sie schüttelte den Kopf. »Amateur.«

»Wir werden noch sehen, wer hier der Amateur ist«, flüsterte Cara und begann damit, Judes Bluse aufzuknöpfen.

Jude beugte sich vor, suchte nach Caras Mund und griff nach ihren Handgelenken, um sie festzuhalten.

Cara versuchte sich zu fügen, auch wenn es ihr schwerfiel. Stattdessen konzentrierte sie sich auf den Kuss, der sanft, fast träge, ähnlich wie davor, doch ohne die Eile war.

»Wir können nicht mehr umkehren, weißt du?« Jude sprach gedämpft, ihre Lippen streiften Caras.

»Der Zug ist abgefahren«, flüsterte Cara. Sobald sie ihre Hände wieder frei hatte, knöpfte sie weiter Judes Bluse auf. Als sie es geschafft hatte, schob sie den weichen Stoff über Judes Schultern.

Cara hatte einige Erfahrung im Schieben von Blusen über weibliche Schultern. Sie war überrascht, wie intim es war, Jude so zu sehen. Es war ziemlich unschuldig – nichts, was man nicht auch in Umkleidekabinen, Schwimmhallen, an Stränden sehen würde. Und doch. Es war, als läge eine ungewöhnliche Intensität über all dem – als hätten sie eine Grenze überschritten, die wenig mit Sex zu tun hatte, dafür jedoch mehr mit Verbundenheit und Vertrauen. Cara erzitterte, nicht weil sie es genoss, sondern weil es sie ängstigte. Sie versuchte, ihre Balance wiederherzustellen, indem sie den nächsten Schritt tat. Mit eifrigen Händen strich sie über Judes Schultern und fuhr mit den Fingern unter ihre BH-Träger.

Bevor sie diese jedoch herunterziehen konnte, lehnte Jude sich zurück, heraus aus ihrer Reichweite. »Lass uns einen Moment warten, okay?«

Cara legte die Hände in den Schoß und hätte schreien können. »Was hast du? Bitte, sag mir nicht, dass wir es wieder vertagen.« Sie atmete geräuschvoll aus. »Es gibt nicht genug kalte Duschen auf der Welt …«

»Keine Angst. Wir vertagen nichts.« Jude lächelte. »Ich dachte nur, dass wir vielleicht … du weißt schon … gibt es einen Ort, an dem es etwas bequemer ist? Wie … ein Bett?«

Cara stand auf, streckte Jude die Hand entgegen, als würde sie sie zum Tanzen auffordern wollen.

Jude erhob sich und versuchte, warum auch immer, ihre Bluse zu richten.

»Mach dir keine Umstände«, sagte Cara. »Es gibt ein Bett und das …« Sie zog an der Bluse. »kommt definitiv runter.«

»Wer korrumpiert mich nun, hm?«

»Ich.« Cara zog Jude praktisch den Flur entlang. »Es wird mir ein Vergnügen sein.«

»Ach, und nur, damit du es weißt,« sagte Jude, als sie ins Schlafzimmer kamen, »ich bin leise.«

Cara schaute sie irritiert an, als Judes Hände begannen, über ihren Körper zu streicheln. Ihre Fingerspitzen waren sanft wie Schmetterlinge. Jude zog Caras Shirt aus deren Jeans und über deren Kopf. Sie legte die Finger an Caras Haarspange und öffnete sie, dann fuhr sie mit den Händen durch das lange, herunterfallende Haar. Sie knurrte und vergrub ihr Gesicht in den blonden Locken. Ihr Blick wanderte nach unten und sie legte ihre Hände an Caras Jeans. Dann öffnete sie den Gürtel, den Knopf, den Reißverschluss.

Caras Verlangen wuchs, die Ungeduld war zurück – ihre Bewegungen wurden drängend und zielstrebig. »Leise?« Cara liebte es, wie Jude sie vollkommen in Besitz nahm.

Jude schob einen neckenden Finger in Caras Unterhose.

»Wenn ich … du weißt schon.«

Cara öffnete Judes BH, dann ihren eigenen. Sie legte die Hände um Judes Brüste und bestaunte sie fühlend.

»Das klingt nach einer Herausforderung.« Cara beugte sich vor und biss Jude zärtlich ins Ohrläppchen.

Jude kicherte, als sie sich hinkniete und begann, mit ungeduldigen Fingern an Caras Jeans zu ziehen. Cara wusste, dass als Nächstes ihr Slip dran wäre, und als sie fühlte, wie der Stoff über ihre Beine glitt, sie langsam entblößte, war sie besorgt, dass sie kommen würde, bevor sie es überhaupt bis ins Bett geschafft hatten.

Als sie erwachten, empfing sie ein heller, neuer Tag. Es gab keine Gewissensbisse, keine Zweifel.

Cara war hocherfreut, dass Jude anscheinend keinen Grund sah, ihren Beziehungsstatus nach ›du weißt schon, letzte Nacht‹ zu diskutieren. Sie wusste nur allzu gut, dass die Einfachheit von Sex in der Nacht zu etwas Hochkompliziertem werden konnte, wenn das harsche Licht des Tages heranbrach.

»Ich kann nicht glauben, dass du mir erzählt hast, du hättest keine Erfolge zu verzeichnen.« Judes Stimme klang wie ein Eiswürfel in einem Glas.

»Ich kann nicht glauben, dass du mir gesagt hast, du wärst leise.« Cara grinste schief.

Jude rollte sich herum, setzte sich rittlings auf Cara und beugte sich für einen Kuss vor. »Ich denke, deine Erfolge und meine Lautstärke hängen irgendwie zusammen. Du bist eine talentierte Frau, Cara Jong. Erinnere mich daran, dein Zeugnis umzuschreiben, okay?«

Es würde ein toller Morgen werden, einer der besten, an den Cara sich erinnern konnte.

KAPITEL 7

»Ich kann nicht glauben, dass du Jude Donovan datest«, sagte Myra. »Und sie hat ein Kind! Davon wusste ich gar nichts. Dann bist du nun praktisch selbst Mutter. Gerade, weil es keinen Vater gibt.«

»Es gibt einen Vater«, sagte Cara.

»Ein schwuler Freund, der sein Sperma in einer Truthahnspritze zur Verfügung stellt und dann der Fremdenlegion beitritt, ist wohl kaum als Vater zu bezeichnen.«

»Er war nie ein Fremdenlegionär«, wandte Cara ein. »Ich glaube nicht mal, dass es die Fremdenlegion überhaupt noch gibt. Er ist bei der Freiwilligenhilfe irgendwo in Afrika. Und er hat sein Sperma nicht direkt in die Truthahnspritze gegeben, er hat nur …«

»Okay!« Myra legte ihre Hand über Caras Mund. »Wir haben es verstanden! Genug von Sperma. Aber ernsthaft, ich kann nicht glauben, dass du Jude Donovan datest.« Sie nickte anerkennend. »Gut gemacht.«

»Wir daten nicht wirklich«, sagte Cara. »Wir … treffen uns. Wir treffen uns nur.«

»Was macht das für einen Unterschied?« Myra legte ihre Hand auf ihren Bauch. Sie war bereits im im siebten Monat und dementsprechend schwerfällig.

Cara zuckte mit den Achseln. »Ich will nicht, dass ihr es gleich übertreibt, so wie immer.«

»Wie ist sie so?«, fragte Inge.

»Wunderbar.«

»Wie ist der Sex?«

Cara war auf diese Frage nicht vorbereitet, genauso wenig wie auf die Wirkung, die sie auf sie hatte. Bilder ihrer Nacht mit Jude schossen durch ihren Kopf und irgendwie kam eindeutig zu wenig Sauerstoff in ihr Gehirn.

»Ich weiß nicht«, sagte sie stoisch, versuchte zu bluffen. »So weit sind wir noch nicht.«

»So gut also?« Inge tätschelte ihre Schulter. »Ich bin beeindruckt.«

»Fragen sie nach mir?«

Cara nickte. »Die ganze Zeit. Sie wollen dich unbedingt kennenlernen. Seit wir uns im De Bijenkorf begegnet sind und du so furchtbar gemein zu mir warst, erzähle ich ihnen schon von dir. Sie wissen alles.«

Jude streckte ihre Arme aus und legte Cara die Hände an die Hüften, um sie dichter zu sich zu ziehen. »Alles?«, fragte sie kokett. »Sie wissen *alles*?«

Cara beugte sich vor und legte ihre Lippen an Judes Ohr. »Ja«, flüsterte sie, erfreut über die Gänsehaut, die sich auf Judes Armen ausbreitete. »Sie sagten mir, ich solle mit dir machen, was ich will. Immer und zu jeder Zeit.«

Jude zuckte und kicherte, als Caras Zungenspitze ihr Ohr berührte. »Mit mir machen, was du willst? Das haben sie gesagt? Was genau *willst* du denn?«

Cara drückte sie sanft in die Matratze und zeigte es ihr. Zweimal.

»Was gibt's?« Cara hielt das Handy zwischen Kinn und Schulter, während sie ihren Laptop mit einer Hand balancierte und in der anderen ihre Kaffeetasse hielt.

»Nicht viel«, sagte Inge. »Ich habe mich nur gefragt, wie es dir geht?«

»Gut. Und dir?« Cara stellte den Laptop und die Tasse ab und ließ sich auf das Sofa fallen.

»Okay. Also, wie läuft es mit Jude?«

»Ziemlich gut.«

»Komm schon, Cara, erzähl mir was. Lass mich nicht betteln.«

»Wenn du es unbedingt wissen musst, wir sind gestern Abend ausgegangen. Wir hatten gefüllte Kroketten bei Febo. Aus dem Automaten.«

Inge schnaubte angewidert. »Febo? Wirklich? Warum? Nicht, dass ich kein Fan wäre, aber ist das nicht etwas stillos für ein Date?«

»Es ist Teil von Judes Unterricht in niederländischer Kultur«, sagte Cara. »Der schon längst fällig ist. Sie hat es fertiggebracht, zu hundert Prozent Amerikanerin zu bleiben, und das muss aufhören.«

»Also habt ihr den ganzen Abend bei Febo verbracht?«

»Nein, später sind wir ins Kino gegangen.«

»Was habt ihr euch angesehen?«

»*Die Tribute von Panem.*«

»Wirklich? Ist das nicht ein Kinderfilm?«

»Heutzutage nennt man sie junge Erwachsene.«

»Und? Das seid ihr nicht, egal, wie man die heute nennt.«

»Die Handlung spricht jedes Alter an. Ich bin einfach ein Fan.«

»Jennifer Lawrence, was?«

»Was soll ich sagen? Sie ist ziemlich heiß.«

»Kinderschänder.«

Cara lachte. »Ich mag den Film wirklich, obwohl ich auch der Meinung bin, dass das ganze Konzept, Kinder dazu zu zwingen, sich bis zum Tod zu bekämpfen, gelinde gesagt etwas fragwürdig ist.«

»Habt ihr Händchen gehalten?«

»Jude und ich? Nein, wir haben uns tatsächlich den Film angesehen. Erst danach haben wir Händchen gehalten.«

»Du klingst glücklich«, sagte Inge zustimmend am anderen Ende der Leitung.

»Es ist ziemlich cool, mit ihr auszugehen.« Cara stand auf, ging barfuß in die Küche, öffnete den Kühlschrank und durchsuchte den

Inhalt. Sie nahm sich eine Dose Limonade und ging zurück zur Couch. Sie setzte sich und kreuzte die Beine auf die Art, die Inge ›die zeitlose Art von heißen Blondinen‹ nannte.

Die Limonade zischte. Flüssigkeit blubberte über den Rand und lief die Dose hinab über Caras Finger. Sie leckte das klebrige Zeug ab.

»Was machst du da?«, fragte Inge argwöhnisch. »Ist sie gerade bei dir?«

»Nein.« Cara seufzte. »Könntest du für einen Moment aufhören, an etwas Schmutziges zu denken?«

»Entschuldige. Aber mach nur weiter. Du wolltest sagen, wie toll sie ist.«

»Und wie toll ich bin«, sagte Cara. »Ich bin so witzig. Und gebildet. Ich ziehe meine Weisheit aus einer geheimen Quelle des Wissens und Scharfsinns, von der ich nicht gewusst hatte, dass es sie gibt. Wenn ich mit ihr zusammen bin, erkenne ich mich kaum wieder. Es ist wie … mein Gott, wer ist diese unglaublich interessante Person, die Jude gegenübersitzt, mit ihren spielerischen Neckereien und ihren erregenden, aber nie vulgären Beobachtungen? Könnte das tatsächlich ich sein? Ich schwöre bei Gott, dass sich sogar mein Hautbild verfeinert hat.«

»Gebildet?«, fragte Inge verdutzt.

»Ich habe mir über deine Schreibblockade Gedanken gemacht. Deine akute Schreibblockade.«

Jude streckte ihre langen Beine aus, fuhr mit der Hand durch ihr Haar und seufzte. »Schon wieder? Können wir nicht über etwas anderes reden?«

»Warum?« Cara sah sie unschuldig an. Sie war immer zurückhaltend gewesen, wenn Judes Arbeit zur Sprache kam, war seltsam eingeschüchtert davon, so nah an dem tatsächlichen kreativen Prozess zu sein. Sie wollte nicht die Rolle von irgendjemandem übernehmen, der das Geschäft kannte, wie etwa ein Agent, ein Interviewer oder einfach nur ein Fan. Doch sie hatte erkannt, dass sie ganz falsch gelegen hatte. Nahe am kreativen Prozess zu sein, erlaubte es ihr, Fragen zu stellen, die ein Agent oder Interviewer vielleicht nicht stellte. Nur, dass im Moment kein kreativer Prozess vonstattenzugehen schien, über den man reden konnte.

Jude zuckte mit den Schultern und schloss das Buch, das sie gelesen hatte. »Was soll ich sagen? Es ist nicht gerade mein Lieblingsthema.«

»Aber ich will es wissen«, beharrte Cara. »Ist es wie ein plötzliches, mysteriöses Unvermögen, deine Gedanken auszudrücken oder eher wie … wenn ein Bäcker eine Backblockade hat?«

Jude schüttelte den Kopf und stand von ihrem Stuhl auf. Das Thema machte sie offensichtlich zu nervös, um sitzen zu bleiben und schwierige Fragen zu beantworten. Sie begann, ziellos durch ihr Wohnzimmer zu laufen, nahm Dinge in die Hand und stellte sie dann wieder zurück, ordnete Kissen neu, sammelte leere Gläser ein und brachte sie in die Küche.

»Backblockade?«, fragte sie, als sie zurückkam. Sie setzte sich an den Esstisch und wischte mit der Handfläche darüber, um unsichtbare Brotkrümel fortzuwischen. Das Unbehagen tropfte ihr praktisch aus jeder Pore, sobald das Thema ihrer Unfähigkeit, zu schreiben, aufkam. »So was wie eine Backblockade gibt es nicht. Soweit ich weiß.«

»Genau«, sagte Cara. »Genauso wenig wie eine Klempnerblockade. Oder eine Chirurgenblockade.«

»Gott sei Dank«, sagte Jude.

»Sieht so aus, als wärt ihr die Einzigen, die von so einer seltsamen Krankheit geplagt werden.«

»Worauf willst du hinaus?«

»Vielleicht«, sagte Cara und bereitete sich auf die Folgen ihrer Aussage vor, »solltest du dich einfach hinsetzen und es hinter dich bringen.«

Jude warf ihr einen wütenden Blick zu. »Willst du etwa sagen, dass ich nur so *tue*, als könne ich gerade nicht schreiben? Meinst du, ich fühle mich *gern* wie ein ausgetrockneter Fluss?«

»Ähm«, sagte Cara. »Was ein grauenvolles Bild. Du wirkst absolut gar nicht wie ein ausgetrockneter Fluss.« Sie lächelte spitzbübisch. »Deine Säfte fließen einwandfrei.«

»Igitt«, sagte Jude.

»Warum können deine kreativen Säfte nicht auch fließen?«

»So einfach ist das nicht«, sagte Jude. »Alle Jobs bergen einen gewissen Grad an Routine, egal wie kompliziert sie sind. Alle, außer den Künsten. Ein Künstler muss jedes Mal die Welt neu erfinden.«

»Und schon hast du einen Titel«, sagte Cara selbstgefällig. »Bunny erfindet die Welt immer wieder neu.«

Jude schüttelte den Kopf. »Ich schätze deinen Versuch, mich aufzumuntern, und ich verstehe, dass der Druck, unter dem ich stehe, nichts ist im Vergleich zur Fast Food-Industrie, aber für mich gibt es da wirklich nichts zu lachen.«

»Autsch«, sagte Cara. »Was hat das jetzt ausgelöst?«

Jude murmelte eine vage Entschuldigung.

»Ich will helfen, weißt du?«, sagte Cara schließlich. »Vielleicht könnten wir es zusammen versuchen.«

»Wirklich?«

Cara nickte.

»Ich habe das Gefühl, dass du das hier nicht ernst nimmst. Dass du denkst, jeder könnte das tun«, sagte Jude.

»Ich denke nicht …«

»Vielleicht glaubst du auch, wie viele andere, dass Kinderbuchautoren Menschen sind, die damit angefangen haben, Bücher für Erwachsene zu schreiben, das aber nicht gepackt haben.«

»Ich weiß nicht«, gestand Cara. »Darüber habe ich nie wirklich nachgedacht.«

»Kinderliteratur ist eine ganz eigene Liga«, sagte Jude mit erhobener Stimme. »Sie hat ihre eigenen Herausforderungen und

Ansprüche, besonders für diejenigen, die für die ganz Kleinen schreiben.«

Cara nickte zögerlich.

»Dein herablassendes Nicken brauche ich wirklich nicht! Glaubst du mir nicht?«

»Tut mir leid«, sagte Cara. »Ich weiß ehrlich fast gar nichts darüber.« Sie brauchte einen Moment, um die richtigen Worte zu finden. »Wenn ich ganz offen sein darf, bin ich geneigt zu sagen, dass es einfacher ist *Bunny hat ein Aua* zu schreiben als *Mrs Dalloway*.« Sie zuckte mit den Schultern. »Andererseits hatte Virginia Woolf auch selbst ein Aua. Wenn du also versuchst, grob dieselben Emotionen rüberzubringen wie sie, bin ich mir sicher, dass es nicht sehr einfach ist, dies für eine Leserschaft zu tun, die nur zwanzig Wörter kennt.« Sie hob den Kopf und sah Jude bittend an. »Lass uns darüber nicht streiten, okay? Du weißt, dass ich deine Arbeit liebe. Und deine Hingabe den Lesern gegenüber. Lass mich Teil davon sein. Zeig mir, was du hast.«

Jude griff in ihre Tasche und zog ein schwarzes, ledernes Notizbuch hervor. »Nur ein paar Zeilen bis jetzt«, sagte sie und blätterte es durch. »Bunny war ein wenig traurig. Eine Träne rollte über ihre Wange.« Sie ließ den Kopf hängen. »Ja, es ist peinlich, ich weiß.«

Cara konnte die Zeile von dort, wo sie war, nicht lesen, doch sie konnte sehen, dass der Großteil des Blattes mit Kritzeleien gefüllt war, in roter Tinte, sodass es aussah, als hätte jemand auf das Blatt geblutet.

»Was beschäftigt sie so?«, fragte Cara. »Ich meine Bunny. Warum ist sie traurig?«

»Du kennst das letzte Buch, ja? *Bunny findet einen Freund*?«

Cara nickte. Sie hatte die ganze Reihe gelesen.

»Dieses Mal verliert sie einen.«

»Wie?« Cara verzog das Gesicht und hoffte, dass dieses Buch die kleinen Fans nicht mit dem Horror von Scheidung oder Tod bekannt machte.

»Ein Umzug«, sagte Jude.

»Kein Umzug … in den Himmel?«

»Nein, nein. Oregon.«

Cara schmunzelte. »Ich verstehe. In die Hölle.«

Jude sah sie amüsiert an. »Schlechte Erfahrungen in Oregon gemacht?«

»Nein, gar nicht«, sagte Cara. »Ich war noch nie dort. Ich stelle es mir kalt und leer vor.«

»Der Fokus liegt darauf, das Konzept von Verlust verständlich zu machen und wie man damit umgeht.«

»Ich verstehe.« Cara lächelte. »Es geht gar nicht um Oregon.«

Jude stand auf und ging hinüber zu Caras Stuhl. Sie setzte sich auf ihren Schoß und lehnte den Kopf gegen Caras Hals.

Cara legte einen Arm um sie und küsste ihren Scheitel. Ein verwirrendes Gefühl, etwas zwischen Traurigkeit und Wonne, kam aus dem Nichts in ihr auf.

So saßen sie eine Weile da, keiner von ihnen sprach.

»Manchmal«, sagte Jude schließlich, »weiß ich in meinem Herzen, dass ich es kann, weißt du? Dass ich über mich selbst hinauswachsen kann. Und dann habe ich fast Angst, mit dem Schreiben zu beginnen, denn ich weiß, sobald ich es berühre, könnte es zerbrechen.«

Sie hob ihren Kopf und blickte Cara an. Mit einer Hand öffnete sie die obersten Knöpfe an Caras Bluse, zog ungeduldig am Stoff, damit er sich teilte, und schob ihre Hand hinein.

»Hast du das je bei irgendetwas gefühlt, Ms Jong?«

Cara atmete tief ein. »Nein«, flüsterte sie. »Wirklich nicht.«

KAPITEL 8

»Bist du jemand, der sich fragt, wo die Reise hingeht?«

»Reise? Welche Reise?«

»Ich meine, in Beziehungen.«

»Ach das.« Cara zuckte mit den Achseln, als würde das Thema sie nicht sonderlich interessieren, doch sie konnte nicht verhindern, dass sie sich leicht versteifte. Sie wusste, ohne Jude, die neben ihr ging, anzusehen, dass sie die Luft anhielt und mit gut versteckter Angst auf die Antwort wartete. In der Stille, die folgte, war es, als könne Cara ihrer beider Herzen schlagen hören. »Nicht wirklich.«

Sie hob Judes Hand an ihre Lippen und küsste ihr Handgelenk, drückte die Lippen gegen das feine Netz aus bläulichen Venen. Caras Gedanken wanderten zurück zu Tanja, eine der ersten Frauen, mit denen sie geschlafen hatte und die ihr Ego gestreichelt hatte, als sie ihr sagte, dass Cara erogene Zonen an ihr gefunden hatte, die noch niemandem vorher aufgefallen waren. Cara lächelte, als sie sich daran erinnerte, was sie Tanja geantwortet hatte: dass Menschen es besser wissen müssten, als an den offensichtlichen Stellen zu suchen.

»Warum?«, fragte Jude.

Cara zögerte. »Sagen wir einfach, dass ich gelernt habe, die Dinge langsam anzugehen und keine Versprechungen zu machen, die ich nicht halten kann.«

Sie hasste sich dafür, sobald sie die Worte ausgesprochen hatte. Sie ließ Judes Hand los. Wie konnte sie diese Art Mensch sein, die jemandes Handgelenk küsste, während sie ihr gleichzeitig sagte, dass der andere dabei nicht zu viel hineininterpretieren sollte. Sie fühlte sich der Zeit, die Jude mit ihr verbrachte, unwürdig, ganz zu schweigen von ihrer Liebe. Sie seufzte und blies sich eine Haarsträhne aus der Stirn. Konnte das nicht einmal im Leben einfach sein?

Sie ließ sich ein paar Schritte zurückfallen, hob eine leere Dose auf und warf sie in den Müll. Sie wollte Jude beobachten, die vor ihr lief – ihr schlanker Körper in der schwarzen Chiffonbluse, ihre langen Beine in einer hochsitzenden grauen Hose. Jude hatte ihre Jacke ausgezogen und hielt sie in der rechten Hand, sodass sie fast den Boden berührte.

Jude war stets ein wandelnder Widerspruch. Sie bewegte sich gleichsam gelangweilt und doch entschlossen. Sie war jemand, der wusste, wohin er ging, sich jedoch auch Zeit ließ, um anzukommen. Ihre Stärke und Selbstsicherheit waren so natürlich, dass der Hauch von Verletzlichkeit, der sie ebenfalls umgab, dies eher zu unterstützen als ihm zu widersprechen schien. Eine Reinheit umgab sie, die Cara anfangs für das Gegenteil gehalten hatte – die einstudierte Schüchternheit einer Person, die in der Öffentlichkeit stand. Schnell hatte sie verstanden, dass Jude aufrichtig war, was wahrscheinlich auch ein Grund für Judes Erfolg war. Auf eine Art war sie die gelassenste Person, die Cara je gekannt hatte. Was ebenfalls ein Widerspruch war, zumindest für Cara. Wie schaffte Jude es, diese Einstellung aufrechtzuerhalten? Mit all den Verpflichtungen, denen sie nachkommen, Menschen, denen sie gefallen, Deadlines, die sie einhalten musste?

Um Judes Kopf herum schimmerte ein Heiligenschein, dort wo das Licht ihr Haar berührte. Sie hatte die Ärmel ihrer Bluse aufgerollt, sodass man die weiche, dunkle Haut ihrer Arme sehen konnte. Eine große, weiße Uhr hing locker an ihrem rechten Handgelenk, und ein Perlenarmband – ein Muttertagsgeschenk von Zoe – an ihrem linken. Während Cara sie so beobachtete, erkannte sie, dass Jude die Art Mensch war, auf den sie zugekommen wäre, wären sie sich auf der Straße begegnet, wie in einem Film, in dem jemand sein eigenes Schicksal in den Augen eines anderen erkennt. Sie besann sich darauf, dass sie nicht an Schicksal glaubte. Und sie erinnerte sich auch an diesen seltsamen Gegensatz: Je spiritueller sich etwas anfühlte, desto profaner war es.

Jude drehte sich um, um zu sehen, wo Cara blieb, und wartete dann, bis diese zu ihr aufgeschlossen hatte.

»Wie hast du das gelernt?«

»Was?«, fragte Cara abwesend.

»Die Dinge langsam anzugehen und keine Versprechungen zu machen, die du nicht halten kannst?«

»Es klingt wie ein Klischee«, sagte Cara. »Und das ist es wohl auch, aber ich habe erkannt, dass sich meine Gefühle für jemanden oft mit der Zeit verändern. Die Zeit ist wie ein Sturm – er fegt über das Land und reißt die schönsten Blumen fort.« Sie sah Jude entschuldigend an. »Nimm's mir nicht übel.«

»Nehme ich nicht«, sagte Jude.

Cara atmete erleichtert aus. Es war wunderbar und beispiellos, wie offen und respektvoll sie über sensible Themen wie dieses sprechen konnten. »Aber warum fragst du?«, wollte sie wissen. »Sollten wir darüber reden, wo unsere Reise hingeht? Denn entgegen der landläufigen Meinung ist das keine Konversation, die ich nicht führen wollen würde.«

Sie schaute sich um und genoss den Trubel an einem ihrer liebsten Plätze in der Stadt, Vondelpark. Sie liebte den Ort zu jeder Jahreszeit, denn obwohl es immer voll war, kam ihr niemand ins Gehege. Es gab genug Platz, sodass jeder Spaß haben konnte. Einen Spaziergang durch die hügelige Graslandschaft mit seiner Fülle an Bäumen und gewundenen Flüssen zu machen und danach einen Kaffee auf der Terrasse des Restaurants zu genießen, entspannte sie jedes Mal.

Der Vondelpark war ein zwei Kilometer langer Park in Amsterdam-Süd, der bis nach Amsterdam-West verlief. Er war nach dem Vorbild einer englischen Landschaft angelegt worden – voller gewundener Wege und Rosengärten. Es gab ein Teehaus, Restaurants und Bars –

sogar ein Open-Air-Theater war hier errichtet worden, in dem in den Sommermonaten Stücke aufgeführt wurden.

An diesem Tag waren viele Hunde draußen, die mit ihren Herrchen Gassi gingen. Und viele Teenager, die Händchen hielten. Ein Paar mittleren Alters genoss ein Picknick auf dem Rasen, sie saßen eng beieinander auf einer Decke und fütterten sich mit Sandwiches und Früchten. Ein paar Kinder spielten Fußball auf einem der Felder. Auch Jogger und Skater schwärmten um sie herum. Die Sonne wärmte ihr Gesicht und Cara spürte Glücksgefühle durch ihren Körper rauschen. Sie würde gleich über den Stand ihrer Beziehung sprechen und sie ruhte fest und sicher in sich.

»Ich weiß nicht.« Jude sah sich um. Sie streckte die Arme aus, als wollte sie den Tag, den Park umarmen. »Irgendwie wirkt es wie der typische Nachmittag, an dem man über Pläne sprechen kann. Vielleicht ist es der Frühling. Vielleicht hat es was mit Nestbau zu tun.«

Es war ein kühler, aber sonniger Tag, der eine frische Brise zu ihnen wehte. Zum ersten Mal waren sie tagsüber zusammen aus.

Jude lächelte. »Es ist so ein friedlicher ›Lass uns alle Vorsicht über Bord werfen und Ringe kaufen‹-Tag.« Sie drückte sich schockiert die Hand auf den Mund. »Macht dich das nervös?«

Cara lachte. »Nein«, sagte sie, »gar nicht. Wir sind beide ehrlich und das ist das Wichtigste. Ehrlich gesagt habe ich gerade eine Dose in den Müll geworfen, an der noch ein tadelloser Ring dran war. Das hätte deiner sein können. Wenn ich es nur gewusst hätte.« Sie legte besitzergreifend die Arme um Jude und küsste sie.

Ein junger Mann auf seinem Fahrrad, der gerade an ihnen vorbeikam und sie zu lange anstarrte, musste einen unerwarteten Umweg nehmen und landete neben seinem Rad im Gras. Er stand schnell wieder auf, rieb sich über die Knie, streckte ihnen die Zunge heraus und fuhr davon.

»Wir würden ganz sicher Ringe kaufen, wenn das hier ein Film wäre.« Jude starrte vor sich hin, ein verträumter Ausdruck lag auf ihrem Gesicht. »Das hier könnte die Eröffnungsszene sein. Ohne den Homophoben natürlich.« Sie deutete in den Himmel. »Stell dir einen freundlichen, hellen, fröhlichen Tag vor. Zwei Menschen, die Pläne machen, vollkommen ungeachtet dessen, dass Pläne meistens zum Scheitern verurteilt sind.«

»Okay«, sagte Cara. »Was genau sollen wir laut Drehbuch jetzt tun?«

»Das hängt vom Genre ab.«

»Sagen wir, es ist eine romantische Komödie.«

Jude nahm Caras Hand und führte sie zu einer Bank und setzte sich darauf. »Nun«, sagte sie. »In einer romantischen Komödie würde ich dir sagen, dass ich mich noch nie mit jemandem so gefühlt habe wie mit dir und dann würde ich dir einen flüchtigen Kuss und den Schlüssel zu meinem Appartement geben.« Sie zuckte mit den Schultern. »Um dir meine Zuneigung deutlich zu machen, hätte ich wohl eine Kette dafür anfertigen lassen, die etwas darstellt, was dir sehr am Herzen liegt.« Sie beugte sich vor, stützte die Ellbogen auf die Knie. »Dachshunde. Drachen. Captain Janeway in ihrer Spandex-Sternenflotten-Uniform.«

Cara setzte sich neben sie und sah auf zu den Wattewolken am strahlend blauen Himmel. Sie fragte sich, welch wundersame Dinge geschehen würden, wenn Jude ihre Vorstellungskraft dazu benutzen würde, Literatur für Erwachsene zu schreiben. Der Gedanke machte sie fast schwindelig. Oder vielleicht lag das auch an der Weite des Himmels.

»Also denke ich mal«, sagte Cara, »dass der Schlüssel zu deinem Appartement ein Symbol für den Schlüssel zu deinem Herzen darstellt.« Sie legte ihre Hand auf Judes Rücken.

Die Wärme ihrer Haut strahlte durch den dünnen Stoff ihrer Bluse und ließ Cara sich seltsam besitzergreifend fühlen.

Jude nickte. »Natürlich muss es eine Art Konflikt oder ein Problem geben, sonst wäre es keine Geschichte. Vielleicht könntest du von einem Auto angefahren werden und ein Jahr im Koma verbringen.«

»Und dann würde ich aufwachen und könnte nichts bewegen außer meiner linken Augenbraue«, sagte Cara mit dramatischer Stimme, »dazu gezwungen, dir zuzusehen, wie du mit einer heißen Schriftstellerin rummachst, während du an meinem Bett sitzt und so tust, als würdest du dich um mich kümmern, bis du Mitleid mit mir hast und den Stecker ziehst.«

Jude sah sie kritisch an. »Du verstehst das Konzept der romantischen Komödie nicht, oder?«

Cara lächelte. »Was, wenn es ein Kostümfilm wäre?«

»Ich weiß nicht«, sagte Jude. »Ich schaue mir keine Kostümfilme an. Es würde wahrscheinlich dasselbe sein, nur dass es der Schlüssel zu einer Burg wäre und wir hier mit unseren Bediensteten säßen und uns in zwanzig Lagen Wollstoff und rostigen Keuschheitsgürteln zu Tode schwitzen würden.«

»Zu denen wir wahrscheinlich keinen Schlüssel hätten«, sagte Cara. »Igitt. Was, wenn es ein Thriller wäre?«

Jude setzte sich auf und streckte den Rücken durch.

Cara meinte einen Hauch Verärgerung über ihr Gesicht huschen zu sehen, aber sie war sich nicht sicher.

»Wenn es ein Thriller wäre, würden wir eine Leiche im Fluss treibend finden, und wäre es ein Science-Fiction, dann würden uns Aliens entführen, und in einem Horrorfilm würde gleich ein Typ mit der Kettensäge im Gebüsch auf uns warten.« Jude stand auf, wischte sich etwas Unsichtbares von der Bluse. »Es ist nur so«, sagte sie, »dass ich denke, du verstehst nicht, worum es hier geht.« Sie begann weiterzugehen.

Cara war nicht sicher, ob sie verärgert oder einfach enttäuscht war. Oder nichts von beidem. »Tue ich auch nicht.« Cara stand abrupt auf und folgte ihr. »Sag mir, was du zu sagen hast. Oder fragen willst.«

»Schau mal.« Jude blieb stehen. »Ich frage nicht nach einem Ring. Oder einem Versprechen.«

Cara stand nur da, wartete.

Jude zuckte mit den Schultern. »Ich verlange eigentlich gar nichts.«

»Tust du nicht?«

»Ich weiß nur, was ich fühle.«

Cara warf alle Vorsicht über Bord, sie hatte es satt, sich immer erst Gedanken über die Antwort des anderen machen zu müssen, und sie hatte genug davon, an den Richtlinien festzuhalten, die zu jedem Schritt in einer Beziehung dazugehörten, bis man endlich am Haken hing und alle Richtlinien aus dem Fenster warf. Es gab nur einen richtigen Weg hier und der war Ehrlichkeit. Schmerzhafte und vollkommene Ehrlichkeit. Sie griff nach Judes Hand.

»Hör mal, Jude«, sagte sie. »Ich bin mir nicht sicher, ob ich dir das sagen sollte, und ich frage auch ganz bestimmt nicht nach Bestätigung, aber ich habe dir *nichts* zu bieten.«

Jude hielt ihrem Blick stand. »Verstehst du es denn nicht?«, fragte sie. Sie schob mit der freien Hand ein paar blonde Haarsträhnen hinter Caras Ohr. »Du bist es, Cara«, sagte sie einfach. »Du bist *die Eine*. Ich musste um die halbe Welt reisen, um dich zu finden. Und jetzt, wo ich dich habe, werde ich dich nicht wieder gehen lassen, egal wie sehr du dein Licht auch unter den Scheffel stellst.«

»Was kann man an einem regnerischen Abend wie diesem tun?« Cara trommelte mit den Fingern auf den Tisch.

Jude, die, wie sich herausgestellt hatte, eine miserable Köchin war, hatte Salat gemacht, oder besser gesagt Salat in einer Plastikschale gekauft und ihn auf zwei Teller verteilt. Das war nicht einmal das schlimmste Mahl, das sie zubereitet hatte. Sie kannte sich allerdings gut mit Weinen aus, was einiges wieder wettmachte.

Im Appartement war es still – Zoe schlief bei einer Freundin. Cara war den ganzen Tag hiergeblieben. Jude hatte versucht zu schreiben, Cara hatte erneut *Quell der Einsamkeit* gelesen, einen alten Klassiker, den sie genossen hatte, trotz der Rezension, die sagte: »Das Buch wird Sie wünschen lassen, Sie wären tot«.

Draußen tobte ein Sturm.

»Ich hätte etwas dazu machen sollen«, grübelte Jude, hielt ihr Glas am Stiel und schwang den Wein darin leicht hin und her. »Hühnchen. Oder vielleicht Pasta.« Sie sah zweifelnd aus. »Oder? Der Salat allein war kein ausgewogenes Essen.«

»Doch, war er«, versicherte ihr Cara. »Das nennen die Leute ein leichtes Abendessen. Und es ist bewiesen, dass Menschen, die weniger Kalorien zu sich nehmen, länger leben.«

»Das sagst du nur«, sagte Jude, »weil du mich nicht ärgern willst.«

»Im Gegenteil. Ich liebe es, dich zu ärgern.«

»Aber etwas anderes liebst du noch mehr.« Judes Stimme war wie Sirup – langsam, süß und dickflüssig.

Cara kannte diese Stimme und ihr Körper reagierte sofort darauf. »Ich weiß nicht, wovon du redest.«

Jude stand auf und kam um den Tisch. »Ich bin hungrig«, sagte sie. Ihre Augen waren dunkel, funkelten wie Sterne am Nachthimmel. »Auf dich. Auf deine Süße.«

Ein Blitz zuckte durch den Himmel und badete sie in einem unheimlichen, weißen Licht.

»Verdammte Paparazzi«, flüsterte Cara und streckte die Arme aus.

Jude lachte und setzte sich auf ihren Schoß. »Du bist so schräg«, sagte sie. Sie hörte auf zu lächeln und sah Cara in die Augen. »Du hast etwas an dir, weißt du das?«

Bevor Cara antworten konnte, knurrte Jude. Im gleichen Moment donnerte es draußen heftig.

Jude fuhr mit den Händen über Caras Haar, zog deren Kopf zurück und küsste sie heiß und ungeduldig. Ihre Zunge berührte Caras genau in dem Moment, als der lang erwartete Zusammenprall von Blitz und Donner den Himmel entzweiriss.

KAPITEL 9

Cara traf Zoe an einem Samstag im April.

Der wundervolle sonnige Frühlingstag ging langsam zu Ende. Der Abend war warm, verlockend und voller Versprechungen. Wenn jemals Liebe in der Luft lag, dann genau jetzt. April war ganz sicher nicht der entsetzlichste Monat. Sie war benommen und schwindelig vor Liebe, als sie zu Judes Appartement ging, um sie zu ihrem Date abzuholen. Irgendwie wusste sie, dass sie den romantischsten Abend überhaupt zusammen verbringen würden. Sie hatte ihre Wohnung mit großer Sorgfalt geputzt und aufgeräumt, und alle Register gezogen, indem sie ihr Schlafzimmer zu einem romantischen Versteck umgebaut hatte. Es gab frische Blumen auf der Kommode. Champagner im Kühlschrank. Rosenblätter auf dem Bett. Eine CD mit Jazz im Player. Der Nervenkitzel der Erwartung ließ sie zittern.

Jude wirkte ein wenig erhitzt und nervös, als sie die Tür öffnete. Und das auf eine ungute Weise. Der Babysitter war dort, doch Zoe, die schon schlafen sollte, war hellwach. Sie lief fieberhaft im Wohnzimmer hin und her und hielt einen pinkfarbenen Elefanten im Arm.

»Sieh mal«, sagte Cara, »da ist ein pinkfarbener Elefant im Zimmer.« Sie lächelte dem Mädchen zu, die bezaubernd aussah in ihrem Hello-Kitty-Pyjama und den flauschigen Hausschuhen an den Füßen.

Cara streckte die Hand aus. Sie würde das richtig machen. Sie und Zoe würden sich so nahestehen wie Zwillinge. Wie war noch das Geheimnis? Respekt, richtig. Sie erinnerte sich daran, was Jude ihr in der Buchhandlung gesagt hatte. Respektiere sie und sie werden dir ebenfalls mit Respekt begegnen.

Doch Zoe warf Cara nur einen Blick zu und ihr Gesichtsausdruck änderte sich dramatisch.

Dieses süße Kind grinste sie böse an und begann dann zu schreien. »Mommy!«, weinte sie. »Ich bin krank!«

Jude kam den Flur hinuntergerannt. »Ich bin hier. Was ist los? Vor zwei Minuten ging es dir noch gut.«

»Ich will meine Mommy!« Zoe schrie erneut.

»Psst«, sagte Jude. Sie setzte sich und hob das Kind auf ihren Schoß. »Ich bin hier.«

»Nein!«, schrie Zoe. »Ich will Mommy Laurie!«

Judes Gesicht fror ein. Es war deutlich zu sehen, dass sie einen Moment brauchte, um sich zu sammeln. Dann schüttelte sie den Kopf. »Ach, Liebling«, sagte sie. »Mommy Laurie ist nicht hier, das weißt du doch. Sie ist auf der Ranch, erinnerst du dich?«

Zoe schaffte es, noch ein paar Tränchen rauszudrücken und legte die Arme fest um den Hals ihrer Mutter. Sie schniefte.

»Liebes, Liebes«, sagte Jude und streichelte ihr den Rücken. »Ich verspreche dir, dass wir Mommy Laurie bald besuchen, okay?«

Und dann geschah etwas Seltsames. Zoe, deren Kinn auf Judes Schulter lag, blickte Cara an. Dabei verzog ihr Mund sich zu etwas, das Cara ein rachsüchtiges Lächeln genannt hätte. Sie konnte es nicht fassen, diese kleine Manipulatorin. Jeder konnte sehen, dass sie schauspielerte. Jeder, außer Jude.

»Weil sie es kann!« Jude spuckte die Worte fast aus. »Weil es ihr neues Lebensziel ist, mein Leben unerträglich zu machen!« Sie schüttelte den Kopf. »Ich kann nicht fassen, dass ich jemals dumm genug war, mich mit dieser Frau einzulassen. Geschweige denn sie zu heiraten.« Sie lief nervös auf und ab, nahm ein paar Dekokissen auf und warf sie durch den Raum. Jude war einer von diesen Menschen, die selten Wut zeigten, und wenn doch, dann immer kontrolliert genug, um nichts von Wert zu zerbrechen.

Cara legte ihr eine Hand auf die Schulter und versuchte, sie zu beruhigen. Es war fast so, als würden sie im Moment nur gegen Dinge von außen kämpfen, die ihren Frieden stören wollten, absichtlich oder nicht. Obwohl Cara das ziemlich zu schaffen machte, blieb sie ruhig und unterstützend und seltsam stolz darauf, dass ihre Gefühle für Jude offensichtlich so stark waren, dass sie nicht vor Widrigkeiten davonlief.

»Ich habe nie verstanden«, sagte Cara, »warum eifersüchtige Exfreundinnen immer denken, dass grauenvolles Verhalten und unheimliches Stalking eine Geliebte zurücklocken könnten. Wenn ich jemanden wiederhaben wollte, wäre ich charmant und aufmerksam. Ich würde Rosen auf der Türschwelle hinterlassen anstatt tote Kaninchen.«

Jude starrte sie mit weit aufgerissenen Augen an. »Tote *Kaninchen*?« Sie deutete auf die Haustür, ihr Gesicht vor Ekel verzerrt. »Bitte sag mir nicht, dass …«

Cara schüttelte den Kopf. »Natürlich nicht. Ich musste nur gerade an diesen alten Film denken, in dem jemand einen Topf auf dem Herd findet, in dem die Überreste seines Kaninchens kochen.«

»Ich dachte, das war vielleicht ein Verweis auf meine Arbeit«, sagte Jude. »Auf Bunny. Du weißt schon, sie tötet meinen Protagonisten, um mir zu zeigen, dass meine Karriere am Ende ist.«

»Du siehst Gespenster«, sagte Cara. »Du kannst doch nicht glauben, dass sie neuntausend Kilometer mit einem toten Hasen im Gepäck reisen würde.«

Jude zuckte mit den Schultern. »Ich weiß nicht, was ich noch glauben soll.«

»Was will sie überhaupt?«

»Mich leiden lassen.« Jude rutschte tiefer in ihren Stuhl. »Egal auf welche Weise.«

Cara schüttelte den Kopf. »Frauen können sehr rachsüchtig sein, wenn sie nicht kriegen, was sie wollen. Vielleicht sollte ich mal mit ihr reden.«

»Ja«, sagte Jude. »Wenn wir wollen, dass das völlig aus dem Ruder läuft, dann sollten wir *dich* nach Kalifornien schicken, um das geradezurücken.«

»Ich meinte telefonisch«, gab Cara zurück.

»Als wir noch zusammen waren, war sie nicht so.« Jude schüttelte den Kopf, dann schaute sie Cara an und seufzte. »Würde es dir etwas ausmachen, wenn wir unser Abendessen verschieben? Ich bin wirklich nicht in der Stimmung für ein Date.«

»Sicher würde es mir etwas ausmachen«, sagte Cara. »Komm schon, zieh dich um. Hol deine Tanzschuhe raus. Es gibt keinen besseren Weg, all das zu vergessen, als rauszugehen und Spaß zu haben.« Sie ging hinüber zu Jude, nahm ihre Hände und versuchte sie hochzuziehen. Es war, als würde sie eine Leiche bewegen wollen. »Komm schon, Liebes«, bat sie. »Es ist ein Jubiläum. Ich habe den ganzen Abend durchgeplant.«

Jude befreite eine Hand aus Caras Griff und streichelte ihre Wange, eine Geste, die eigentlich nur gnädig wirkte. »Es ist nicht wirklich ein Jubiläum, oder Cara? Ich meine, zwei Monate, das ist nicht wirklich was Besonderes.«

Cara schüttelte den Kopf. »Weißt du was? Ich hätte es besonders *gemacht.*«

Sie sahen sich die ganze Woche nicht – Jude war »eingespannt«. Auch am Samstag danach sagte sie ab, denn sie hatte ein unvorhergesehenes Treffen mit ihrem Anwalt am Nachmittag und wollte den Abend zum Schreiben nutzen.

»Ich dachte, du hast eine Schreibblockade«, sagte Cara ungehalten über das Telefon.

»Genau deshalb muss ich mich an meinen Schreibtisch setzen, sobald ich den kleinsten Drang empfinde, zu schreiben.«

»Das ist wie … literarische Verstopfung.« Cara kicherte.

»So kann man es wohl sagen«, erwiderte Jude. »Wie auch immer, ich hoffe, du verstehst das.«

Wie sich herausstellte, tat Cara das nicht. Es beschlich sie das ungute Gefühl, dass Jude sie nicht schnell genug loswerden konnte.

»Vielleicht können wir zusammen daran arbeiten«, schlug Cara vor. »Ich will helfen. Ich könnte später vorbeikommen und Abendessen mitbringen.«

»Nein, Liebes, tut mir leid. Es geht auch nicht nur ums Schreiben. Zoe hat Albträume und ruft mich alle drei Minuten, um nach Monstern unter dem Bett zu sehen. Es würde dir keinen Spaß machen.«

»Es gibt kein Gesetz, das vorschreibt, dass ich die ganze Zeit Spaß haben muss«, sagte Cara. »Es ist nicht so, als wäre ich sieben Jahre alt und müsste die ganze Zeit bespaßt und umsorgt werden. Ich will nur für dich da sein. Für euch beide«, fügte sie schnell hinzu, obwohl sie sich nicht sicher war, ob ihre Anwesenheit Zoes Albträume nicht noch schlimmer machen würde.

Jude sagte nichts, und Cara wusste, dass das eine stille Ablehnung ihres Vorschlags war.

»Was ist daraus geworden, sich den Dingen gemeinsam zu stellen?« fragte sie in einem letzten Versuch, zu Jude durchzudringen. »Ich bin immerhin *die Eine*.«

Sie wusste, dass es ein schlechter Zeitpunkt war, das anzusprechen, ein kindlicher Versuch, etwas zu beanspruchen, was jeden Tag neu verdient werden musste und nicht etwa eine permanente Position war, die sich ohne Arbeit halten ließ. Sie musste wissen, ob Judes Worte überhaupt eine Bedeutung gehabt hatten oder ob es nur ein dummer, sentimentaler Ausspruch war, den Menschen in der Hitze des Gefechts sagten und dann wieder vergaßen.

Sie brach in Schweiß aus, als sie erkannte, dass sie diesen Albtraum erneut durchmachte, in dem eine Frau sich in genau das Gegenteil von dem verwandelte, was sie eigentlich gewesen zu sein schien. Ihre Gedanken kamen zu dem Tag im Park zurück. Sie war erstaunt gewesen, jemanden zu finden, der nicht nur unglaublich toll war, sondern gelassener als jede andere Frau, mit der sie je zusammen gewesen war. Sie wollte schreien vor Kummer und Frust. Wie würde sie diese unbekümmerte Person nun finden, unter all dem Elend und Zweifel und der Angst?

»Ich stehe unter enormem Druck, Cara.«

»Dann lass mich dir helfen. Schließ mich nicht aus. Lass mich rüberkommen und dich unterstützen.«

»Es tut mir leid, aber das wäre im Moment kontraproduktiv.«

Hitze durchflutete Cara – ein Schwall von Wut und Enttäuschung und etwas noch Alarmierenderes: ein Gefühl, dass der Boden unter ihren Füßen aufbrach und ihr Leben im freien Fall hinabstürzte.

»*Kontraproduktiv*? Jude! Was zum Teufel ist das für ein Wort! Was bin ich für dich? Eine Geschäftspartnerin, die deinen Zeitplan durcheinanderbringt?«

Jude seufzte hörbar. »Es geht nicht um *dich*, Cara. Das ist mein Lebensunterhalt. Mein Lebensinhalt. Ich muss das ernst nehmen.«

Cara zuckte zusammen. Sie wusste sehr gut, was ihre Karriere Jude bedeutete, und das respektierte sie vollkommen, doch war es wirklich ihr Lebensinhalt? Die Wut ebbte ab und das Adrenalin floss aus ihr hinaus, sodass sie sich wie ein verschrumpelter Ballon fühlte. Ihre Muskeln schienen zu erschlaffen – sie ließ fast den Hörer fallen. Immerhin war ihr nun klar, wo sie in der Nahrungskette stand. Anscheinend nicht dort, wo es ihr zustand. Nicht dort, wo sie so vermessen geglaubt hatte, schon zu sein.

»Also gut«, sagte sie. »Viel Glück, Jude. Ich hoffe, dass es für dich klappt.«

»Ich kann nicht glauben, dass du Jude Donovan abserviert hast.« Myra war so schockiert, dass sie ihren Tee über Inges Couch verschüttete. Sie hob den Hintern und wischte über das Leder, bevor ihr wütender

Blick wieder auf Cara traf. »Ich dachte, wir hätten das besprochen. Welchen Teil von ›versau das nicht‹ hast du nicht verstanden?«

»Es war gut, solange es gehalten hat, und nun ist es vorbei«, sagte Cara. »So was passiert. Außerdem habe ich sie nicht abserviert. Es war eine gemeinsame Entscheidung. Wir haben festgestellt, dass wir unterschiedliche Dinge im Leben wollen.«

Cara versuchte fröhlich zu klingen, fast gleichmütig, und hoffte, dass sie dann alle die Klappe hielten. Es war nicht einmal die Unterhaltung an sich, die so beunruhigend war – immerhin war sie es gewohnt, wegen ihrer Entscheidungen ins Kreuzverhör genommen zu werden. Was es dieses Mal so viel schwieriger machte, war die Tatsache, dass dieses Beziehungsaus sie traurig und unleidlich machte. Sie fühlte sich hoffnungslos, mit dem starken Verlangen, zu Hause zu bleiben, die Vorhänge zuzuziehen und sich ins Koma zu trinken. Die Tatsache, dass sie das Ende ihrer Beziehung herbeigeführt hatte, änderte nichts daran, dass Jude dafür verantwortlich war. Jude war unerreichbar und unansprechbar geworden – eine Fremde. Sie hatte Cara ausgeschlossen, und wenn sie Cara nur ein bisschen gekannt hätte, hätte sie wissen sollen, dass ausgeschlossen zu werden, genau das war, was sie nicht akzeptieren und womit sie nicht leben konnte.

»Ich stimme Myra zu«, sagte Alice. »Du weißt, dass ich mich nicht gern in das Leben anderer Leute einmische, aber diese Frau hat alles – Schönheit, Ruhm, Geld, und wer weiß, vielleicht hoppelt sie sich ihren Weg eines Tages in eine Villa mit achtzehn Schlafzimmern.« Sie schnaufte. »Und wenn du keine Ambitionen hast, *dort hinzukommen*, dann muss ich sagen, beginne ich an deiner geistigen Gesundheit zu zweifeln.«

Myra stöhnte. »Und wenn ich daran denke, dass Tijmen und Sofie verdammt noch mal fast Jude Donovan an ihrem Bett sitzen hatten, die ihnen eine Bunny-Geschichte vorliest, die noch kein Kind zuvor gehört hat …«

Cara zog die Brauen zusammen. »Geht es hier um mein Glück oder darum, dass ihr zu Judes Buchpräsentationen eingeladen werdet und kostenlos Urlaub bei ihr machen könnt?«

»Ich sage ja nur«, meinte Alice, »dass sie alles hat, um dein Leben perfekt zu machen.«

»Du vergisst, dass sie auch ein paar Dinge hat, die mein Leben zur Hölle machen.«

»Was denn zum Beispiel?«

»Ein unleidliches Kind. Eine wahnsinnig eifersüchtige Ex-Frau und nicht genug Zeit für mich, um nur ein paar aufzuzählen.« Sie sog scharf die Luft ein. »Aber ich verstehe nicht wirklich, was das ganze Theater soll. Ihr wisst, dass ich abspringe, sobald das echte Leben die Romantik abwürgt! Das habt ihr immer gewusst. Warum sollte es dieses Mal anders sein?«

»Weil sie jemand ist«, sagte Alice.

Cara schüttelte den Kopf. »Und wieder ist das nur äußerlich. Und wenn das dein Argument ist, bist du oberflächlicher, als ich dachte. Sie ist menschlich wie wir anderen auch. Ich will nicht, dass das Bild, was ich jetzt von ihr habe, dadurch verdorben wird, dass ich sie in Omaschlüpfern sehe, dass sie Migräne vortäuscht, dass sie einen Bad-Hair-Day hat oder wegen des Computers ausflippt. Was wir hatten, war schön. Zu schön, um es untergehen zu sehen. Ich bin fertig. Mit einem Star zu schlafen habe ich von meiner To-do-Liste gestrichen. Und wenn es euch nichts ausmacht, würde ich gern mit meinem Leben weitermachen.«

»Eine Autowäsche? Bitte sag mir, dass du scherzt.«

Cara schüttelte den Kopf. »Magic Auto Clean.«

»Deine Karriereentscheidungen scheinen immer kindischer zu werden«, sagte Alice. »Was kommt als Nächstes? Zeitungsausträger?«

»Wir können nicht alle unser Leben solch wichtigen Dingen wie der Suche nach dem nächstbesten Trend verschreiben, weißt du?«

Am liebsten hätte sie Alice geohrfeigt. »Einige von uns müssen tatsächlich für ihren Lebensunterhalt arbeiten.«

»Einige von uns wollen nicht erwachsen werden«, gab Alice zurück.

»Ich denke, es ist die Angst vor dem Sterben«, sagte Myra, die alle außer Cara ansah. »Sie erzählt uns immer, dass wir versuchen, unser unausweichliches Ableben zu vergessen, aber ich denke, *sie* tut das. Sie meint, sie könnte ihre Angst im Zaum halten, wenn sie weiterhin so tut, als würde das Leben immer so weitergehen, wie es war, als sie siebzehn war.« Sie sah selbstgefällig aus, als wäre sie die Einzige, die ihre kleine Schwester verstand. »Wenn ich das so überdenke, hatte Cara immer ein Problem damit, sich altersgemäß zu verhalten.«

»Hallo!«, rief Cara. »Ich bin hier! Bitte redet nicht in der dritten Person von mir.«

»Ich persönlich glaube ja, dass ihr Unterbewusstsein ihr sagt, dass sie nicht gut genug für Jude ist«, sagte Alice, wobei auch sie Cara ignorierte. »Die Wurzel von allem ist das Gefühl der Unzulänglichkeit. Deshalb hat sie Jude abserviert, bevor Jude es mit ihr getan hätte. So muss sie nicht darüber nachdenken, dass sie ihr vielleicht nicht gerecht wird. Was zu schmerzhaft für sie wäre.«

Sie saßen draußen vor einem Café und tranken ihre Latte. Inge war ein Stück in ihrem Stuhl heruntergerutscht, traurig, aber tapfer. Ihr üppiger Körper war in weitsitzende Haremshosen und ein Batikshirt gekleidet, sie war mit klimpernden Armbändern behängt und hatte die Haare auftoupiert. Myra, die wieder bequeme Schuhe und ein weiteres Paar fleckiger Umstandshosen trug, war abgelenkt wie immer und schaute ins Leere, dabei hielt sie ihren immer größer werdenden Bauch fest umschlungen. Alice war wie immer arrogant, gelangweilt und trug einen kurzen Rock, dazu balancierte sie eine lächerlich große Ray-Ban-Sonnenbrille auf der Nase und trank ihren Kaffee mit abgespreiztem kleinen Finger.

Cara schaute sich die Passanten an und plötzlich erkannte sie, dass ihre Schwestern, ebenso Alice, nichts anderes als Karikaturen waren. Sie hatten eine Rolle übernommen, eine Art auf die Welt zu blicken, eine Art sie von oben herab zu behandeln, die sie davon befreite, über ihr eigenes Leben nachzudenken. Sie waren festgefahren, alle drei. Und ihr würde es genauso ergehen, sie wäre immer das Opfer ihrer Kontrollsucht, wenn sie nicht ein paar längst überfällige Änderungen an ihrem Leben vornahm, und zwar jetzt sofort. *Sie* waren die mit dem Problem, nicht Cara. Sie waren alle eifersüchtig auf sie. Auf ihren Mut, freigeistig zu bleiben. Auf ihren Abenteuergeist und darauf, dass sie nur nach ihren eigenen Regeln lebte.

»Wisst ihr was?«, fragte sie und setzte sich auf. »Ich habe es satt, ständig von euch ins Kreuzverhör genommen zu werden. Wenn ich *wirklich* Angst davor habe, unzulänglich zu sein, dann weil ihr drei mir meine Unzulänglichkeit ständig unter die Nase reibt!« Passanten schauten zu ihnen hinüber, doch es interessierte Cara nicht. »Fürs Protokoll, ich lebe mein Leben, wie ich es will, und wenn ihr ein Problem damit habt und wenn ihr denkt, dass es okay ist, euren Frust über eure eigenen, versauten Leben rauszulassen, indem ihr meines kritisiert, dann fickt euch! Geht und findet jemand anderen zum Herumschubsen.«

Sie starrten sie mit offenen Mündern an.

»Und wenn wir schon dabei sind«, sagte sie und fühlte, wie ihr Gesicht vor Wut rote Flecken bekam, »kann ich euch auch gleich sagen, dass ich Kelly wiedersehe.« Sie gab ihnen eine Sekunde, um das zu verarbeiten, doch sie wartete nicht so lange, dass sie sprechen konnten. »Das ist richtig«, sagte sie, »*sie* war daran schuld, dass ich fast aus meiner Wohnung geflogen bin. Es stellte sich heraus, dass es alles ein Missverständnis war. Ich bin ihr zufällig begegnet, wir haben geredet und nun treffen wir uns wieder. Und ja, wir haben Spaß, wenn ihr überhaupt noch wisst, was dieses Wort bedeutet. Kommt damit klar!«

Sie sprang auf, riss dabei ihren Stuhl um und machte sich davon.

Cara verbrachte eine einsame Nacht in ihrer Wohnung, rannte voller Frust und Wut auf und ab und ging nicht an ihr Telefon, bis ihr das permanente Piepsen und Klingeln so auf die Nerven ging, dass sie es nahm und durch das Zimmer warf. Es flog quer durch den Flur und knallte gegen die Schlafzimmertür. Sie würde nicht mit ihren furchtbaren Schwestern reden. *Oder* mit Alice. Sie waren so respektvoll, wenn es darum ging, ihre eigenen Lebensentscheidungen zu bewerten, warum wurden also Caras ständig geprüft und offen abgelehnt, als wenn ihr Leben gar nicht ihr eigenes, sondern eine Art Hobby für die anderen wäre? Warum war nicht Alice das Objekt ihrer Verachtung? War es nicht viel logischer, jemanden zu kritisieren, der über ein Jahr lang etwas mit einem verheirateten Mann hatte, als jemanden, der zugegebenermaßen gut darin war, Dinge zu versauen? Immerhin versaute sie nur ihre eigenen Angelegenheiten und nicht die von anderen. Sollten sie nicht alle erst einmal vor ihrer eigenen Tür kehren? War eine von ihnen perfekt genug, um das Recht zu haben, den ersten Stein zu werfen? Seht sie doch an! Eine war jämmerlich fettleibig und unfruchtbar, eine war hoffnungslos oberflächlich und hatte entsetzliche Angst vor dem Älterwerden, und die dritte konnte nicht einen Moment Stille ertragen, sodass sie jeden Winkel ihres Hauses mit schreienden, kleinen Blagen füllte. Und das waren die Frauen, die dachten, *sie* wären in einer Position *ihr* zu sagen, was sie mit ihrem Leben tun sollte?

Sie tat das Richtige. Als die Stunden verstrichen, schaffte sie es, sich selbst glaubhaft zu machen, dass dem so war.

Sie hatte Judes Leben von der Nähe aus betrachtet, und obwohl sie sich ihrer Liebe sehr sicher war, wusste Cara, dass sie sich gegenseitig bitterlich enttäuschen würden, wenn sie dem Ganzen kein Ende bereitete. Denn der Gedanke daran, dass sie dasselbe Leben wie Jude haben sollte, brachte sie zum Würgen.

Cara wusste, dass sie irgendwann mit derselben Verantwortung wie Jude umgehen müsste, würde sie diesen Weg weitergehen. Sie stellte sich vor, wie sie auf Judes manipulativen kleinen Drachen aufpasste, während Jude auf Tour war. Sie stellte sich dieses Pärchen vor, das sich darüber stritt, wer den Geschirrspüler beladen musste. Wie sie Mühe hatten, ihre Hypothek zu bedienen. Wie sie langsam das Interesse aneinander verloren.

Cara kam ein Bild von sich selbst in den Kopf, wie sie als Verwaltungsassistentin in einem Anzug ihre Tage im obersten Stockwerk eines der imposanten gläsernen Bürogebäude verbrachte und sich fragte, ob der Fall aus dem fünften Stock ihr einen schnellen Tod garantierte. Dann gab es da noch die wütende Ex, die Bunny-Deadlines und den Drecksack, der Jude gerade verklagte – all die Unsicherheiten und der Druck, den Judes Karriere mit sich brachte. Jude hatte es vielleicht ernst gemeint, als sie sagte, sie wolle sowohl frei als auch in einer Beziehung sein. Doch was bedeutete das schon, wenn jeder Tag des Lebens, das man teilte, nichts weiter war als eine eintönige Wiederholung des Tages davor? Cara wusste, dass es nur eine Frage der Zeit gewesen wäre, bevor Jude, organisiert wie sie war, wie sie sein musste, darauf bestanden hätte, dass sie ihre Terminkalender abglichen. Und zweifellos wäre sie entsetzt gewesen, zu hören, dass Cara nicht einmal einen Terminkalender besaß. Jude hätte ihr einen besorgt, in den sie langweilige Pflichten hätte eintragen können: das Kind zum Zahnarzt bringen und den Wagen zur Autowäsche, gesundes Essen kochen, die Schwiegereltern besuchen, um neun ins Bett gehen, zusammen die Steuererklärung machen.

Sie wären vielleicht sogar geprüft worden. Kamen nicht ständig die Steuerprüfer zu Schriftstellern? Hätte sie ihre Schuhschachtel voller ungeöffneter Bankbriefe loswerden und sich damit anfreunden müssen, jede Rechnung und jedes Ticket, das sie je kaufte, in den richtigen Ordner zu heften und nach Themen zu ordnen? Hätte sie jeden Cent, den sie ausgab, in ein Haushaltsbuch eintragen müssen? Sie wusste nicht einmal, wie man so ein verdammtes Haushaltsbuch führte! Sie hätten schon lange vorher aufgehört, sich zu lieben, und was gab es da schon noch anderes? Ohne Liebe, wo war da der Sinn?

Sie begann zu schwitzen. Ihr wurde übel. Sie dachte, es könnte vielleicht eine Grippe sein.

Aber das war es nicht.

Judes Stimme troff vor Verzweiflung. Cara biss die Zähne zusammen und wischte sich über die Augen. Sie zwang sich, die Nachricht wieder und wieder anzuhören, quälte sich, indem sie sich Judes liebliches, jetzt vom Weinen verquollenes Gesicht vorstellte, wie sie Caras Trost benötigte, ihre Beschwichtigungen, ihre liebenden Arme, die sie umfingen. Sie blieb standfest, denn sie wusste, so herzzerreißend das hier auch war, sie wären am Ende beide besser dran, wenn Cara nun nicht einknickte. Es war ein Akt der Liebe.

Das ging wochenlang so. Jude rief immer wieder an, hinterließ Nachrichten mit halb erstickter Stimme, fragte nach einer Erklärung, flehte um eine zweite Chance, bat darum, sich zusammenzusetzen und zu reden. Bis sie letztendlich einfach weinte.

Und dann wurde alles still.

KAPITEL 10

An einem warmen Frühlingstag Anfang Mai erblickte die kleine Ede das Licht der Welt. Obwohl sie so lang in den beengten Verhältnissen von Myras Bauch gelebt hatte, hat sie sich zu beachtlichen acht Pfund aufgebläht.

Voller Schuldgefühle ging Cara ins Krankenhaus, weil sie wochenlang jeglichen Kontakt mit ihren Schwestern vermieden hatte. Sie kaufte zwei riesige Stofftiere und einen herzförmigen Ballon im Geschenkeladen des Krankenhauses. Ihr Herz war schwer – sie wusste nicht, ob Myra sie überhaupt sehen wollte. Sie versuchte, nicht darüber nachzudenken, dass sie vielleicht nicht willkommen war, dass man sie wegschicken würde.

Sie öffnete die schwere Tür zu Myras Zimmer nur einen Spalt, für den Fall, dass ihre Schwester ihr eine Bettpfanne an den Kopf werfen wollte. Doch als sie näher kam und Myras liebevollen Blick sah, wusste sie, dass es nichts gab, worüber sie sich Sorgen machen musste.

Myra war allein, die Besuchszeit war fast vorbei.

»Die hier«, sagte Cara und stellte die beiden Stofftiere, eines pink, das andere blau, auf das Bett, »müssen nicht unbedingt aufgrund althergebrachter Geschlechterbilder verschenkt werden.« Sie band den Ballon an den Bettpfosten und küsste Myra auf die Wange. An deren Hand war eine Infusion gelegt worden. Sie sah blass und beunruhigend zerbrechlich aus.

Neben dem Bett stand ein durchsichtiges Krankenhausbettchen. Cara beugte sich darüber und schaute ihre neugeborene Nichte an, die winzig aussah, trotz ihres beeindruckenden Geburtsgewichts. Sie war mehr blass als rosa und erholte sich still von der beschwerlichen Aufgabe, geboren zu werden.

Ede war ganz in weiß gekleidet, der einzige Farbtupfer war ein unglaublich winziges rosa Hütchen. Sie schlief tief und fest, ihre kleinen Fäustchen lagen neben ihrem Kopf. Ihre Lider zuckten, doch sie wachte nicht auf.

Cara war sich nicht sicher, ob dieses Kind irgendwie anders als die anderen war, etwas Besonderes, oder ob sie im Moment besonders feinfühlig war, doch ein plötzlicher Schwall von Liebe rauschte durch sie hindurch. Etwas Schwerwiegendes war hier geschehen, etwas, das mit dem Kern von allem zu tun hatte – etwas, von dem sie irgendwie ein Teil war. Als Cara das erkannte wurde ihr auch klar, wie unglaublich unwichtig der Grund gewesen war, weshalb sie sich von ihren Schwestern, den wichtigsten Menschen in ihrem Leben, distanziert hatte. Denn es war nicht nur ein schwesterliches Vorrecht, unaufgefordert Ratschläge zu geben, es hatte sich auch herausgestellt, dass sie richtiglagen. Das mit Jude zu beenden, war wirklich das Dümmste gewesen, was sie je getan hatte.

Als sie sich auf das Bett setzte und Myra ihr Haar streichelte, konnte sie die Tränen nicht mehr zurückhalten. Keine tropfte herab, dafür sorgte sie – nicht weil es ihr peinlich war, vor ihrer Schwester zu weinen, sondern weil sie wusste, dass sie dann nicht mehr aufhören konnte.

»Ich habe mich in eine heulende alte Frau verwandelt.« Sie lächelte durch den Tränenschleier.

»Ist schon gut, du weißt, dass alles okay ist«, sagte Myra. »Ich bin so froh, dass du hier bist.«

Cara ließ den Kopf hängen. »Ich war eine miserable Schwester.«

»Oder vielleicht war ich auch eine miserable Schwester«, sagte Myra. »Ich bin das im Kopf immer wieder durchgegangen. Und du hattest definitiv recht. Wir machen es dir manchmal schon schwer. Und wir sollten uns ein bisschen mehr aus deinem Leben raushalten.

Wir haben zwar nur das Beste für dich im Sinn, aber das ist keine wirkliche Entschuldigung.«

Cara nickte, sie war sich nicht sicher, ob es gut war, jetzt darüber zu sprechen. »Wie geht es dem Baby? Alles okay mit ihr? Mit dir?« Sie legte die Hand auf Myras Arm. »Du siehst ausgelaugt aus. Und was ist mit der Infusion? Ist das Routine?«

Myra nickte. »Sie behalten uns über Nacht hier, aber es gibt keinen Grund, sich Sorgen zu machen.« Sie deutete mit dem Kopf auf das Kinderbettchen. »Dem Baby geht es gut. Und mir auch. Himmel, es geht uns allen gut. Ich habe das schon mal gemacht, weißt du?«

»Aber du machst es auf keinen Fall noch mal, richtig?«

Vom Bett aus kam keine Reaktion, zumindest nicht das »Oh Gott, nein«, das Cara erwartet hatte.

»Richtig?«, wiederholte sie. »Mensch, Myra, sag mir nicht, dass du überlegst, noch mehr zu bekommen.«

»Also, ja und nein.«

»Was zum …«

»Es geht um Inge.«

Eine kalte Faust schloss sich um Caras Herz. »Inge? Was ist mit Inge?«

»Sie hatte eine weitere Fehlgeburt.«

»Verdammt«, sagte sie sanft. Der Gedanke, dass sie nicht dort gewesen war, dass sie es nicht gewusst hatte, ließ sie sich elend fühlen.

Sie hatte ihnen allen unrecht getan.

»Es bringt sie um, Cara«, sagte Myra. »Es wird ihr Tod sein.«

Cara nickte und ließ den Kopf hängen.

»Und das kann ich nicht zulassen. Arend und ich haben darüber schon geredet, haben uns Informationen geholt und mit Leuten gesprochen, die das schon durchgemacht haben. Und wir sind einer Meinung.«

»Worüber?«

»Leihmutterschaft.«

Caras Kiefer klappte herunter. »Leih...«

»Genau!«, sagte Myra. »Ich habe mich dazu entschlossen, ihr Baby auszutragen. Inges und Barts. Wenn sie mich lassen. Wenn wir das hinkriegen. Ich werde es ihnen heute Abend sagen.«

Es war Bart, der die Tür öffnete. Er wirkte überrascht, sie zu sehen, doch er sagte nichts. Als sie im Flur war, nahm er ihren Mantel und umarmte sie fest, wie er es immer tat.

»Ich bin im Arbeitszimmer«, sagte er, »wenn ihr mich braucht.« Er drehte sich um und ging die Stufen hinauf.

Inge saß auf dem Sofa, ihre Füße lagen auf dem Couchtisch. Der Hund, Boy, ein niedlicher Mischling, den sie aus dem Tierheim geholt hatten, lag mit dem Kopf auf ihrem Schoß neben ihr. Der Fernseher war an, aber sie blätterte durch ein Magazin.

Cara wusste, sogar von dort aus, wo sie stand, dass Inge entschlossen war, nicht in ihre Richtung zu sehen, obwohl sie genau wusste, dass ihre Schwester dort stand. Cara schaute sich im Zimmer um, das so bunt, gemütlich und warm war, wie immer. Inge und Bart hatten ihr Leben so sorgfältig darauf aufgebaut, dass sie keine Kinder hatten, dass es fast schon unnatürlich war – ein verzweifelter Versuch, die Dunkelheit zu ersticken, indem man laut war und alles voller Farbe knallte.

Sie waren sozial aktiv, veranstalteten fast jedes Wochenende Dinnerpartys und zwanglose Treffen. Sie waren ständig dabei, Urlaube und Ausflüge zu planen und zu unternehmen. Sie gaben viel Geld dafür aus, ihr Zuhause einladend und gemütlich zu gestalten. Doch es gab nichts, was die Leere im Leben dieses Paares füllen oder sie sie vergessen lassen konnte.

Cara stand da, betrachtete ihre Schwester, die unter der Decke lag und gefangen war in einer Wolke aus Trauer. Caras Herz füllte sich so stark mit Mitleid, dass sie nach Luft schnappen musste. Sie erinnerte sich an Myras Worte. Es gab vielleicht eine letzte Chance, eine Babywippe, einen Laufstall und jede Menge Spielzeug auf dem Boden in diesem Zimmer zu sehen. Der Gedanke daran machte ihr bewusst, dass sie nichts mehr auf der Welt wollte, als dass Inge ihr Baby bekam.

Sie räusperte sich. »Hi«, sagte sie und hoffte auf eine Einladung, näher kommen zu dürfen.

Es kam keine.

»Hi«, sagte Inge.

»Ich habe gehört, was geschehen ist.« Cara ging vorsichtig ein paar Schritte vorwärts. »Myra hat es mir erzählt.«

Inge wandte sich ihr zu, zog die Decke enger um sich. Sie sah alt aus und wirkte hoffnungslos verloren.

»Oh, Liebes.« Cara rannte praktisch auf sie zu. »Es tut mir so leid.«

Inge schob den Hund aus dem Weg, warf die Decke zurück und stand auf, sodass sie Cara auf der Hälfte des Weges entgegenkam. Sie warf sich ihr in die Arme. »Das weiß ich doch«, weinte sie.

Sie standen eine Weile so da, dann setzten sie sich, dicht beieinander, und hielten sich an der Hand.

Inge wandte ihr das tränenverschmierte Gesicht zu. »Wir hatten diesmal so große Hoffnungen, Cara.« Sie zuckte mit den Schultern. »Was für eine gescheiterte Frau bin ich denn, wenn ich nicht mal das Eine hinkriege, wofür Frauen auf dieser Welt gemacht worden sind – Babys zu bekommen?

Cara räusperte sich und hielt sich mit Mühe davon ab, gegen die Darstellung aller Mitglieder ihres Geschlechts als bessere Inkubatoren zu protestieren. Sie löste sich aus Inges Griff und legte ihr stattdessen die Hand auf das Knie. »Jetzt hör mir zu«, sagte sie. »Tu das nicht. Das ist einfach ein medizinisches Problem. Es hat nichts mit dir als Person zu tun. Oder als Frau.«

»Ich weiß.« Inge ließ den Kopf hängen. Es war eindeutig, dass unzählige Menschen vor Cara ihr bereits dasselbe gesagt hatten. »Es ist nur … ich bin eine Mutter, Cara. Ich *bin* eine Mutter. Ich hab nur nicht das Kind, um es zu beweisen.«

Cara wusste nicht, was sie zu etwas sagen sollte, das so unglaublich traurig war. Sie biss sich auf die Lippe, bis sie Blut schmeckte, um sich vom Weinen abzuhalten.

»Aber das war es, weißt du?« Inge versteifte sich. »Das war unser letzter Versuch. Bart besteht darauf, um meinetwillen, dass wir hier aufhören. Und ich denke, er hat recht.« Sie schüttelte den Kopf, langsam, als ob sie noch hoffte, von etwas anderem überzeugt zu werden. »Keine weiteren Versuche mehr.«

»Und was jetzt?« Cara dämmerte, dass Myra ihren Plan noch nicht mit Inge und Bart besprochen hatte.

»Vor uns liegt ein neuer Weg. Der Weg der Akzeptanz. Und wir werden diese Aufgabe frontal angehen, Bart und ich. Wir werden das hinter uns lassen. Die Hoffnung meine ich. Und ich freue mich tatsächlich darauf. Keine Hoffnungen, keine Enttäuschungen. Frieden.«

»Hast du … in letzter Zeit mit Myra gesprochen?«

»Natürlich«, sagte Inge. »Sie hat gestern mit dem Baby das Krankenhaus verlassen. Eigentlich sollte ich mich heute Nachmittag mit ihr treffen. Sie sagte, sie wolle mit mir über etwas sprechen. Mit uns, aber Bart muss in einer Stunde gehen und wird dann den Rest des Tages bei der Arbeit eingespannt sein.« Sie sah Cara an. »Warum gehen nicht wir zwei?«

»Was, wenn sie über etwas Privates sprechen will?«

»Und? Ich habe keine Geheimnisse vor dir.«

»Liebes … also … ist dir aufgefallen, dass wir einen großen Streit hatten und seit Wochen nicht miteinander gesprochen haben?«

Inge nickte. »Sicher. Na und? Wir sind eine Familie. Wir streiten uns. Und dann versöhnen wir uns wieder. Kein großes Ding, richtig?«

»Ähm … richtig«, sagte Cara.

Inge besah sich Cara genauer. »Wie ist es dir ergangen? Du siehst ein bisschen blass aus, aber es steht dir.« Sie seufzte. »Es macht dich irgendwie noch attraktiver, so ein bisschen wie Scarlett Johansson. Wo ist deine Brille?«

»Ich habe sie zu Hause gelassen«, sagte Cara. »Ich wollte nicht mehr alles so klar sehen.«

Inge nickte. »Da sagst du was.« Sie lehnte sich zurück in die Kissen. »Aber was macht denn die Sache mit Jude?«

»Es … also, noch dasselbe eigentlich. Aus und vorbei.«

»Und Kelly?«

Cara schüttelte den Kopf. »Nicht mein hellster Moment.«

»Das war auch nicht das erste Mal, Liebes«, sagte Inge sanft. »Ich dachte mir schon, dass das zweite Mal nicht so viel anders werden würde.« Sie wirkte lebendiger, jetzt wo sie die Aufmerksamkeit von ihren eigenen Problemen weg auf die von jemand anderem gelenkt hatte. Das war bekanntes Terrain für sie – anderen Leuten zu sagen, was sie tun sollten.

Cara nickte. »Wie auch immer, es war jedenfalls etwas, was ich aus meinem Kopf kriegen musste. Es hat mich erkennen und akzeptieren lassen, dass meine Kelly-Tage hinter mir liegen. Ich bin zu alt, um mich in einer traurigen, spärlich beleuchteten Lesbenbar zu betrinken und nach Schließung mit einem zweiundzwanzigjährigen Mädchen hinter den Mülltonnen rumzuknutschen, während ich die ganze Zeit zu vergessen versuche, dass ihre Mascara vom Weinen zerlaufen ist, weil jemand namens Ashley ihr gerade erzählt hat, dass sie wieder mit ihrem Freund zusammen ist.« Sie seufzte. »Zu alt und zu faul. Oder vielleicht ist ›müde‹ das richtige Wort.«

Inge verzog das Gesicht auf eine Weise, die alles von Abscheu bis Bewunderung ausdrücken konnte – Cara war sich nicht sicher.

»Hast du das *jemals* gemacht?«

»Sicher.« Cara grinste. »Du nicht?

Inge schüttelte den Kopf. »Du bist seltsam, Cara. Du bist eine Herumtreiberin. So sehe ich es …«, ihre Hand malte einen großen Kreis in der Luft, »… das Leben ist ein wahres Sammelsurium an schmackhaften Erfahrungen, eine leckerer als die andere. Es ist ein Buffet, an dem wir uns alle laben können, und *du* verweigerst den metaphorischen Shrimp.«

Cara runzelte die Stirn. »Was zum Teufel ist der metaphorische Shrimp?«

Inge deutete mit dem Finger auf sie. »Darüber denkst du bitte nach, okay.«

Cara versuchte es, doch ihr fiel nichts ein. »Tut mir leid«, sagte sie, »aber ich war nie wirklich gut darin, deine Essensmetaphern zu verstehen.«

»Es ist so«, sagte Inge seufzend, »du liebst Jude. Das willst du vielleicht nicht hören, aber es ist so. Das habe ich immer gewusst. Ich konnte es sehen.«

»Ach, wirklich? Und wie, oh Erhabene, konntest du das sehen?«

»Die bloße … ich weiß nicht … Aufregung in deiner Stimme, wenn du über sie gesprochen hast. Als hättest du einen Schatz gefunden. Oder besser noch, eine Passion. Ein Ziel.« Sie legte ihre Hand auf Caras Arm. »Ich weiß, dass du denkst, du könntest dein Leben ohne all diesen Unsinn leben, Liebes. Ich weiß, dass wir alle auf dem Weg ins Grab sind und das Mädels nur Spaß haben wollen, bla, bla, bla … aber die Wahrheit ist, egal wie zynisch du auch über den Zustand der Menschheit bist, du musst verstehen, dass niemand von uns ohne einen Zweck leben kann. Wir müssen unserem Leben Bedeutung geben. Und sie hat dir genau dabei geholfen, Cara. Sie hat dich verändert. Sie hat dich zu einer glücklicheren, erfüllteren Person gemacht.

Cara sagte nichts. Bewegte sich auch nicht.

»Und sie hat dich schwindelig werden lassen. Aber das war wohl der Sex.«

»Sex hat mich seit zehn Jahren nicht schwindelig werden lassen«, log sie.

»Ich sage nur, dass dir so was normalerweise nicht so zu Kopf steigt.«

Cara schüttelte den Kopf. »Da hast du recht.«

Der Hund wimmerte in seinem Körbchen. »Schon gut, Boy«, sagte Inge beruhigend. »Niemand wird dir wehtun und niemand wird dein Futter stehlen. Nicht, solange ich auf dich aufpasse.«

Der Hund seufzte zufrieden, als wäre das all die Beruhigung, die er brauchte, und schlief ein.

»Willst du nun über deine Bindungsängste sprechen?« Inge schob Cara spielerisch zurück. »Während ich Tee mache?« Sie sah auf die Uhr. »Oder sollen wir den Wein aufmachen? Wenigstens kann ich die Vorteile der Unfruchtbarkeit ausnutzen.«

Cara zuckte zusammen, doch sie sagte nichts, denn sie war eine der wenigen, die beides, Zynismus und Alkohol, als Weg ansah, mit Rückschlägen umzugehen.

»Ich dachte, wir wollten zu Myra?«

Inge zuckte mit den Schultern. »Wir haben noch Zeit.«

»Kann ich dann eine Cola haben?«

»Sicher, Ma'am.«

Als Inge mit den Getränken zurückkam, hatte Cara es sich in dem Sessel gemütlich gemacht, in dem sie immer saß. »Ich habe mich entschlossen«, sagte sie und nahm ihr Glas entgegen, »dass ich jetzt nicht über meine Bindungsängste sprechen will. Oder jemals.«

»Warum nicht?«

»Weil, und das sage ich ganz liebevoll, ihr dazu neigt, in bestimmten Wertemustern zu denken.«

»Wie bitte?«

»Für euch sind die Menschen entweder beziehungsunfähig, aus welchem Grund auch immer, oder sie sind es nicht. Aber so einfach ist das nicht. Ich zum Beispiel kann mich absolut an jemanden binden. Was ist mit meiner Beziehung zu dir und Myra? Ich sehe euch etwa hundert Mal in der Woche.« Sie lächelte. »Wenn wir uns nicht streiten.«

»Lass uns das jetzt vergessen, okay?«, sagte Inge.

Cara nickte. »Wir sind immer füreinander da, Tag und Nacht. Wenn das keine Bindung ist, dann weiß ich auch nicht.«

»Das ist was anderes«, sagte Inge. »Wir sind Familie.«

»Ihr scheint auch zu denken, dass ich ein Problem mit Monogamie habe. Und das stimmt nicht. Ich habe nie jemanden betrogen oder den Drang danach verspürt. Niemals.«

»Also was … war es dann?«

Cara wusste nicht, was sie sagen sollte. Sie drehte das Glas in ihrer Hand. Das war eine gute Frage. Gut genug, um sie nachts wach zu halten. Es war wahrscheinlich, was Alice angedeutet hatte: Sie hätte Jude enttäuscht. Sie war nicht auf einer Ebene mit Jude. Sie versuchte zu vergessen, dass Jude ebenfalls nicht gedacht hatte, dass sie auf einer Ebene sind. Nicht, indem Jude Caras Berufswahl missmutig betrachtet hätte, was lästig, aber auszuhalten gewesen wäre, sondern indem Jude ein inneres Allerheiligstes erschaffen hatte, dass Cara nie erreichen konnte.

»Was hat dich dazu gebracht«, fragte Inge weiter, »wegzurennen, als es mit Jude ernster wurde, obwohl doch offensichtlich war, dass du verrückt nach ihr warst?« Sie legte die Füße wieder auf den Couchtisch. »Ich verurteile dich nicht. Und ich bin mir nicht zu schade, zuzugeben, dass ich falsch liegen könnte oder zu kleinkariert bin. Ich bin nur neugierig. Du findest den Menschen, der wohl die Liebe deines Lebens ist und du reagiert darauf, indem du ausflippst und sie abservierst. Ist das nicht … ungesundes Verhalten?«

»Wahrscheinlich.«

»Meinst du, es hat was mit Mum und Dad zu tun? Mit Mums Zusammenbruch nach der Scheidung? Ich meine nur, du warst fünfzehn! Kinder sind sehr anfällig in diesem Alter. Vielleicht hast du da, wenn auch nur unterbewusst, mitbekommen, dass man Menschen nicht trauen kann. Und dass es besser ist, wenn du ihnen nicht die Macht gibst, dich zu verletzen.«

Cara zuckte mit den Schultern. »Ich weiß nicht, Frau Therapeutin. Vielleicht hast du recht. Aber ich habe immer gewusst, egal wie sehr Mum sich auch als Opfer dargestellt hat, dass sie genauso für die Scheidung verantwortlich war wie Dad. Ich denke schon, dass es für mich schwerer war, weil ich als Einzige noch zu Hause gelebt und Dad wirklich gehen gesehen habe, aber Kinder machen so was ständig durch.« Sie zuckte die Schultern. »Meiner Meinung nach hat das nichts damit zu tun. Ich will wirklich nicht nach Kindheitstraumata suchen. Ich mag einfach meine Freiheit. Weil das einfach ich bin.« Das war nicht die Wahrheit, oder zumindest nicht die ganze Wahrheit, aber mehr konnte sie im Moment nicht bewältigen.

»Du bist eine sehr liebenswerte Person«, sagte Inge. »Das ist eine verdammte Verschwendung.«

»Oder das Gegenteil. Anstatt meine Liebe nur einer Person zu schenken, bringe ich sie unter die Leute.«

»Entschuldige, aber was du unter die Leute gebracht hast, war keine Liebe. Es war eine Karussellfahrt.«

Cara war nicht glücklich damit, mit einer Jahrmarktattraktion verglichen zu werden, doch sie ließ es durchgehen, denn sie war auch seltsam erleichtert, dass ihr Streit Inge nicht dazu gebracht hatte, mit ihren Kommentaren ein wenig vorsichtiger umzugehen. Sie würde immer ihre Meinung sagen. Und Cara erkannte, dass sie es gar nicht anders haben wollte. Gerade weil sie offensichtlich dieselben Rechte hatte – ihre eigene Schimpftirade und das anschließende Schweigen waren ganz klar vergeben und vergessen.

»Aber du hast Jude geliebt, oder?«, fragte Inge erneut. »Du *liebst* sie.«

Cara zuckte die Schultern. »Was soll ich sagen? Dass ich meine Nächte damit verbringe, ihr kitschige Reime zu schreiben, in denen ich sie mit einem Sommertag vergleiche?«

»Das klingt irgendwie romantisch«, sagte Inge. »Jemanden mit einem Sommertag zu vergleichen.«

»Das ist aus einem Sonett«, sagte Cara.

»Das du geschrieben hast?«

»Nein, das William Shakespeare geschrieben hat.«

»Und du hast das gerade einen kitschigen Reim genannt?«

»Wenn er es heute geschrieben hätte …«

»Egal«, sagte Inge ungeduldig. »Ich will darauf hinaus, dass du sie liebst. Du liebst sie doch, oder?«

Cara nickte. »Das tue ich.« Sie lächelte schief. »Das tue ich wirklich.«

Inge schluckte ihre Cola runter und schüttelte dann den Kopf. »Weißt du, was dein Problem ist, kleine Schwester?«, fragte sie. »Du bist ein Idiot.«

KAPITEL 11

Das Leben ging weiter. Das konnte es schließlich am besten.

Cara war absolut bereit dazu, auf altbekannten, vertrauten Pfaden weiterzuziehen. Sie wollte das Gefühl kindlicher Begeisterung darüber, einfach am Leben zu sein – ein Gefühl, das Jude ihr gegeben hatte – hinter sich lassen. Sie war endlich wieder auf der Erde gelandet und sie hatte den wahren Grund ihrer damaligen Glückseligkeit verstanden – Sauerstoffmangel.

Aber ihr wurde schnell bewusst, dass sich etwas verändert hatte, etwas, das sie nicht wirklich kontrollieren oder auf die Hormone schieben konnte. Die bekannten Muster schienen ihre Anziehung verloren zu haben. Anstatt ihr Freiheit zu geben, wie sie es immer getan hatten, fühlten sie sich nun einengend an. Wie durch ein zu enges Kleidungsstück, an dem sie herumzog und -zerrte, um es passend zu machen. Sie versuchte, sich wieder auf den alten Weg zu manövrieren. Denn sie war überzeugt davon, dass der Umweg, den sie genommen hatte, nicht dazu führen musste, dass sie ihr Ziel änderte. Sie sträubte sich gegen einen ganz neuen Weg, und hoffte dass das, was sie fühlte, nur vorübergehend war.

Doch das war es nicht.

Zu viel war geschehen. Vielleicht war es Edes Geburt und ihre seltsame Verbindung zu diesem Kind, oder vielleicht das schwierige Unterfangen, zu dem ihre Schwestern sich aufmachten. Vielleicht war es auch die Versöhnung mit ihnen. Eventuell auch die Erinnerung an Jude und der Schmerz, sie verloren zu haben. Oder es war einfach nur eine Frage des Alters – vielleicht hatte sie ihre alte Haut, die einfach nicht mehr passen wollte, abgelegt und war in eine neue hineingeschlüpft..

Was auch immer der Grund war, Cara atmete tief durch und bereitete sich darauf vor, erwachsen zu sein – nicht so sehr jemand anderes, eher eine verantwortungsvollere Person, die willens war, wenn auch zögerlich, die Komplexität des Lebens zu umarmen, anstatt davor wegzulaufen. Das begann schon bei alltäglichen Dingen. Sie öffnete ihre Rechnungen und heftete sie in einen Ordner. Sie richtete ein Sparkonto ein. Sie kaufte Zierkissen. Und sie legte sich Zimmerpflanzen zu, die sie mit militärischer Präzision goss. Sie las alles, was sie zu Leihmutterschaft finden konnte, denn sie wollte genau wissen, was auf lange Sicht auf ihre Schwestern zukommen würde, wenn aus Inge eine Mutter und aus Bart ein Vater werden sollte.

Sie ging nicht mehr aus, ignorierte die versteckten Einladungen zu One-Night-Stands von den Frauen aus ihrem kleinen schwarzen Buch, und verstand nicht, warum sie sie nicht mehr reizten. Es stimmte sie traurig, doch irgendwann akzeptierte sie, dass zwangloser Sex gestrichen war.

Ehe sie sich's versah, begann so etwas wie angenehme Stabilität ihr Leben bunter zu machen. Etwas, was sie anfangs nicht wahrhaben wollte. Doch mit der Zeit empfand sie es als etwas Wunderbares. Es gab ihr ein neues Gefühl der Selbstachtung.

Abends, nach einem Tag in der Autowäsche, suchte sie im Internet nach Informationen zu Lehrberufen. Und wenn sie darüber nachdachte, welcher Job ihre Leidenschaft weckte und einigermaßen erwachsen war, so kam mysteriöser Weise ihr alter Traum vom College wieder an die Oberfläche. Je länger sie darüber nachdachte, desto mehr reizte sie die Idee. Sie wusste, dass der Lehrberuf auch seine Schattenseiten hatte. Doch der Gedanke daran, dass es ihr Beruf sein konnte, jungen Leuten die Liebe zur Literatur zu vermitteln, war seltsam beglückend.

»Schön für dich, Liebes«, sagte Myra an einem der vielen Besuche, die Cara den Koopmans abstattete, um Baby Ede zu sehen. »Du wirst toll darin sein. Und ich weiß genau, wo du dein Praktikum machen wirst.« Myra fütterte ihre jüngste Tochter mit eingespielter Routine. Sie hielt das Fläschchen locker in der Hand und kippte es etwas, als es leerer wurde, sodass es ganz den Bedürfnissen des Kindes entsprach. Dafür musste sie nicht einmal mehr hinsehen.

»Was meinst du mit Praktikum?«, fragte Cara. »Ich brauche ein Praktikum? Ich weiß, dass ich einen zusätzlichen Abschluss brauche, aber ich habe einen Collegeabschluss, also sollte das nicht allzu schwer werden.«

»Egal was du tust, Erfahrung im Umgang mit jungen Menschen ist essenziell, wenn nicht sogar erforderlich«, sagte Myra. »Und ich habe hier junge Menschen. Also pass nächste Woche auf die Kinder auf, ja? Ich gehe mit Arend aus, er hat Geburtstag. Ich habe Tickets für das Ajax-Spiel und ich werde einen Tisch in einem dieser Restaurants reservieren, die diese schrecklichen Zehn-Pfund-Steaks servieren.« Sie streckte die Zunge heraus. »Ich weiß nicht, was das ist mit Männern und Fleisch.« Sie stellte das Fläschchen auf den Tisch und hob Ede an ihre Schulter, dann klopfte sie ihr sanft auf den Rücken. »Das ist nicht unbedingt meine Idee von einer stilvollen Feier, aber es ist nun einmal seine.« Sie lächelte. »Und er hat es verdient. Mein Mann. Weil er toll ist.«

Cara verengte die Brauen. » Wie soll es mich auf den Beruf des Lehrers vorbereiten, wenn ich auf deine Kinder aufpasse?«

»Junge Geister sind engagierte Geister.« Myra verdrehte die Augen, als Ede rülpste und sich dann auf ihrer Schulter erbrach. »Anfängerfehler«, sagte sie. »Hab das Spucktuch vergessen.« Sie hob das Baby an, hielt es in den Armen und sah sich dann angewidert ihre Schulter an.

»Halt sie mal bitte, ja?« Sie legte Cara vorsichtig das Baby in die Arme und ging hinaus.

»Hallo, du.« Cara sah die Kleine an. »Bist du ein kleiner Stinker?«

Ede sah sie neugierig an, bevor ein breites Lächeln das Gesicht des Säuglings erhellte. »Du bist Tante Caras klitzekleiner Stinker, nicht wahr?« Cara redete und lächelte weiter, bis Ede kichern musste, doch dann verlor die Kleine das Interesse. Cara hielt ihr einen Beißring hin, den Ede sich schnappte und sofort in den Mund steckte.

Cara sah sich um und wiegte das Kind in den Armen. Myras Haus war in etwa so groß wie Inges, doch obwohl hier sechs Menschen lebten, von denen vier unter sieben Jahre alt waren, war es viel weniger überladen als Inges. Inge mochte den gemütlichen, belebten Look. Sie stellte überall Nippes und Krimskrams auf: Souvenirs, Duftkerzen, Bilder, Teppiche und Kissen, handgepflückte Blumen in kleinen Vasen. Myra hingegen führte ihren Haushalt nicht nur mit strenger Disziplin, sondern hatte auch eine starke Abneigung gegen alles, das Staub ansetzte und keinen praktischen Nutzen hatte. Sogar das Wohnzimmer war tadellos – die Wände waren in einem hellen Beige gestrichen, der Teppich war fleckenabweisend, die Einrichtung teuer, aber praktisch. Sie erlaubte Spielsachen auf dem Boden, jedoch nur so lange, wie die Kinder auch damit spielten. Sobald sie draußen oder in der Schule waren oder ins Bett mussten, wurden die Zimmer aufgeräumt und die Spielzeuge ordentlich in Boxen gesteckt, die hinter den Türen eines großen, weiß getünchten Schrankes versteckt wurden, der das Wohnzimmer dominierte.

Die Tür ging auf. Myra kam zurück, sie trug ein sauberes Shirt und ihr Haar in einem Pferdeschwanz. Es sah aus, als hätte sie ihr Make-up erneuert. Obwohl es so subtil war, veränderte es ihr Gesicht. Der etwas schäbige Look, den sie sich während der Schwangerschaften erlaubte, verschwand stets nach der Geburt des Babys. Manchmal verwandelte sie sich schon am nächsten Tag zurück in ihr altes, adrettes Selbst.

Sie öffnete den ersten Knopf ihrer Bluse. »Also, haben wir einen Deal? Wegen des Babysittens?«

»Du machst es einem schwer, *Nein* zu sagen«, sagte Cara. »Ich mache es, solange klar ist, dass es ein Gefallen ist, den ich dir tue und nicht anders herum.«

»Richtig.« Myra setzte sich neben sie. »Ich sehe schon, dass ich da eine Spur zu durchsichtig war. Obwohl ich tatsächlich der Meinung bin, dass es eine gute Übung ist, mit Kindern zusammen zu sein, wenn man Lehrerin werden will.« Sie lächelte ihre Tochter an, die sich in Caras Armbeuge ziemlich wohlzufühlen schien.

»Und wie bist du darauf gekommen?«, fragte Cara. »Du hast mich noch nie gefragt, ob ich babysitte. Ganz ehrlich, ich dachte immer, du vertraust mir nicht so ganz.« Sie strich über Edes winzige Hand. Das Kind griff nach Caras Daumen und hielt ihn fest. »Und das war okay für mich«, sagte sie. »Ohne die geringste Erfahrung auf gleich vier Kinder aufzupassen, klingt wie eine ziemliche Herausforderung. Offen gesagt, weiß ich nicht, wo ich anfangen soll.«

»Nicht, dass ich dir nicht getraut habe«, sagte Myra. »Ich dachte nur nie, dass babysitten dein Ding wäre. Jetzt, wo du öfter vorbeikommst, sehe ich, dass du toll mit Kindern kannst, egal wie sehr du es leugnest.«

»Ede ist das einzige Kind, mit dem ich toll klarkomme.« Cara streichelte ihre Wange. »Sie ist meine Seelenverwandte.«

Myra schüttelte den Kopf. »Du kannst nicht nur mit einem Kind gut umgehen. Entweder hast du es in dir oder nicht. Und ich sage dir, dass du ein Naturtalent bist.«

»Ich bin nicht gut mit Judes Tochter klargekommen«, sagte Cara missmutig.

»Ihr hast du nie eine Chance gegeben. Wie oft hast du sie überhaupt getroffen? Dreimal? Viermal? Du sollst auch nicht flüchten, sobald sie dir einmal ihre zickige, gemeine Seite zeigen. Weißt du, in diesem Alter können sie ziemlich launisch sein. An einem Tag hassen sie dich, am nächsten vergöttern sie dich wieder. Sie müssen sich nicht zivilisiert verhalten wie Erwachsene. Man muss sie in einem altersgerechten Ton disziplinieren und ihnen beibringen, wie man sich verhält. Das geschieht nicht über Nacht und das ist okay. Lass ihnen ein bisschen Spielraum. Sie haben achtzehn Jahre Zeit, das zu lernen.«

Cara nickte. Sie würde Myra nicht sagen, dass sie gleich beim ersten Treffen mit Zoe geflüchtet war. Eigentlich wollte sie gar nicht über dieses Thema sprechen, obwohl sie es selbst auf den Tisch gebracht hatte.

» Es ist nicht kompliziert.« Myra schüttelte den Kopf. »Viel wird es nicht zu tun geben. Wir werden dafür sorgen, dass sie im Bett sind, bevor wir gehen. Du musst nur auf sie aufpassen. Dafür haben wir Babymonitore. Und es kann sein, dass du den Zwillingen eine Gute-Nacht-Geschichte vorlesen sollst.«

Cara nickte. »Das kann ich.«

»Du bist ein Lebensretter«, sagte Myra. »Ich weiß, dass es kein grosses Ding ist, wenn man zweiundvierzig wird, und Arend macht sich nicht viel aus seinem Geburtstag, aber mit diesen Sachen muss man vorsichtig sein. Es ist nicht immer einfach, auch nur einen Moment zusammen allein zu genießen. Eigentlich ist es komplett unmöglich, aber ich schaffe uns einfach diese Zeit. Ich will, dass wir mehr sind als nur Partner. Es ist so einfach, in die Jogginghosen-Falle zu tappen und aufzuhören, sich anzustrengen.«

Cara nickte. »Das verstehe ich«, sagte sie. »Absolut. Ihr zwei macht euch einen schönen Abend und überlasst alles andere mir.«

»Dir ist schon klar«, begann Myra und nahm ihr das Kind ab, das zu wimmern begonnen hatte, »dass, den Zwillingen vorzulesen, bedeutet, dass …« Sie ließ den Satz unbeendet und schob ihrer Tochter den Schnuller in den Mund.

»Was?«, fragte Cara.

»Es bedeutet, dass du ihnen eine Bunny-Geschichte vorlesen musst.«

»Aha.«

»Ist das … ein Problem?«

»Großer Gott Myra! Ich werde nicht jedes Mal die Nerven verlieren, nur wenn ich ein Bunny-Buch sehe.«

»Na, das weiß ich doch nicht, oder?« Myra verdrehte die Augen. »Du sprichst nie über sie. Ich weiß nicht, ob du über sie hinweg bist oder deine Tage in einem dunklen Raum verbringst und ihr nachtrauerst.«

»Ich bin über sie hinweg.«

»Ich weiß, dass du lügst, Cara. Warum rufst du sie nicht einfach an?« Myra schüttelte den Kopf. »Verdammt noch mal. Du bist so entsetzlich dickköpfig.« Sie umfasste den winzigen Fuß ihrer Tochter. »Es ist so einfach, weißt du. Deshalb kann ich diese Sache nicht ruhen lassen, weil es so unglaublich einfach ist und ihr zwei Einfaltspinsel es nicht erkennt. Glaub mir, wenn ich dir sage, dass keine einzige Beziehung im Himmel geschlossen wurde. Ich weiß, dass es schrecklich unromantisch klingt, und das ist es, aber Beziehungen erfordern nun mal Arbeit. Pflege. Sie sind wie lebende Organismen – sie verkümmern, wenn man sich nicht um sie kümmert. Jeder, der älter ist als sechzehn, sollte das wissen. Du und Jude, ihr habt alles falsch gemacht, auch wenn ihr das gar nicht wolltet. Ihr habt beide genau die Knöpfe gedrückt, die den anderen auf und davon rennen ließen. Du, meine Liebe, hast gar nicht so viel Angst vor Bindungen, als vielmehr davor, kein Teil dieser Bindung zu sein. Du kannst nicht nach Regeln und Strukturen leben, die unumstößlich festgelegt sind. Deshalb brauchst du jemanden, der willens ist, mit dir zu reden und Veränderungen zuzulassen, wenn die Dinge nicht so reibungslos funktionieren. Und was macht Jude? Beim ersten Anzeichen von Schwierigkeiten, wenn ihr Kind mal Durchfall hat, wenn ihre Ex ihr eine wütende E-Mail schreibt, schließt sie dich aus und spricht nicht mehr mit dir. Also rennst du weg.«

Sie zuckte die Schultern. »Jude wiederum hat Angst, von jemandes Unterstützung abhängig zu sein. Denn jedes Mal, wenn sie von jemandem abhängig war, hat sie es nicht geschafft und ist auf die Nase gefallen. Frag mich nicht, woher ich das weiß.« Sie verengte die Brauen. »Ich weiß es halt. Und weil Jude diese Erfahrung gemacht hat, muss sie sich selbst davon überzeugen, dass sie mit jeder Krise auch allein fertig wird. Du jedoch willst ihr zeigen, dass du für sie da bist und schiebst ihre deine Hilfe immer wieder unter die Nase. Also rennt sie weg.« Sie seufzte und lächelte, offensichtlich zufrieden mit ihrer Analyse.

»Aber ich …«

»Nein, ich bin noch nicht fertig. Das lässt sich leicht lösen, weißt du? Setzt euch einfach zusammen, wie zwei Erwachsene, und redet darüber. Sag Jude, dass sie wirklich auf dich zählen kann und bitte sie im Gegenzug darum, dass sie immer mit dir spricht und dich nicht ausschließt. Ihr werdet noch ein paar Mal in dieselbe Falle tappen, dann könnt ihr das klären und bam – ihr reitet zusammen in den Sonnenuntergang.«

»Ich …«

»Das ist nur deine Antwort auf zurückliegende … Auas. Mir fällt gerade kein besseres Wort ein. Schlechte Erfahrungen begünstigen Verhaltensweisen, die dich beschützen sollen, doch dadurch halten sie dich auch zurück und du verschenkst letztendlich dein Potenzial dadurch.« Sie tätschelte Caras Knie. »Klassischer Fall.«

»Bist du fertig?«, spottete Cara. »Wie kommt es, dass jeder Mensch, den ich kenne, plötzlich einen Abschluss in Psychologie zu haben scheint? Und für's Protokoll, ich bin nicht dickköpfig.« Sie atmete tief durch. Es war ihr unangenehm, darüber zu reden. Sie war es leid, dass jedermann ihr seine Meinung und Analysen aufzwang, doch es war auch eine Erleichterung, über ihren Schmerz mit jemandem reden zu können, der ihn anscheinend verstand und etwas Mitgefühl zeigte.

»Es ist so«, sagte Cara. »Ich habe sie angerufen. Ich habe ihr Tausende Nachrichten hinterlassen. Ich habe ihr SMS geschrieben. Postkarten. Es kam keine Antwort.«

»Ach, Liebes«, sagte Myra. Sie legte den Kopf auf eine Art schief, die Mitleid ausdrückte. »Ich hatte ja keine Ahnung. Warum sagst du mir das nicht? Du leidest doch ganz offensichtlich. Lass mich mit dir leiden. Lass uns einen Weg finden, euch wieder zusammenzubringen.«

»Ich fürchte, der Zug ist abgefahren.« Cara schüttelte den Kopf. »Anfangs, als sie versuchte, Kontakt aufzunehmen, habe ich sie ignoriert. Ich dachte wirklich, dass ich uns beiden einen Gefallen tue. Aber als die Wochen vorbeizogen, erkannte ich, wie bizarr ich überreagiert hatte. Du hast recht, es sah so aus, als würde sie mich ausschließen. Aber wenn ich jetzt darüber nachdenke, hätte ich ihr wohl einfach ein wenig Zeit und Freiraum geben sollen.« Sie ließ den Kopf hängen. »Ich fürchte, ich habe sie sehr verletzt. Ich wollte ihr zeigen, wie treu ich bin, aber eigentlich habe ich ihr nur gezeigt, dass man mir nicht trauen kann. Jedenfalls habe ich versucht sie zu erreichen, um uns auszusprechen und zu versöhnen, sobald mir das bewusst geworden war. Aber es war zu spät. Jude hat sich dazu entschieden, mich zu ignorieren. Sie wird nicht mit mir reden. Und wer kann ihr das vorwerfen?«

»Verdammt«, sagte Myra. »Du weißt, wo sie wohnt, oder? Warum gehst du nicht einfach zu ihr?«

Cara schüttelte den Kopf. »Weil es offensichtlich ist, dass sie nichts mehr mit mir zu tun haben will. Und das muss ich respektieren. Ich will nicht, dass sie denkt, ich stalke sie. Das wird es nur schlimmer machen, gerade wenn man an die Sache mit Laurie denkt. Wenn ich will, dass sie mich für immer aus ihrem Leben ausschließt, dann sollte ich sofort unangekündigt vor ihrer Haustür auftauchen.«

Myra schüttelte den Kopf. »Was ein Durcheinander.«

»Ich habe versucht, weiterzumachen«, sagte Cara, »daraus zu lernen, aber alles wirkt so trostlos. Es fühlt sich so an, als wäre jeden Tag Montagmorgen. Und ständig regnet es.«

Myra beugte sich vor und umarmte sie, dabei achtete sie darauf, das Baby nicht zu zerdrücken. »Armes Ding«, sagte sie.

Sie schwiegen, dann machte Ede sich geräuschvoll bemerkbar und spuckte ihren Schnuller aus. Myra hob ihn auf und schob ihn ihrer Tochter wieder in den Mund.

»Deine neue … Art«, begann Myra, »wenn man das so nennen kann – der Unterricht, wie du Inge unterstützt, dein neuerliches Interesse an den Kindern, und dass du dich mit niemandem triffst, ist das … du weißt schon, für sie? Machst du das, um sie zurückzugewinnen? Um ihr zu zeigen, aus was für einem Holz du wirklich geschnitzt bist?«

Cara schüttelte den Kopf. »Ich habe mich nicht in eine komplett andere Person verwandelt. Ich hatte nur das Gefühl, dass mein altes Ich nicht mehr so ganz passte. Also ändere ich etwas. Und irgendwie …« Sie schaute auf das Kind in Myras Armen, das so stark an seinem Schnuller saugte, dass er hin und her wackelte, »… habe ich mich in deine Tochter verliebt.«

Myra lächelte auf das Kind herab.

»Aber nichts von alldem hat mit Jude zu tun.«

»Natürlich hat es das«, sagte Myra. »Ich habe immer gesagt, dass sie großen Einfluss auf dich hat. Sie hat dir beigebracht, was im Leben wichtig ist.«

Cara zuckte mit den Schultern. Sie hatte nicht die Energie, ihrer Schwester zu widersprechen, egal wie falsch sie lag.

»Sie ist Jude Donovan, Cara«, sagte Myra und streichelte den speckigen Arm ihrer Tochter.

»Ja, und ich bin Cara Jong. Worauf willst du hinaus?«

»Nenn mich einen romantischen Dummkopf, aber ich hatte bei euch beiden immer so ein gutes Gefühl. Und das habe ich immer noch, weißt du. Ich denke wirklich, dass du nicht so schnell aufgeben solltest. Es muss doch einen Weg geben, um …«

»Vergiss es, okay?«, sagte Cara. »Es gibt keinen Weg. Ende.«

»Das sind die Babymonitore.« Myra deutete auf zwei Apparate auf dem Couchtisch, die wie kleine Roboter aussahen. »Du musst nicht beim ersten Flüstern schon hochrennen.« Sie seufzte. »Das haben wir nach Jeroens Geburt gemacht, aber jetzt, wo wir alte Hasen sind, ignorieren wir alles außer wirklich lautes Schreien, Feueralarm und das Geräusch von brechendem Glas.«

»Ich verstehe«, sagte Cara.

»Um Jeroen musst du dir übrigens keine Sorgen machen. Er übernachtet bei Arends Eltern.«

»Heißt das, ich kriege weniger Geld hierfür?«

Myra lachte. »Du kannst dir aus dem Kühlschrank nehmen, was du möchtest.« Sie hob den Finger wie eine Lehrerin. »Solange es was zu essen oder alkoholfreie Getränke sind.«

»Ich bin erwachsen, erinnerst du dich? Ich habe meinen eigenen Kühlschrank, mit meinem eigenen Essen und meinen eigenen Getränken. Von denen die wenigsten alkoholfrei sind, Gott sei Dank.«

Myra schüttelte den Kopf. »Du wirst Eistee trinken oder Cola Light.«

»Willst du mir gerade erzählen, dass du nie wieder trinken kannst, sobald du Kinder hast?«

»Wir können«, sagte Myra. »Aber du nicht.« Sie setzte sich hin, als es ihr nicht gelang, auf einem Fuß balancierend ihren Schuh anzuziehen. »Hör mir zu Cara, du darfst keine Jungs mitbringen.«

Cara nickte. »Verstanden. Was ist mit Mädchen?«

»Hm … werdet ihr euch benehmen? Brettspiele spielen? Charade?«

»Was ist mit Strip-Charade?«

»Das ist eine Grauzone, aber nein.«

»Wie wäre es mit Strip-Twister? Darüber habe ich nur Gutes gehört.«

»Ähm«, sagte Myra. »Das solltest du dir wirklich noch mal überlegen.«

»Ich beginne langsam, zu verstehen, warum dieser Job so gut bezahlt wird«, sagte Cara leise. »Es ist wie eine kleine Gefängnisstrafe.«

Sie sah Myras kritischen Blick.

»Ich mache nur Spaß! Du bist lächerlich nervös. Ich habe schon auf Kinder aufgepasst, als ich praktisch selbst noch eines war.«

»Und dann hast du ein fünfzehn Jahre andauerndes Sabbatjahr ausgerufen«, sagte Myra. Sie nahm ihre Schlüssel vom Tisch und rief in den ersten Stock hinauf: »Arend! Wir sind spät dran!« Sie hörten, wie er über ihren Köpfen hin- und hereilte. »Ich schwöre dir, dieser Mann braucht mehr Zeit, sich für ein Date fertig zu machen, als ich. Er ist genauso anspruchsvoll wie seine Schwester. Wenn er hier nicht als wohlriechender Adonis runterkommt, werde ich ziemlich sauer.«

Sie brauchten noch eine weitere halbe Stunde, um tatsächlich das Haus zu verlassen. Danach war es seltsam still. Cara konnte sich nicht daran erinnern, jemals allein in Myras Haus gewesen zu sein. Sie ging nach oben, um nach den Zwillingen zu sehen und ihnen die versprochene Geschichte vorzulesen. Als sie am Kinderzimmer vorbeiging, strich sie leicht mit dem Handrücken über die Tür.

Die Zwillinge begannen zu rufen, sobald sie die Tür geöffnet hatte. Cara legte einen Finger an die Lippen. »Psst«, sagte sie. »Das Baby schläft.«

»Psst«, sagten die Zwillinge.

Es machte nicht gleich klick, doch irgendwie kamen ihr die Muster auf den Schlafanzügen der Zwillinge bekannt vor. Sobald sie näher kam, erkannte sie es. Es waren Bunny-Schlafanzüge. Sie hatte nicht gewusst, dass es so etwas überhaupt gab. Bunny hüpfte dort überall herum – kleine Häschen, große, welche, die auf dem Kopf standen, Bunny, die Karotten aß, die auf einem Fahrrad fuhr, im Sandkasten spielte. Die Füße des Schlafanzugs waren eigentlich zwei kleine weiße Häschen. Es war niedlich, aber, wie Cara sich eingestand, verwirrend schmerzhaft. Sie schüttelte das Gefühl ab. Das Leben war so viel einfacher, wenn man sich nicht erlaubte, aus jeder Kleinigkeit ein Drama zu machen.

Sie war sich nicht sicher, ob Myra ihre Nichte und ihren Neffen bewusst so angezogen hatte, um eine subtile Botschaft zu senden, oder ob es einfach Zufall war. Doch sie kam zu dem Schluss, dass es Letzteres war. Denn wenn sie sich in dem Zimmer so umsah, war alles voller Bunny-Fanartikel – ein Trinkbecher, ein Lätzchen, zwei Paar flauschige Hausschuhe.

Beide Kinder saßen aufrecht und putzmunter in ihren Betten und waren ganz aufgeregt bei der Vorstellung, ihre neue Babysitter-Tante so weit zu manipulieren, dass sie sie länger aufbleiben ließ.

»Bubby«, sagte Sofie und deutete auf das Bücherregal über den beiden Betten, das die ganze Wand einnahm. Sie zuckte mit den kleinen Schultern. »Daddy Schuh.«

Cara sah sich die Sammlung an und entschied sich für das berühmte *Bunny hat ein Aua*. Sie stellte ihren Stuhl genau zwischen die beiden Kinderbetten.

»Boo«, sagte Tijmen. Er stand auf und schwang sein Bein über die Kante des Gitterbettes, wo es stecken blieb. Es würde nicht mehr lange dauern, bis er herausfand, wie er in die Freiheit klettern konnte.

»Das machen wir nicht, okay?« Sie nahm Tijmen hoch und legte ihn wieder hin. Er begann nicht zu weinen, wie sie erwartet hätte und akzeptierte sein Schicksal stattdessen wie ein Mann.

Cara öffnete das Buch und begann die Geschichte zu lesen, die sie so gut kannte.

Nach ein paar Seiten wurden die Zwillinge unruhig und begannen alberne Geräusche zu machen, um die Aufmerksamkeit des anderen auf sich zu ziehen. Sie standen nun beide in ihren Bettchen, die kleinen Hände am Gitter, bis Tijmen losließ und flach auf seinem gepolsterten Hintern landete. Er griff sich seine Plüschtiere und warf sie eines nach dem anderen auf den Boden.

»Wisst ihr«, fragte Cara, drehte das Buch um und deutete auf Judes Bild, »wer das ist?«

Beide Kinder starrten auf das Bild, Tijmen mit offenem Mund.

»Mummy!«, rief Sofie.

»Neeeein«, sagte Cara. »Das ist nicht Mummy. Das ist Jude.«

»Doooo«, sagte Tijmen. Er machte eine Spuckeblase.

»Jude hat dieses Buch geschrieben, wusstet ihr das?«

Beide Kinder schauten sie verblüfft an.

»Das wusstet ihr nicht, was? Tja, das hat sie. Sie hat auch all die anderen Bunny-Bücher geschrieben.«

»Bubby«, sagte Sofie.

»Richtig, Bubby. Sie hat auch *Bunny findet einen Freund* geschrieben.« Cara beugte sich zu den Kindern vor, die sich plötzlich auf ihre Worte zu konzentrieren schienen. »Wisst ihr, was ein lustiger Zufall ist? Nachdem Jude *Bunny findet einen Freund* geschrieben hat, fand sie selbst einen. Ist das nicht ungewöhnlich? Man sagt ja, dass das Leben die besten Geschichten schreibt.«

»Jaaa«, sagte Tijmen und hob die Arme in die Luft.

Cara folgte seinem Beispiel. »Jaaa«, sagte sie. »Das war ein Hurra wert. Denn, wisst ihr, dieser Freund war ich.«

Sofie nickte.

»Ihr fragt euch wahrscheinlich«, sagte sie und sah das kleine Mädchen an, »was geschehen ist?«

»Nein«, sagte Sofie. Sie schüttelte den Kopf.

»Ich werde es euch trotzdem erzählen«, sagte Cara. » Ich hab wieder Scheiße gebaut. Wie immer.«

»Scheiße«, sagte Tijmen.

»Ups, streicht das.« Cara starrte ihn schockiert an. »Das habe ich nicht gesagt, Liebling. Das böse S-Wort sollten wir hier nicht benutzen. Sagen wir einfach, ich habe es nicht hinbekommen, okay?«

»Ente Haus«, sagte Tijmen.

»Und jetzt ist sie weg.«

Sofie hob die Hände, als wollte sie sagen ›was kann man schon machen‹.

»Und die Wahrheit ist, dass ich sie um jeden Preis wiederhaben will. Ich möchte nur eine Chance bekommen, wiedergutzumachen, was ich falsch gemacht habe, aber ich weiß nicht, wie ich das anstellen soll. Sie will nicht mal mit mir reden.«

»Bubby«, sagte Tijmen. »Bubby a-a.«

»Konzentrieren wir uns, ja?«, sagte Cara. »Es muss einen Weg geben, sie zu finden, damit wir uns wenigstens zusammensetzen und reden. Meint ihr nicht? Sie ist nicht nur irgendwer, versteht ihr? Sie ist klug und witzig und liebenswert. Und umwerfend ist sie auch!« Sie hielt Tijmen erneut Judes Bild vor die Nase. »Siehst du? Ist sie nicht hübsch?«

Tijmen griff nach dem Buch und warf es auf den Boden.

Cara beugte sich vor und hob es auf. »Also«, fragte sie, »irgendwelche Ideen?«

Tijmen ließ einen Schrei los. »Bubby a-a!« Es war offensichtlich, dass er langsam die Geduld verlor.

»Okay«, sagte Cara, als sie das Buch wieder öffnete. »Ihr habt absolut recht. Wir sollten weitermachen. Danke fürs Zuhören, Leute. Das hat wirklich geholfen. Dann lasst uns mal sehen, was wir für Bunnys Aua tun können, wenn wir meinem eigenen schon nicht helfen können.«

Sofie klatschte in die Hände, als Cara weiterlas.

KAPITEL 12

Cara war sich nicht sicher, was sie davon halten sollte, als sie an einem Samstagmorgen um neun Uhr samt einer Übernachtungstasche bei Inge eintraf. Und sie wusste absolut nicht, was sie davon halten sollte, als sie eintrat und ihre Schwestern und Alice in der hinteren Ecke des Wohnzimmers gegen den Kamin lehnen sah. Sie alle trugen Jeans und Hoodies. Und feste Schuhe. Sogar Alice. Sie sahen aus, als hätten sie gerade eine Bank überfallen und würden sich nun über die Aufteilung der Beute streiten.

»Wenn das eine therapeutische Intervention wird«, sagte Cara und musterte sie misstrauisch, »weiß ich nicht, wozu.« Sie zog ihren Mantel aus und hing ihn an die Garderobe. »Ernsthaft. Ich bin eine aufrechte Bürgerin. Ich habe einen seriösen Job. Ich esse gesund. Ich bin enthaltsam verdammt noch mal – ich bin so kurz vor dem Tod wie nur irgend möglich.«

»Das ist keine Intervention«, sagte Myra und kam auf sie zu. »Es ist eine Überraschung.«

»Wirklich?«

»Ja«, sagte Alice. »Wir machen eine kleine Spritztour.«

»Eine Spritztour? Wohin?«

»Wir wissen es schon. Du musst es noch herausfinden.«

Und dann kreischten sie wie Siebzehnjährige in den Sommerferien.

»Ich verstehe nicht, warum wir eine Spritztour mit einem altersschwachen Volvo machen, wenn eine von uns einen brandneuen Mercedes in der Einfahrt stehen hat.« Cara stieß Alice an, die sie müde ansah. Sie schoben ihre Taschen in den Kofferraum von Inges Auto und bemühten sich, alles unterzubekommen.

»Wir sind dafür einfach nicht großkotzig genug.« Inge lehnte sich auf ihren Koffer.

Cara beobachtete sie, wie sie und Bart sich ansahen, der ihnen vom Küchenfenster aus zusah. Inge blies einen Kuss in seine Richtung, bevor sie ihre Tasche ebenfalls einpackte.

Cara lächelte. Es schien, als wären die beiden noch enger zusammengewachsen, nun da der Weg der Leihmutterschaft vor Kurzem im Transfer zweier Embryos gegipfelt hatte – zwei Embryos, von denen Cara sich vorstellte, dass sie in einem Niemandsland irgendwo in Myras Körper zwischen Leben und Tod schwammen. Caras Bewunderung für Myra war grenzenlos. Ihre Schwester war bereit gewesen, einiges durchzustehen, um Inge und Bart zu Eltern zu machen. Und sie würde auch in den nächsten Monaten noch einiges freiwillig durchmachen. Es gab allerdings keine Garantien. Im Moment konnte man nicht mehr tun, als zu warten.

»Und außerdem«, sagte Inge, »bin ich mir sicher, dass ich Tatarensoße auf Alice' Samtsitze spucken würde, würden wir den Mercedes nehmen. Ich werde mich viel wohler fühlen, wenn ich meine alte Klapperkiste fahre. Meine Sitzbezüge sind es gewohnt, verschmutzt und vollgekotzt zu werden.«

»Igitt«, sagte Alice. »Bitte sag mir, dass du mich verarschst. Bitte sag mir, dass ich nicht über drei Stunden auf der alten Kotze irgendeines anderen hocken werde.«

Inge zuckte die Schultern. »Würdest du lieber in frischer Kotze sitzen? Denn das kann ich arrangieren, weißt du?«

»Mehr als drei Stunden?«, fragte Cara. »Wo zum Geier bringt ihr mich hin? Ich habe meinen Pass nicht dabei – vielleicht sollten wir noch mal bei mir vorbeifahren und ihn holen?«

»Brauchen wir nicht«, sagte Myra. »Die Reisezeit beinhaltet Pausen. Und es ist kein Geheimnis. Wir fahren runter nach Süden in unsere schöne Provinz Limburg.« Sie öffnete die Autotür und setzte sich auf den Rücksitz, ihr riesiges Portemonnaie legte sie in ihren Schoß.

Cara setzte sich neben sie. »Limburg, ja? So sehr ich Wälder und Flüsse und Berge auch liebe … warum?«

»Ihre traditionellen Pasteten«, sagte Myra, »den leckeren Flan …«

»Wirklich? Wir fahren den ganzen Weg, um Pasteten zu essen? Ein komplettes Wochenende lang?«

»Was soll ich sagen? Ich habe Heißhunger.«

Cara schüttelte den Kopf. »Du magst nicht mal Pasteten.«

»Um Himmelswillen.« Myra schloss die Tür. »Lass uns einfach fahren, ja? Bevor ich es mir anders überlege.«

Alice setzte sich auf den Beifahrersitz und Inge hinter das Steuer.

»Wo genau fahren wir denn hin?«, fragte Cara. Sie war misstrauisch – dieser Ausflug hatte etwas Mysteriöses, es gab etwas, das sie ihr nicht erzählten.

»Maastricht«, sagte Inge. »Und Kerkrade.«

»Warum Maastricht und Kerkrade?«

»Darum.« Inge sah sich die ausgedruckte Route an.

»Warum?«

»Weil unser Hotel in Maastricht ist und unser Ausflugsziel in Kerkrade.«

Cara wusste nicht warum, aber ihr Herz begann zu pochen. »Was machen wir da? Wollt ihr mich zwangseinweisen?«

Inge schüttelte den Kopf. »Dort gibt es eine Abtei. Sehr alt und sehr schön. Wir dachten, wir machen einen geführten Rundgang mit.« Sie grinste. »Und nein, wir lassen dich nicht einweisen. Wir werden Spaß haben. Unser Hotel liegt nahe eines idyllischen, gepflasterten Platzes mit einem Brunnen und antiken Straßenlaternen und vielen Bars und Restaurants. Und es gibt ein Indoor-Skicenter quasi um die Ecke.«

»Das ist toll«, sagte Cara. »Aber ich bin noch nie Ski gelaufen und ich werde jetzt nicht damit anfangen.« Außerdem war sie an alten Abteien noch nie wirklich interessiert gewesen. Schon gar nicht, wenn sie zweihundert Kilometer fahren musste, um sie zu sehen. Hier ging auf jeden Fall etwas verdächtiges vor. »Gibt es da etwas, das ihr mir nicht sagt?«

Myra seufzte. »Cara, Liebes, könntest du dich einfach entspannen und die Fahrt genießen? Könntest du das für mich tun?«

Inge startete den Wagen.

»Nehmen wir die A2?«, fragte Alice, als sie sich anschnallte.

»Nein.« Inge schüttelte den Kopf. »Die A2.«

»Habe ich nicht gerade gesagt …«

»Ich weiß, was du gesagt hast!« Inge stellte den Sitz ein. »Ich wollte dich nur auf etwas hinweisen.«

»Auf was?«

»Dass ich fahre und dass gilt, was ich sage. Ich diskutiere nicht über meine Route, mit keinem von euch.«

Als Inge losfuhr, nahm Alice den Ausdruck vom Armaturenbrett und sah ihn sich an. »Ich kann nicht glauben, dass du keine normalen Navigationshilfsmittel des 21. Jahrhunderts benutzt.« Sie hielt Inge das Stück Papier vor die Nase.

»Ich diskutiere nicht«, sang Inge.

Alice legte den Ausdruck zurück auf das Armaturenbrett. »Deine Route ist nicht die schnellste, das weißt du aber, oder?«

»Heute geht es nicht um Schnelligkeit, es geht darum, eine schöne Zeit miteinander zu verbringen.« Es war eindeutig, dass es keinen Raum für Diskussionen gab – Inge war am Steuer und damit hatte es sich.

»Das wird lustig«, sagte Alice leise.

»Wird es.« Inge ignorierte den Sarkasmus. »Wir werden ein paar malerische Zwischenstopps einlegen, macht euch keine Sorgen.«

»Zwischenstopps? Wo?«, frage Cara.

»Liebes, das könnte ich dir erklären«, sagte Inge, »aber da du den Orientierungssinn eines Silvesterknallers hast, schlage ich vor, dass du die Fahrt genießt und alles mir überlässt, okay?«

»Das klingt entzückend«, sagte Myra. »Aber sieh bitte zu, dass genug Tankstellen auf dem Weg sind, damit ich die Toiletten benutzen kann.«

»Oh, lecker«, sagte Alice. »Bazillenverseuchte Tankstellentoiletten.«

»Kein Problem«, sagte Inge und fuhr los. »Es wird viele Stopps geben. Wir haben alle Zeit der Welt.«

»Vielleicht solltest du noch ein paar mehr Stunden als nur drei einplanen.« Alice beugte sich nach links und suchte nach Caras Gesicht im Rückspiegel. »Es könnte sein, dass wir nicht mal vor Einbruch der Nacht ankommen.« Sie nahm ein Taschentuch aus ihrer Tasche und versuchte, das Fenster zu säubern. »Es schadet ja nicht, auch etwas auf dem Weg zu sehen.«

»Ich liebe es, wenn wir zanken.« Cara machte es sich bequem. »Wie in alten Zeiten. Nur wir vier, die auf ein Abenteuer aus sind. Ich werde einfach vergessen, dass es offensichtlich etwas gibt, was ihr mir nicht erzählt. Ein Wochenende mit euch gemeinsam wegzufahren, ist genau das, was ich brauche. Was wir alle brauchen.«

»Darum geht es ja«, sagte Inge. »Wir sind schließlich die vier Musketiere. Musketier…innen.« Sie hob eine Faust in die Luft. »Getrennt stehen wir, denn gemeinsam fallen wir.«

»Heißt das nicht anders?«, fragte Alice. »Gemeinsam …«

»Mensch«, sagte Myra. »Können wir einfach in die Gänge kommen? Mir ist jetzt schon übel und wir sind noch nicht einmal aus der Stadt raus.«

Es war wenig Verkehr und es gab nicht viel zu sehen – kilometerlange, efeubewachsene Schallschutzmauern, Werbetafeln, Vertriebszentren,

Graslandschaften mit weidenden Kühen und Schafen, ein Wagen, der in die Leitplanke gekracht war, und hinter ihm ein Polizeiwagen, ein Schuh auf dem Standstreifen, ein klarer Himmel mit Wattewölkchen. Es war ein ereignisloser, diesiger Herbsttag. Trotzdem fühlte Cara, dass etwas in der Luft lag. Ein Versprechen. Ein Blick in die Zukunft, die vor Licht und Freude strotzte. Sie konnte es nicht erklären, es war nur so ein Gefühl.

Inge bestand darauf, dass sie Ratespiele spielten und sangen, doch als sich niemand beteiligte, drehte sie das Radio auf. Sie durchsuchte die Sender, bis sie einen fand, der Hits aus den Achtzigern und Neunzigern spielte. Es dauerte nicht lange, bis die Musik sie in diese Zeit zurückversetzte – die Highschool, das Familienleben, Flirts und das Leben mit den Schwestern. Ihre Frisuren. Und ihre Klamotten. Sie lachten, sowohl peinlich berührt als auch amüsiert, als sie sich an Caras Röhrenjeans erinnerten, an Myras Karottenhosen und die Ballerinas. An Inges *Champion*-Sweatshirts. An die straffen Pferdeschwänze und die großen Ohrringe.

»Ich wünschte, ich hätte euch damals schon gekannt«, sagte Alice.

»Erinnerst du dich an deine Grunge-Phase?« Myra sah Cara liebevoll an.

»Ich bin erstaunt, dass du überhaupt von meiner Grunge-Phase weißt«, sagte Cara. »Du hast während deines Abschlussjahres wohl nicht mehr als fünf Worte mit mir gewechselt.« Sie schnaubte. »Und wenn ich mich recht erinnere, waren das ›fass mein Zeug nicht an‹.«

»Es tut mir leid.« Myra legte Cara eine Hand aufs Knie. »Zu der Zeit war ich nur so beschäftigt. Du hast ja keine Ahnung.«

»Damit beschäftigt, dich nachts in deinem superkurzen Mini aus dem Haus zu schleichen.« Cara lächelte. »Ich weiß. Ich habe dich immer durch den Garten hetzen sehen, wenn ich aus meinem Fenster geschaut habe. Das habe ich Mum und Dad nie erzählt und dafür hast du mir nie gedankt.«

»Ich hatte da was mit Koen«, sinnierte Myra. »Und ich denke nicht, dass es Mum und Dad interessiert hätte. Sie waren zu sehr damit beschäftigt, zu streiten, als dass sie irgendetwas von uns mitbekommen hätten.«

»War es wirklich so schlimm?«, fragte Alice.

Myra nickte. »Warum denkst du, habe ich so jung geheiratet?«

»Weil du wahnsinnig verliebt in meinen Bruder warst?«, schlug Alice vor.

Myra grinste. »Das auch.«

»Aber zuerst gab es … Koen?«

»Ja«, sagte Cara, »und Jan und Tim und Martijn und Ivan und …«

»Hey!« Myra schüttelte den Kopf. »Stell mich hier nicht dar, wie eine …«

»Was?«, fragte Cara unschuldig. »Das sind nur die, von denen ich weiß.«

»Ich finde, man muss mal auf dem Spielfeld gewesen sein, bevor man sich fest bindet«, sagte Myra. Sie sah Cara kritisch an. »Und ich denke auch, dass du wohl kaum den ersten Stein werfen solltest. Jedenfalls, bevor Arend aufgetaucht ist, war ich überzeugt davon, dass Koen die Liebe meines Lebens ist.« Sie lächelte verträumt. »Er spielte Hockey, war politisch engagiert und er hatte diesen aristokratischen Haarschnitt.«

Inge schnaubte. »Aristokratischer Haarschnitt?«

»Ja. Du weißt schon, Hubbell-Gardner-Haare. Hubbell war …«

»Ja, wir wissen es«, unterbrach Alice. »Der Typ aus deinem Lieblingsfilm von 1814. Und ja, wir wissen auch, dass es ein Klassiker ist.«

Cara seufzte. Sie wusste nicht, warum.

Dann seufzte auch Myra. »Ich frage mich, was aus ihm geworden ist.«

»Vielleicht hat er eine Facebook-Seite«, meinte Inge.

»Nee.« Myra schüttelte den Kopf. »Ich werde nicht den ›Hat mein Ex eine Facebook-Seite‹-Weg einschlagen. Ich bin glücklich verheiratet und das soll auch so bleiben.«

»Wer war denn da noch, der die Liebe deines Lebens werden sollte?«, fragte Cara. »Wer war der Typ mit dem Unterlippenbärtchen, der Mum immer Blumen mitgebracht hat, wenn er dich abholte?«

»Oh Gott, ja, Evert!« Myra klatschte aufgeregt in die Hände. »Evert mit dem Bart und den Zigarillos. Er hatte felsenfest vor, Dichter zu werden, doch sein Vater wollte unbedingt, dass er die Firma übernimmt. Es war wie in einem Liebesroman.« Sie schaute ins Leere, ein verträumter Ausdruck auf dem Gesicht. »Er fuhr einen Honda CR-V. Ein toller Wagen.« Sie räusperte sich. »Interessanter Fakt – wusstet ihr, dass ich meine … ähm … ihr wisst schon verloren habe? An Evert? In diesem Auto? Er hatte die tollsten blauen Augen. Wie klares Wasser.«

»Wirklich?« Inge drehte halb den Kopf, sodass sie kurz nicht auf die Straße schaute. »Evert? In einem Auto? Wie schmutzig. Und ungebührlich.«

»Für dich war das anders«, sagte Myra. »Du warst schon mit drei Jahren verlobt! Du warst nicht so offen für Abenteuer wie wir.«

»Ich war immer froh darüber, meinen Seelenverwandten so früh im Leben gefunden zu haben«, sagte Inge. »Na, jedenfalls dachte ich immer, dass Kasper es war, der deine Blume gepflückt hat.«

Myra sah angewidert aus. »Kasper? Wirklich? Kasper, der König des Körpergeruchs?«

»Darf ich schon igitt sagen?«, fragte Cara. »Kann ich mal ein Fenster öffnen?« Sie starrte auf die Straßenüberführung vor ihnen.

»Was ist mit dir, Liebes?« Myra wandte sich an Cara. »Wie bist du in die Mysterien der sapphischen Wonnen eingeführt worden?« Sie holte ein paar Bonbons aus ihrer Manteltasche hervor und bot Cara eins an. »Und wie genau funktioniert das?«

Cara verschluckte sich fast an ihrer Süßigkeit. »Wie es funktioniert?«, fragte sie, als sie aufgehört hatte, zu husten. Sie starrte Myra an. »Willst du die … technischen Details?«

»Bitte, ja«, sagte Inge. »Zum Beispiel …«

»Bitte nicht!«, ging Alice dazwischen.

Inge schob Alice' Knie beiseite, um an das Handschuhfach zu kommen, und zog ein Stück Schokolade in Silberfolie heraus. Sie hielt es hoch. »Mag jemand?«

»Nein!«, riefen sie alle.

Inge entfaltete das Papier, lenkte nur mit dem Ellbogen und schob sich den ganzen Riegel in den Mund. Das Papier ließ sie auf den Boden fallen.

»Wäre es möglich, dass du die Hände am Lenkrad behältst und die Augen auf der Straße?« Alice bohrte ihre Nägel in ihre Oberschenkel. »Ich weiß nicht, wie es um euch steht, aber ich habe keine Todessehnsucht.«

»Ich bin eine erfahrene Fahrerin«, sagte Inge. »Ich könnte das sogar mit verbundenen Augen und auf dem Rücken gefesselten Händen tun.«

»Was für eine Überraschung das für unsere Angehörigen wäre, wenn wir alle in Leichensäcken heimkommen würden«, sagte Alice.

Cara überlegte, dass Alice' Freund immerhin noch seine Frau hatte, um ihn zu trösten, wenn Alice in einem Leichensack heimkommen würde. Und zum ersten Mal, seit Cara von dieser Beziehung wusste, tat ihr Alice' in ihrer hoffnungslosen Situation leid, egal wie moralisch verabscheuenswürdig ihr Tun auch war.

Myra schüttelte den Kopf. »Was ich eigentlich fragen wollte«, sagte sie und wandte sich wieder an Cara, »ist, wie du … Mädchen kennengelernt hast. Wie du dich verabredet hast. Wie hat man sich erkannt? Wer bat wen um ein Date? Ich meine nicht jetzt, da du geoutet und gut dabei bist, was Dates und Frauen angeht, sondern damals, als du noch lernen musstest, wie all das funktioniert. Mensch, du warst doch auch mal neu darin. Zu der Zeit warst du nie mehr als ein Baby für mich und als du alt genug zum Ausgehen warst, war ich längst verheiratet.«

»Sie war sehr geheimniskrämerisch«, sagte Inge. »Selbst nachdem sie sich geoutet hatte, habe ich sie nie wirklich mit jemandem gesehen.«

»Ich habe mich gut ohne euch zurechtgefunden«, sagte Cara.

»War es wie in diesem Film?« Inge kaute auf ihrer Schokolade umher. Sie sah in den Seitenspiegel und wechselte die Spur.

Cara legte die Stirn in Falten. »Welcher Film?«

»Dieser Film, in dem zwei College-Studentinnen einen kranken Vogel in irgend so einem nebligen, verzauberten Wald pflegen?« Cara schaute Inge durch den Rückspiegel an. »Ich erinnere mich daran, dass es schlimm geendet hat, aber ich weiß nicht mehr wie.«

»Die beiden haben kahl werdende, übergewichtige Investmentbanker geheiratet«, sagte Myra.

Inge schüttelte den Kopf. »Ich denke, eine von beiden hat sich umgebracht.«

»Ach kommt schon, natürlich war es nicht wie in dem Film«, sagte Cara. »Ganz und gar nicht so dramatisch.« Sie seufzte, wie immer, wenn sie mit der ermüdenden Ignoranz der Heteros konfrontiert wurde. Es war nicht so sehr, dass sie ignorant waren, aber so arrogant und herablassend – indem sie ihr unbestreitbares Recht als Mehrheit dazu nutzten, so oft sie wollten dumme Fragen zu stellen, und dabei so taten, als seien sie unvoreingenommen.

»Die Leute denken immer, dass Beziehungen zwischen Frauen entweder tragisch und zum Scheitern verurteilt sind oder dass sich alles um Sex dreht«, sagte sie. »Denn eigentlich trifft nichts davon zu. Zwei Mädels, die zusammenkommen, unterscheiden sich nicht großartig von einem Mädel und einem Jungen, die zusammenkommen. Sie lernen zusammen, sie streiten sich, sie machen die Wäsche, sie erkälten sich sogar. Wenn man es nicht besser wüsste, könnte man sie für normale Menschen halten.«

»Du musst nicht schnippisch werden«, sagte Myra. »Also, wer war es nun?«

»Wer war was?«

»Na, du musst dich doch verabredet haben, als du älter wurdest. Wer war denn deine Erste? Ich meine, wer hat zuerst dein … Interesse geweckt?«

Cara machte eine künstliche Pause, bevor sie antwortete. »Erinnert ihr euch an Claire?«

»Claire … Claire …« Myra schüttelte den Kopf, dann boxte sie Cara. »Nicht die Heulsuse, die am Ende der Straße wohnte, oder? Wie hieß sie noch gleich? Welders? Belders? Die mit dem engelsgleichen Gesicht und den pinkfarbenen Rüschenkleidern? Die Barbie?«

Cara lächelte. »Ich verstehe schon, warum sie eurem Gaydar entgangen ist, aber irgendwo zwischen ihrer Rüschenkleid-Phase und ihrer eigenen Grunge-Phase sind wir sehr gute Freunde geworden. *Sehr* gute Freunde.«

»Inge!«, rief Myra. »Hast du das gehört? Cara hat die Reifen mit Claire Welders heiß laufen lassen!«

»Oh bitte.« Cara streckte die Zunge raus. »Musst du das so nennen? Sind wir nicht ein bisschen alt, um …«

»Claire Welders?«, rief Inge, die Augen immer noch wie befohlen auf die Straße gerichtet. »Miss Perfect persönlich? Wow. Das macht mich so stolz!«

»Hör auf zu schreien, okay?« Alice drückte sich die Hand auf ihr Ohr. »Willst du, dass ich mit zerrissenem Trommelfell in Limburg ankomme?«

»Und wie habt ihr …?« Myra kam ein bisschen näher und berührte Caras Arm mit ihrem.

»Also«, flüsterte Cara, »sie hat mich einmal zu sich nach Hause eingeladen, um …«

»Zum Spielen«, jauchzte Inge.

»Sie brauchte jemanden, der ihr beim Lernen für einen Mathetest half. Ihre Eltern waren ausgegangen. Sie trug etwas, das man auch für ein Negligé halten konnte, und sie hatte so viele Kerzen angezündet, dass ich Angst hatte, in eine Séance reingeplatzt zu sein.«

»Und dann?« Myra klang atemlos.

»Na, nachdem uns klar wurde, dass wir ein, zwei Hobbys teilten, haben wir rumgemacht.«

»Rumgemacht, was?« Myra brauchte einen Moment, um diese Information zu verarbeiten. »Wusstet ihr denn, wie man das macht?«

Cara lachte laut auf. »Wie man das macht? Eigentlich schon, ja. Das soll jetzt nicht nach Selbstbeweihräucherung klingen, aber darin war ich schon immer ziemlich gut.«

»Ich dachte, dass, wenn man jung ist und nicht genau weiß, was man von einer Frau erwarten kann …«

»Das ist wohl einer der Vorteile, wenn man lesbisch ist«, unterbrach Inge. »Du weißt schon, wo alles ist.« Sie kicherte. »Und wie es funktioniert.«

Cara schüttelte den Kopf. »Es ist nicht einfach, das Mysterium aufrechtzuerhalten, wenn man mit euch zusammen ist, oder?«

»Wow«, sagte Myra. »Claire Welders war umwerfend.«

»Ich weiß nicht, ob es euch aufgefallen ist«, sagte Alice. »Aber Cara ist auch ziemlich umwerfend.«

Myra zuckte mit den Schultern. »Ich denke, in Bezug auf so was ist man blind, wenn es um die eigene Schwester geht.« Sie blickte flüchtig zu Cara. »Aber jetzt, wo du es sagst«, meinte sie mit kaum verhohlener Bewunderung, »sie ist irgendwie umwerfend.« Sie legte Cara die Hand auf den Arm. »Kein Wunder, dass du so eine tolle und bekannte amerikanische Schriftstellerin abgeschleppt hast.«

»Ja, nun …«, Cara rutschte auf ihrem Sitz hin und her. »Können wir … über etwas anderes reden? Bitte?« Sie versuchte schon angestrengt genug, nicht an Jude zu denken. Das Letzte was sie brauchte, war, dass jemand sie daran erinnerte. Sie war sich nicht sicher, warum Myra das tat. Hatte sie Angst, dass sie Jude vergessen würde? Dachte sie wirklich, dass so etwas möglich wäre? Sie schüttelte den Kopf. Das wollte sie nicht. Sie wollte sich auf das Wochenende konzentrieren, darauf, mit ihren Schwestern in Limburg Spaß zu haben. Und warum auch nicht? Sicher lebte sie doch ein ausgefülltes Leben, in dem das Fehlen von romantischer Liebe nicht unbedingt ein Problem war, oder? Sie hatte jetzt Ziele. Sie hatte Pläne. Die Zukunft erstreckte sich vor ihr wie ein gewaltiger Ozean mit endlosen Möglichkeiten.

Doch als im Radio *Lady in Red* gespielt wurde, wurden sie alle still und sie konnte nicht anders, als an Jude zu denken.

Der kurze Ausflug in die Vergangenheit schien sie alle nachdenklich gemacht zu haben. Sie fuhren, Kilometer um Kilometer, in einer Blase des Schweigens, jede der Frauen hing ihren eigenen Gedanken nach.

Innerhalb der nächsten zwei Stunden hielten sie dreimal an Tankstellen. Cara stieg aus dem Wagen, um sich die Beine zu vertreten. Alice lief herum und telefonierte, Cara nahm an, dass sie ihren Freund anrief. Sie konnte es nicht genau sagen, da Alice außer Hörweite blieb. Jedes Mal, wenn sie auflegte und Cara sie fragte, ob alles in Ordnung war, blinzelte sie auf diese müde Art, die Leute hatten, denen es nicht gut ging, die aber nicht darüber reden wollten.

Inge nutzte die Pausen, um den Tank aufzufüllen und Süßigkeiten zu kaufen. Myra, die meinte, dass ihr wahnsinnig schlecht wäre und sie sich generell seltsam fühlte, nutzte jede Pause für einen Gang zur Toilette.

Als sie hungrig wurden, verließ Inge die Autobahn und fuhr nach Den Bosch, wo sie ein frühes Mittagessen einnahmen und ein wenig einkauften. Auf Caras Bitte hin gingen sie in eine ziemlich große Buchhandlung. Es war ein altes Haus, drei Stockwerke hoch, mit knarrenden hölzernen Böden und Wendeltreppen aus Eisen. Es erinnerte Cara an Mrs Beldams Laden, der wie eine Miniaturversion von diesem hier gewesen war. Der Tag damals war so aufregend gewesen, mit all den unerwartet wundervollen Dingen, die geschehen waren: das Treffen mit Jude, wie Jude sie stolz und amüsiert angesehen hatte und mit etwas, das vielleicht schon damals Liebe gewesen war. Sie versuchte, nicht an diese Nacht zu denken, denn sie wusste, dass es ihr nicht guttun würde, diese Momente nochmals zu durchleben.

Sie tastete innerlich nach dem Gefühl, das sie vorhin im Wagen gehabt hatte, dem Gefühl der Hoffnung und der Zufriedenheit, aber sie konnte es nicht mehr finden. Sie schüttelte den Kopf, zwang sich wieder ins Hier und Jetzt und sah sich nach der erstbesten Ablenkung um. Bücher!

Sie blätterte gerade durch eine lesbische Erotikanthologie, als Myra aus der Kinderbuchabteilung auf sie zukam, in der Hand hielt sie ein Buch. Cara wusste nicht warum, denn sie war nicht wirklich scheu, doch als sie ihre Schwester sah, legte sie die Anthologie schnell zurück. Sie nahm wahllos eines der Bücher vom Tisch, gegen den sie lehnte – eine Biografie über Hillary Clinton, wie sich herausstellte.

»Wusstest du, dass Jude Donovan ein neues Buch veröffentlicht hat?« Myra zog die Stirn kraus. Sie wirkte fast empört, dass sie darüber nicht persönlich informiert worden war.

Cara schluckte schwer. Also hatte Jude offensichtlich ihre Schreibblockade überwunden. Sie erkannte, dass sie halb gehofft und halb gebangt hatte, dass Jude nach ihrer Trennung nie wieder fähig sein würde, ein Wort zu Papier zu bringen. Jetzt, wo sie das farbenprächtige Cover mit dem hoppelnden weißen Hasen darauf sah, schwoll ihr Herz vor Stolz bei dem Gedanken, dass Jude es geschafft hatte, trotz allem, was sie zurückgehalten hatte. Sie hatte ihre Dämonen besiegt – sie hatte, wie Cara es ihr so ohne Umschweife gesagt hatte, ›sich einfach hingesetzt und den Job gemacht‹.

»Nein«, sagte sie und versuchte gleichgültig zu klingen. »Ich lese im Allgemeinen die Bunny-Abenteuer nicht.«

Das stimmte. Sie hatte auf die harte Tour gelernt, dass es ihr nicht wirklich dabei half loszulassen, wenn sie jeden Tag mindestens einmal auf Judes Website ging, ihren Blog las, ihr Bild anstarrte, sich an all die Dinge erinnerte, die sie erlebt hatten, und sich all das vorstellte, was sie nicht getan hatten, von dem sie sich jedoch wünschte, sie hätten es getan. Aus diesem Grund hatte sie einen kalten Entzug gemacht – weshalb sie die Veröffentlichung des neuen Buches verpasst hatte. Doch als sie es anstarrte, konnte sie nicht verhindern, dass eine Flut von Erinnerungen durch sie hindurchrauschte. Sie sah Judes Gesicht mit hundert verschiedenen Ausdrücken vor sich, einer ging langsam in den nächsten über. Lächeln verwandelte sich in finstere Blicke, Freude in Wut, Tränen in Glück. Und sie sah ihr eigenes Gesicht neben Judes, als würde sie ein kaleidoskopartiges Bild von all ihren gemeinsamen Momenten sehen.

Eine Erinnerung hob sich von den anderen ab: der Tag, an dem sie über Caras angeblichen Mangel an Respekt vor Kinderliteratur gestritten hatten. Sie erinnerte sich daran, wie sie versucht hatte, Jude zu helfen, dieser seltsame und plötzliche Schrecken gegenüber dem zu überwinden, was so lange ihre Leidenschaft gewesen war. Jude hatte mit Cara ihre Angst davor geteilt, dass die Kreativität, von der ihre Lebensgrundlage abhing, plötzlich verschwinden und nie wiederkommen würde. Und weil das Thema Jude ängstlich und nervös gemacht hatte, hatte sie aufgehört zu reden und damit begonnen, Cara zu berühren. Ihre Liebesnacht, gezeichnet von einem Hauch Traurigkeit, hatte sie beide einen neuen Grad an Intimität erreichen lassen. Cara hatte sich fast schlecht dafür gefühlt, dass sie Judes damalige Verfassung so genossen hatte. Es hatte etwas Träges und Sinnliches darin gelegen, wie Jude sie berührt hatte. Und obwohl Cara gewusst hatte, dass es Judes verzweifelter Versuch gewesen war, in etwas einzutauchen, das ihre Dämonen verjagen würde oder sie zumindest auf Abstand hielt, sonnte sie sich doch darin.

»Hey!« Myra trat so dich vor sie, dass Cara fast die Sommersprossen auf ihrer Nase zählen konnte. Sie deutete auf den Hasen auf dem Cover. »Ich sagte, witzig, dass du das sagst!«

Cara schüttelte den Kopf, um die aufwühlenden Bilder zu verscheuchen. »Warum?«

»Weil dieses Buch aus der Bunny-Reihe ist, aber das düsterste Cover überhaupt hat.« Myra hielt Cara das Buch vors Gesicht.

»*Bunny weint*«, las Cara.

»Siehst du? Was für ein depressiver Titel ist das denn? Für ein Kinderbuch! Und hast du die Widmung gelesen?« Myra öffnete das Buch und las: »Für meine Muse, wo immer sie sein mag.«

Cara starrte ihre Schwester an, wünschte, sie würde weggehen, wünschte, dass alle um sie herum einfach weggingen, damit sie auf den Boden fallen und dort bleiben konnte, bis sie starb. Irgendwie schaffte sie es aber, sich auf den Beinen zu halten und sogar Haltung zu bewahren. »Das ist merkwürdig«, sagte sie mit einem leichten Zittern in der Stimme.

»Sehr merkwürdig«, stimmte Myra zu. »Meinst du, das ist eine versteckte Botschaft?«

»Ich …«

»Oh mein Gott.« Myra sah sie mit großen Augen an. »Was, wenn es eine versteckte Botschaft an dich ist?«

»Ach was«, sagte Cara kopfschüttelnd. »Sie ist nur dramatisch.«

Myra zuckte die Schultern. »Du hast wahrscheinlich recht.« Sie tippte mit dem Nagel ihres Zeigefingers auf das Buch in Caras Hand. »Übrigens würde ich das nicht empfehlen. Es ist ein wenig prahlerisch.«

KAPITEL 13

»Da sind wir.« Inge bog scharf um die Kurve und fuhr auf den Parkplatz des Hotels, wo sie ihren Volvo in die erste verfügbare Lücke setzte.

Es war später Nachmittag. Die Sonne stand tief am Horizont und in der Luft lag dieser typische Herbstgeruch – der intensive und herbe Duft von Erde und Pilzen, verrottenden Blättern und brennenden Kaminfeuern.

Cara streckte ihren Kopf aus dem Fenster und atmete tief ein. Sie liebte diese Jahreszeit. Sie liebte es, woanders zu sein. Sie hatte einen Tapetenwechsel schrecklich nötig gehabt, ohne dass es ihr bewusst gewesen wäre. Wie immer in einer neuen Situation drifteten ihre Gedanken ab zu Jude – eine seltsame und leicht alarmierende Angewohnheit, wenn man die Umstände betrachtete. Es war fast so, als beobachtete sie das Leben genauso durch Judes Augen wie auch durch ihre eigenen.

Sie war nicht sicher, ob Jude je im Süden gewesen war, in Limburg, das sich so sehr vom Rest des Landes unterschied. Sie stellte sich vor, wie sie beide ein romantisches Wochenende miteinander verbrachten, lange Spaziergänge durch die Berge und Täler unternahmen, den Wegen an den plätschernden Bächen folgten und die Wassermühlen und alten Bauernhöfe betrachteten. Wie sie lokale Spezialitäten in den rustikalen Gaststätten probierten. Die Nacht in einer zauberhaften Frühstückspension verbrachten.

Nachdem sie sich der Fantasie einen Moment lang hingegeben hatte, drängte sie die Bilder zurück, denn sie wusste aus Erfahrung, dass Tagträume sich in Albträume verwandelten, sobald sie sich daran erinnerte, dass Jude aus ihrem Leben verschwunden war.

Aber diesmal war es schwerer als sonst, nicht in Erinnerungen zu schwelgen. Das neue Bunny-Buch ließ die vergangenen Momente mit Jude aufleben und leuchten, als wären sie abgestaubt und poliert worden. Es hatte sie erkennen lassen, dass Jude keine Person aus ihrer Vergangenheit war und dass sie aufhören sollte, sich davon überzeugen zu wollen.

Vielleicht war es besser, den Schmerz zu akzeptieren und anzuerkennen – wenigstens war es ehrlich. So konnte sie immerhin aufhören, sich selbst etwas vorzumachen. Sie konnte auch gleich zugeben, dass der Gedanke, den Rest ihres Lebens ohne Jude zu verbringen, Cara vollkommen verzweifeln ließ. Es war ziemlich eindeutig, dass sie die Muse war, der Judes Widmung galt, und sie war sich nicht sicher, ob es das besser oder schlimmer machte. Doch sie entschied sich für schlimmer. Nach jemandem zu schmachten war eine Sache. Doch zu wissen, dass es der anderen Person genauso erging, war ebenso schlimm. Und dass es keinen Weg gab, zusammenzufinden, war mehr als schmerzhaft – es war eine kosmische Ungerechtigkeit.

»Hey! Cara!« Myra stieß sie an. »Bist du da?«

»Ganz und gar«, sagte Cara.

Inge löste ihren Gurt und öffnete die Wagentür. »Das, meine Damen, ist das Ende unserer Fahrt.« Sie grinste. »Bitte vergessen Sie nicht, dem Fahrer Trinkgeld zu geben.« Sie streckte die Nase in die Luft und schnupperte wie ein Wolf, der die Fährte seiner Beute aufnahm. »Ah«, sagte sie und stieg aus, »Herbst. Ist es nicht herrlich?«

»Gibt es hier irgendwo eine Drogerie?« Myra kämpfte mit ihrem Gurt. »Ich muss dringend eine Drogerie finden.«

»Keine Tampons mehr?«, fragte Inge.

»Oh, igitt, müssen wir darüber reden?« Alice schüttelte den Kopf. »Können wir uns nicht alle ganz privat um unsere Hygienebedürfnisse kümmern?«

»Hör auf zu heulen, okay?«, sagte Myra. »Du bist prüde. Ich brauche keine Tampons. Gott sei Dank.«

»Was brauchst du dann?«, fragte Cara.

»Das ist privat.«

»Habe ich es? Könnte ich es dir leihen?«

Myra brach in Gelächter aus. »Das bezweifle ich ernsthaft«, sagte sie. »Außerdem ist es nichts, was man unbedingt verleihen würde.«

»Brauchst du es … unbedingt sofort?«

Myra schüttelte den Kopf. »Morgen reicht es auch noch. Keine Eile.«

Sie stiegen alle aus dem Wagen. Das Hotel war eine riesige, moderne Monstrosität aus Glas und Chrom, mit mindestens zehn Stockwerken. Niemand sagte etwas, als sie dort standen und den hell erleuchteten Eingangsbereich anstarrten.

»Was?«, fragte Inge.

Niemand antwortete.

»Ach kommt schon, Leute! Das war ein spontaner Entschluss. Ich hatte ja kaum die Zeit, eine malerische Frühstückspension in einem Schloss auf dem Hügel zu organisieren, mit einem Wunschbrunnen und einer Herde weidender Schafe davor!«

»Ich habe das eigentlich gerade nur bewundert«, sagte Alice. »Ich kenne diese Hotelkette ziemlich gut und sie ist exzellent. Sauber, groß, effizient und voller kompetenter Mitarbeiter.«

»Ich mag es auch«, sagte Cara. »Seht euch das an.« Sie drehte sich um, die anderen taten es ihr nach. »Wir sind mitten in der Innenstadt. Hier gibt es überall Restaurants und Bars und altmodische Straßenlaternen und glückliche Menschen, wie du versprochen hast. Was sollte man daran denn nicht mögen?«

Inge öffnete den Kofferraum und alle scharten sich um sie, um ihre Koffer zu nehmen.

»Toll«, sagte Alice, »mein Beautycase ist von euren sauschweren Taschen zerdrückt worden. Warum muss man alles auf etwas so

Empfindliches draufstapeln?« Sie streichelte das Ding, als würde sie sich Sorgen machen, dass es Schmerzen hätte.

»Du gehst auf die vierzig zu, Liebes«, sagte Myra. »Deine Schönheit wird ohnehin bald Geschichte sein. Für immer.«

Die Lobby mit einem großen Tresen und vielen bequemen Sesseln war einladend. Es gab auch Tische mit schillernden Magazinen, in denen man blättern konnte. Rechts von ihnen war die Bar. Und hinter ihnen war der Speisesaal, wo die Tische eingedeckt wurden.

Die ältere Dame am Tresen prüfte Inges Reservierung. »Schauen wir mal«, sagte sie. »Sie haben ein Familienzimmer deluxe für vier Personen gebucht.«

»Vier?«, fragte Myra über Inges Schulter gebeugt. »Wir schlafen alle zusammen?«

»Es ist ein Deluxe-Zimmer!« Inge schob Myra leicht mit dem Ellbogen zurück.

Nachdem sie die Formalitäten erledigt hatten, nahmen sie den Fahrstuhl in den neunten Stock. Ihr Zimmer war wirklich deluxe, ausgestattet mit vier großen Einzelbetten, einem beeindruckenden Kleiderschrank für ihre Sachen und einem spektakulären Badezimmer mit Whirlpool. Aus dem Fenster sah man direkt auf die Stadt und die Hügel dahinter.

»Hier könnte ich einziehen«, sagte Cara. Sie nahm sich ein paar saubere Sachen für den Abend aus dem Koffer und schob ihn dann mit dem Fuß unter das Bett. Den Stress, alles auszupacken, würde sie sich nicht machen, wenn sie ohnehin nur eine Nacht blieben.

Dann nahm jede von ihnen eine Dusche und machte sich frisch, bevor sie hinunter in die Lobby gingen, um ihre Pläne für den Abend zu besprechen.

Während ihrer Abwesenheit war die ältere Frau am Empfang durch eine atemberaubend schöne, dunkelhaarige Mittzwanzigerin ersetzt worden, die ihnen ein umwerfendes Lächeln schenkte.

»Vielleicht solltest du sie fragen, ob sie uns begleiten möchte«, merkte Myra an, als sie sah, wie Cara die junge Frau anstarrte. »Oder schließ wenigstens den Mund.«

Cara wurde rot und schüttelte den Kopf.

Myra lächelte. »Sie sieht ein bisschen wie eine jüngere Jude aus. Das ist dann wohl dein Typ, was?«

Cara zuckte die Schultern. »Lass gut sein, okay?«

Sie entschieden sich für ein Abendessen in einem der vielen Restaurants in der Altstadt und wollten danach noch was trinken gehen.

»Wir gehen nicht tanzen, oder?«, fragte Myra, als die Türen der Lobby aufgingen.

Inge schüttelte den Kopf. »Nein. Warum? Hast du deine Tanzschuhe zu Hause gelassen?«

»Ich weiß nicht.« Myra zuckte die Schultern. »Ich fühle mich, als hätte ich meinen Magen zu Hause gelassen.«

Sie gingen hinaus in die kühle Nachtluft – die Mondsichel erhellte den dunkler werdenden Himmel.

»Es ist ziemlich kühl in dieser Gegend.« Alice schlang die Arme um sich selbst.

Als sie über die Straße gingen, griff Inge in ihre handgemachte, gesteppte Tasche und holte einen Stadtplan heraus, den sie Cara vors Gesicht hielt, bevor sie ihn aufklappte. »Wusstest du, dass es hier ein paar tolle Gay Bars gibt?«

Cara zuckte die Schultern. »Und?«

»Wir dachten, dass es nett wäre, wenn wir ein wenig mehr Interesse an deiner … du weißt schon, Welt zeigen«, sagte Alice.

Cara holte sie ein. »Bei dir klingt das, als würde ich auf einem anderen Planeten leben.«

»Lasst uns weitergehen, okay?« Myra ging voraus. »Und uns im Warmen darüber streiten.«

»Nach dem Essen«, sagte Inge, »gehen wir in eine Bar, wo es Livemusik gibt.« Sie lächelte. »Jazz.« Sie schlug sich auf den Oberschenkel. »Heißen, rauchigen Jazz.«

»Jazz?« Cara verzog das Gesicht. »Das ist toll, aber Jazz hat meistens einen speziellen Effekt auf mich. Was bedeutet, dass ihr mir versprechen müsst, dass ihr mich nicht betrunken werden lasst. Nicht mal ein bisschen. Wenn doch, dann habt ihr eine Menge Ärger mit mir.« Sie sah Inge an. »Aber ich dachte, ihr wollt in eine Gay Bar. Ist es … Homojazz?«

»Die Bar ist *gay friendly*«, sagte Inge. »Oder eher …« Sie sah auf ihre Notizen. »Aufgeschlossen.«

»Viel vager kann es nicht werden«, sagte Cara.

Inge nickte. »Es ist eine weltoffene Bar, in der es heute Abend zufällig Live-Jazz gibt.«

»Soll das heißen, dass man mich nicht zusammenschlägt?«

»Ach, komm schon«, sagte Alice, »wer wird heutzutage noch zusammengeschlagen? Ihr Leute seid immer so dramatisch.«

Cara schubste sie. »Wenn du dich wirklich für meine Welt interessierst, würde ich vorschlagen, dass du aufhörst, uns als ›ihr Leute‹ zu bezeichnen.«

»Tut mir leid. Ihr Leute seid immer so empfindlich.«

»Würde es euch Leuten was ausmachen«, sagte Myra, die kaum gesprochen hatte, seit sie das Hotel verlassen hatten, »wenn wir nur ein kleines Abendessen einnehmen? Allein beim Gedanken an Essen wird es mir ganz anders.«

»Dieser ganze Trip ist mit zu viel Informationen gespickt, die ich nicht haben will«, sagte Alice.

»Klein?« Es schwang leichte Panik in Inges Stimme mit. »Klein wie in … ein Salat und ein Sodawasser?«

»Gibt es kein *gay friendly* … chinesisches Restaurant?« Myra schaute zweifelnd. »Ich schaffe vielleicht ein bisschen Kung Pao Hühnchen oder so.«

Inge studierte die Karte. »In der Nähe gibt es einen Inder.« Sie legte ihren Finger auf einen Punkt auf der Karte. Sie schaute in die Ferne und deutete nach Norden. »Da lang.« Sie drehte sich um, die anderen folgten ihr. »Das ist eine Einkaufspassage, dort könntest du auch sicher eine Drogerie finden.«

»Inwiefern ist chinesisch denn dasselbe wie indisch?«, murmelte Cara halblaut, als sie ihnen folgte.

Das Erste, was sie sahen, als sie um die Ecke bogen, war eine Drogerie mit einem Schild im Fenster, auf dem ›Offen‹ stand.

»Wartet hier.« Myra rannte praktisch hinein. »Ich bin gleich zurück.« Als sie wieder herauskam, sah sie sehr zufrieden aus. Offensichtlich hatte sie gefunden, wonach sie gesucht hatte.

Als sie beim Inder ankamen, stellte sich heraus, dass er für diese Saison geschlossen hatte. Wegen der Kälte und weil Myra sie überzeugte, dass sie sich wirklich setzen musste, entschieden sie, in das Fischrestaurant auf der anderen Seite zu gehen.

An der Tür stoppte Cara abrupt.

»Was ist los?«, fragte Inge.

»Ich frage mich, ob es eine gute Idee ist, Fisch so weit weg vom Meer zu essen«, sagte sie. »Kann der wirklich frisch sein?«

»Schon mal von Eis gehört?« Inge versuchte sie hineinzuschieben. »Und außerdem isst du die ganze Zeit Tacos. Mexiko ist ja wohl viel weiter weg als das Meer.«

»Das macht absolut keinen Sinn.« Cara schüttelte den Kopf.

»Wisst ihr was, Mädels?« Myra ging an ihnen vorbei und öffnete die Tür. »Streitet euch so viel ihr wollt, aber lasst mich durch, okay?« Sie ging hinein und setzte sich an den ersten freien Tisch, den sie sah. »Es ist entzückend«, rief sie ihnen zu.

Sie wurden zu einem Tisch im hinteren Teil des Restaurants geleitet, neben einem riesigen Aquarium, das mit großen, an den Scheren zusammengebundenen Hummern gefüllt war, die sie vorwurfsvoll anzusehen schienen. Der Anblick deprimierte Cara.

Um sie friedlich zu stimmen, suchte sie die Speisekarte nach einem vegetarischen Gericht ab, scheiterte jedoch.

»Kann ich bitte nur eine Ofenkartoffel und einen Salat bekommen?«, fragte sie den Kellner.

Der sah sie an, als würde er abwägen, ob er sie sofort hinauswerfen sollte, doch er notierte ihre Bestellung kommentarlos.

»Ich bekomme dasselbe«, sagte Myra. »Ohne die Ofenkartoffel. Also eigentlich nur einen Salat. Mit dem Dressing extra.«

Inge machte den Kellner wieder glücklich, indem sie das Seafood Special bestellte. Alice nahm die Jakobsmuscheln.

Cara drehte sich in ihrem Stuhl, damit sie die misshandelten Hummer nicht sehen musste. Sie machten ihr Angst.

»Ist das nicht gemütlich?«, fragte Myra, als ihre Getränke gebracht wurden. Sie hielt ihr Sodawasser hoch. »Auf uns, Mädels.«

Sie stießen an, doch dann setzte Myra ihr Glas unsanft ab, drückte sich eine Hand auf den Mund, sprang auf und stürmte zu den Toiletten.

»Was hat sie denn?«, fragte Alice. »Sie benimmt sich seltsam, seit wir in den Wagen gestiegen sind.«

»Vielleicht macht sie sich Sorgen, dass sie deinen Bruder mit vier Kindern allein zu Hause gelassen hat«, sagte Cara. »Ich weiß nicht, wie der arme Mann das schaffen soll.«

»Hey«, sagte Inge. »Wer sich die Suppe einbrockt, muss sie auch auslöffeln.«

Als Myra zurückkam, war das Essen bereits serviert worden. Sie sah ein wenig blass aus, aber ein kleines Lächeln umspielte ihre Lippen.

Sie setzte sich wortlos hin, nahm ein Stück Gurke von ihrem Teller und steckte es sich in den Mund.

»Was hast du so lange gemacht?«, fragte Inge. »Und woraus machst du so ein Geheimnis?«

»Wir machen uns Sorgen«, sagte Cara. »Du wirkst ein bisschen neben dir.«

Myra lächelte nun von einem Ohr zum anderen. »Es geht mir gut«, sagte sie. »Ich wollte nur sicher sein. Deshalb musste ich eine Drogerie finden.«

»Ich verstehe nicht«, sagte Alice.

»Ich habe einen Schwangerschaftstest gekauft«, erklärte Myra. »Und ratet mal. Er war positiv.«

Inge, deren Hand gerade mit einem Shrimp von der Größe eines Bumerangs auf dem Weg zu ihrem Mund gewesen war, wurde kalkweiß. Ihre Hand wurde schlaff und fiel auf den Tisch, der Shrimp wurde auf den Fußboden katapultiert.

Myra grinste. »Was sagst du jetzt, hm?« Sie beugte sich vor und küsste eine erstaunte Inge auf die Wange. »Glückwunsch, Liebes«, flüsterte sie. »Es sieht so aus, als würdest du ein Baby bekommen.«

KAPITEL 14

»Können wir dorthin gehen? In den *gay friendly* Jazzklub?« Alice schaute zum milliardsten Mal auf ihr Handy, als sie auf die Rechnung warteten.

»Bar«, korrigierte Cara. »Es ist eine Bar, kein Klub.«

»Wie auch immer. Können wir dorthin gehen?«

»Können wir bitte, bitte, einfach nach Hause fahren?« Inge wischte sich die Tränen von den Wangen. »Damit ich es Bart erzählen kann? Ich will bei ihm sein und das mit ihm teilen. Und nicht über das Telefon. Ich will, dass wir uns Babybetten ansehen.«

»Es ist noch zu früh, Liebes.« Myra legte ihrer Schwester eine Hand auf den Arm. »Flipp jetzt nicht aus, okay? Bart bekommt einen Herzinfarkt, wenn du mitten in der Nacht mit verheulten Augen zurückkommst. Wir sollten bei der Sache bleiben und tun, weshalb wir hergekommen sind. Montag werden wir es Bart erzählen und ihr könnt mitkommen, wenn ich zum Arzt gehe.«

»Was meinst du?«, fragte Cara. »Welche Sache? Weshalb sind wir hier?«

Inge boxte eine offensichtlich erschrockene Myra. »Um unsere Beziehung aufzufrischen«, sagte sie. »Um uns wieder näher zu kommen.«

»Und noch mal«, sagte Alice. »Können wir jetzt zu dieser verdammten Bar gehen oder nicht?«

Inge schüttelte den Kopf. »Nein«, sagte sie mit zitternder Stimme. »Es ist zu weit.«

Alice rief ein Taxi. Es holte sie in weniger als zehn Minuten vor dem Restaurant ab. Der Fahrer war von der quasselnden Sorte – ein stolzer Einheimischer, der gern über die Region und die Stadt sprach und davon, wie all seine Vorfahren sich in den Kohleminen zu Tode gearbeitet hatten.

»Und das waren zehn Minuten meiner Lebenszeit, die ich nie wiederkriegen werde«, sagte Alice, als sie ausstiegen. »Ich dachte schon, er würde nie aufhören zu reden. Wie viele Geschichten soll man denn ertragen können, die davon erzählen, wie sein Vater und dessen Vater vor ihm immer nach Hause kamen und aussahen, als wären sie in einer Teergrube eingeschlafen? Und was soll dieser Akzent? Ich musste mich fast auf seinen Schoß setzen, um zu verstehen, was er da sagte.«

»Du stehst nicht so auf Menschen, oder?« Cara stieß Alice an. »Ich bin mir nicht sicher, ob ich in einem Zimmer mit dir schlafen will, wenn du so unleidlich bist.«

»Vielleicht übernachte ich dann einfach in der Lobby.« Sie sah Cara an. »Oder du machst das. Neben deiner Rezeptionistin mit den leuchtenden Augen.«

»Hör auf, Cara zu verkuppeln, okay?«, sagte Myra.

»Tut mir leid«, sagte Alice. »Ich hab's vergessen.«

Sie standen auf dem Gehweg und starrten auf den Schriftzug, der über dem Eingang der Bar hing und den Auftritt – den einzigen Auftritt – von *Maxine After Dark* ankündigte.

»Was hast du vergessen?«, fragte Cara.

»Nichts«, antwortete Alice kopfschüttelnd. »Vergiss es. Können wir jetzt bitte reingehen, bevor ich mir den Hintern abfriere?«

Die Bar war gut besucht. Die stickige Hitze nach der Kälte draußen und der Geruch nach Alkohol und verschwitzter, parfümierter Haut raubte Cara fast den Atem.

Myra begann schon zu würgen, bevor sie überhaupt drinnen war. Inge legte eine besitzergreifende Hand auf die Schulter ihrer Schwester und die andere auf deren Bauch. Myra befreite sich aus dem Griff und schwang die Arme.

Cara erkannte, wie alt sie geworden waren. Und wie … seltsam. Wie beschäftigt sie mit ihren Leben waren. Sie würden nie wieder einen Ort wie diesen betreten und nur an den tollen Abend denken, den sie hier verbringen würden, daran wie sie sich betrinken konnten, jemanden abschleppten, wie umwerfend sie aussahen. Jetzt waren sie erwachsene Frauen. Sie lächelte, als ihr bewusst wurde, dass es sie mehr amüsierte, als dass es sie störte. Es gab momentan so viele Dinge in ihrem Leben, die sie glücklich machten. Sie hatte Verpflichtungen und Perspektiven. Einen sicheren Job, bei dem die Schüler sich auf sie verließen. Sie unterstützte ihre Schwestern bei jedem Schritt ihres Baby-Abenteuers. Worauf es letztendlich ankam war, dass sie eine positive Rolle im Leben anderer spielte, und es gab nichts Lohnenderes als das. Sie fühlte sich endlich dazugehörig.

Sie wusste jedoch auch, was ihr noch fehlte. Obwohl sie sich bemühte, Jude aus ihren Erinnerungen zu streichen, konnte sie nicht umhin, die Ironie darin zu erkennen, dass Jude gerade jetzt aus ihrem Leben verschwunden war, wo sie endlich etwas zu bieten hatte.

Die Band spielte. Es war nicht der versprochene heiße, rauchige Jazz, sondern etwas Lauteres und mit mehr Beat. Cara hatte keine Ahnung, was es war – Dixieland? Sie wusste sehr wenig über Jazz.

Sie setzten sich an den wohl letzten freien Tisch am hinteren Ende der Bar, wo sie die Band nicht wirklich sehen konnten. Nicht, dass es einen Unterschied machte. Die Musik war laut genug, und dichter an der Bühne zu sitzen, würde nicht unbedingt besser sein. Cara war ein wenig besorgt gewesen, da sie in solchen Nächten immer etwas sentimental wurde. Es war der perfekte Abend für große Emotionen – Emotionen, die besser kontrolliert werden sollten.

»Margaritas für alle«, rief Alice, sobald sie sich gesetzt hatten.

»Bist du wahnsinnig?«, fragte Inge. »Wir können nicht trinken! Wir sind schwanger!« Sie legte ihre Hand auf Myras Bauch.

Die schob sie weg. »Es gibt gar keinen Grund, warum du nicht trinken solltest«, sagte Myra.

Inge schüttelte den Kopf. »Alles, was du nicht tun kannst, werde ich nicht tun.«

Alice seufzte. »Dann zwei heiße Schokoladen für euch.«

Myra schüttelte den Kopf. »Heiße Schokoladc, igitt, nein. Eistee, bitte.«

»Also, wer macht mit? Cara, du scheinst die einzige Person hier zu sein, die nicht hundert Jahre alt oder schwanger ist. Lust, mich zu begleiten?« Alice stand auf und sah sich das riesige Alkoholsortiment hinter der Bar an. »Sie scheinen eine gute Auswahl zu haben.« Sie schaute zu Cara. Es war offensichtlich, dass der Anblick all dieser Flaschen ihre Laune hob. »Bestell, was du willst.«

»Eine Margarita wäre toll«, sagte Cara. »Wie in alten Zeiten.«

Alice drückte ihre winzige Handtasche an sich und begann, sich durch die Menge zur Bar zu schieben.

»Ich bin mir nicht sicher, ob ich was bei mir behalten kann«, sagt Myra. »Aber ich versuche es mal mit dem Eistee.« Sie sah nachdenklich aus. »Als ich mit meinen anderen Kindern schwanger war, habe ich mich nie so gefühlt.« Sie lächelte Inge zu. »Andererseits ist das auch nicht mein Kind.« Sie stand halb von ihrem Sitz auf und reckte den Kopf, um die Band sehen zu können. »Diese Art von Musik habe ich nicht so ganz erwartet«, sagte sie. »Ich dachte, es wäre eher eine Art sanfter Jazz. Ihr wisst schon, Sex-Jazz.«

»Ich bin mir nicht sicher, was Sex-Jazz ist«, sagte Inge, »aber später gibt es noch Late Night Jazz, mit *Maxine After Dark*. Diese Jungs sind nur die Vorgruppe.« Sie wippte in ihrem Stuhl auf und ab. »Mir gefällt's. Es ist so peppig.«

»Im Moment würdest du sogar eine Beerdigung peppig finden.« Cara sah ihrer Schwester ins Gesicht und es fiel ihr schwer, bei dem Anblick vollkommenen Glücks nicht in Tränen auszubrechen.

»Da hast du wohl recht«, sagte Inge strahlend.

»Was ist denn nun mit der angekündigten *Freundlichkeit* gegenüber Schwulen und Lesben?« Cara war der Meinung, es wäre klüger, das Thema zu wechseln, bevor sie alle in Tränen ausbrachen.

»Nun …«, sagte Inge. Cara folgte ihrem Blick, doch alles, was sie sah, das auch nur annähernd in die richtige Richtung ging, waren zwei

Frauen, die mehr oder weniger miteinander tanzten – zugegeben, sie tanzten wie Freunde, ohne sich zu berühren. Inge neigte den Kopf in deren Richtung.

»Die zählen nicht«, sagte Cara. »Das da sind zwei Heteromädels, die hoffen, die Aufmerksamkeit von zwei Heterojungs auf sich zu ziehen.«

»Das Wichtigste ist doch, dass wir Spaß haben«, sagte Myra. »Da spielt die … Neigung doch keine Rolle.«

»Hm«, machte Cara.

Alice kam stirnrunzelnd mit den Drinks zurück. »Ich wünschte, die Menschen würden sich die Mühe machen, Deo zu benutzen, bevor sie ihre stinkenden Achseln in mein Gesicht drücken, wisst ihr, was ich meine?« Sie stellte die Gläser auf den Tisch. »Ehrlich, ist das zu viel verlangt?« Sie stellte das Tablett auf den Boden unter ihren Stuhl und setzte sich. »Jedenfalls brauchen wir einen Trinkspruch.«

»Lass uns einfach trinken, okay?«, meinte Cara. »Wir sind sowieso schon viel zu emotional.«

»Auf das Leben«, sagte Myra. Sie hob ihr Glas, die anderen taten es ihr gleich.

»Das Leben«, sagten sie.

Es war einer dieser Momente, dachte Cara für sich, in dem das Schicksal ein Foto schoss – so stellte man es sich vor. Ein Schnappschuss von dem letzten Moment, bevor sich alles ändert.

Die Dixieland-Band spielte noch eine Stunde, bevor sie die Bühne verließen. Cara stand auf und schlenderte hinüber, um zu sehen, was geschah. Eine neue Band kam und brachte ein ganzes Arsenal an Instrumenten mit: Saxofone, Gitarren, eine Trompete, eine Klarinette. Das Klavier blieb.

Die Lichter wurden gedimmt. Eine große Frau in einem dunkelgrünen Glitzerkleid betrat die Bühne. Sie nahm das Mikrofon und sprach ein paar Worte, die Cara nicht verstand.

Es war, als veränderte sich die Atmosphäre, sobald sie anfing zu singen. All diese glücklich quasselnden Menschen wurden still, sobald ihre träge Stimme über das Publikum hinwegwaberte. Der verführende Klang des Saxofons erfüllte die Luft, und es war, als würde die Nacht selbst ihr Gewand wechseln – von einem farbenfrohen Tagesanzug zu einem langen, dunklen Samtkleid. Cara stand da und starrte zur Bühne, schwang leicht zum Rhythmus der tiefen, trägen Stimme und erkannte, dass das genau der Moment war, vor dem sie sich gefürchtet hatte. Sie war zu emotional und zu einsam, als dass ein solcher Augenblick und eine solche Atmosphäre sie kalt lassen könnten. Sie dachte, es wäre eine gute Idee, zu ihrem Tisch zurückzukehren und vorzuschlagen, dass sie wieder zum Hotel fuhren.

Sie drehte sich halb um und als sie mit dem Rücken zur Bühne stand, fragte sie sich, wie sie da durchkommen sollte. Sie schaute nach links, ob sich vielleicht dort eine bessere Chance zur Flucht bot. Sie überflog die Gesichter in der Menge, und als ihr Blick etwas Vertrautes erkannte, fühlte es sich an, als würde ihr Herz stehen bleiben.

In dem Moment, als Cara sie sah, redete sie sich ein, dass sie sie nicht wirklich sah, dass es gar nicht möglich war. Sie wusste, dass die Frau, die sie anstarrte, eine Illusion war, ein Hirngespinst, hervorgerufen durch ihren Gemütszustand, den Alkohol und das tiefe Verlangen nach Jude, das sie heute stärker denn je fühlte: Sie wollte mit Jude reden, sie berühren, ihr zu Füßen fallen. Ihr Geist spielte ihr einen Streich – das musste es sein.

Die Frau in dem schwarzen Kleid und der Jeansweste, die nicht mal zehn Meter entfernt am Bühnenrand stand, war nicht Jude Donovan … doch es stimmte. Sie war es, bis ins Detail. Sogar die Narbe an ihrer Stirn war zu erkennen. Jude war Cara so vertraut, wie kaum ein anderer Anblick in der Welt es sein konnte. Ihr Abbild hatte sich Cara ins Gedächtnis gebrannt. Gleichzeitig war sie jedoch eine Fremde, seltsam weit weg. Als sie die sich wiegende Frau mit den glatten, schwarzen Haaren und den stechend braunen Augen betrachtete, konnte Cara es sich kaum vorstellen, dass sie überhaupt mal ein Wort miteinander gewechselt haben sollten. Ganz zu schweigen davon, dass sie alles geteilt hatten, was zwei Menschen überhaupt teilen konnten. Sie war real. Aber auch eine Erscheinung, ein Geist.

Cara fiel es schwer, ihre Atmung unter Kontrolle zu halten, als sie versuchte, ihren Blick von der Frau loszureißen, die Jude war, es aber doch nicht sein konnte.

»Hey!« Ein hochgewachsener Mann mit einem Bier in der Hand sah sie wütend an. »Du trittst mir auf den Fuß.«

Langsam landete Cara wieder auf dem Boden der Tatsachen. Sie sah dem Mann ins Gesicht, erkannte dann, dass er wütend war und warum, und trat zur Seite. »Entschuldigung«, sagte sie.

Sie geriet in Panik. Sie erstickte hier in dieser Hitze, mit all den Menschen, die sie überragten, sie mit ihren widerlichen Gerüchen und Geräuschen infizierten. Sie wusste, dass sie ohnmächtig werden würde, wenn sie nicht bald frische Luft bekam. Mit den Ellbogen teilte sie die Menge, schob Menschen zur Seite, machte sie wütend, wurde von einem anderen Ellbogen am Kopf getroffen und fühlte Dutzende Schuhe auf ihre Füße treten. Und auf dem ganzen Weg durch die Menge machte sich die süß tropfende Stimme der Sängerin über sie lustig.

Nach gefühlten Stunden schaffte sie es endlich, sich aus der Menge zu befreien, die einen fast undurchdringlichen Halbkreis um die Bühne geformt hatten. Sie atmete ein paar Mal tief durch und zwang sich zur Ruhe. Als die Übelkeit und der Schwindel nachließen, schaffte sie es zurück zu ihrem Tisch, wo sie matt auf den Stuhl sank. Sobald sie saß, wurde sie wieder panisch. Wenn so etwas geschah, wenn sie nur *dachte*, dass sie Jude gesehen hatte, wie zum Teufel sollte sie dann über sie hinwegkommen?

»Was ist denn mit dir passiert?« Inge betrachtete sie genauer. »Du siehst aus, als hättest du einen Geist gesehen.«

»Habe ich auch«, sagte Cara. Die Farbe war gänzlich aus ihrem Gesicht verschwunden.

»Wie meinst du das?«

»Es war …« Cara schüttelte den Kopf. »Es war, als hätte ich Jude gesehen. Ich meine, da war jemand im Publikum. Es war Jude. Für mich. Aber sie war es nicht, das weiß ich.« Sie war froh, dass es offensichtlich noch einen Schimmer Vernunft in ihr gab.

»Jude?« Alice verzog das Gesicht. »Oh mein Gott. Jetzt schon?«

Das war nicht die Reaktion, die Cara erwartet hatte. Sie hatte erwartet, dass ihre Freunde ihr sagen würden, sie solle sich mal durchchecken lassen. »Was …«

Myra legte ihr eine Hand auf den Arm. »Liebes«, sagte sie. »Es tut mir leid. Das hätte nicht passieren sollen. Du hättest sie nicht vor morgen sehen sollen.« Sie warf Inge einen wütenden Blick zu. »Warum hast du uns überhaupt hierher gebracht? Hast du nicht gewusst, dass das so kommen musste?«

»Genau!«, sagte Inge. »Gib mir die Schuld! Woher sollte ich wissen, dass sie in einer Stadt, in der sie nichts zu suchen hat, in einer Bar abhängt. Ihre Konferenz morgen ist kilometerweit weg. Sollte sie nicht in ihrem Hotelzimmer sein und sich ausschlafen?«

Cara wollte sie anschreien. Sie wollte, dass sie die Klappe hielten. Und dass sie ihr bitte endlich sagten, was los war, selbst wenn das hieß, dass sie schließlich doch übergeschnappt oder in einer bizarren Folge von *Twilight Zone* für Liebeskranke gelandet war. Doch ihre Stimme war weg. Sie öffnete den Mund, aber es kam nichts heraus.

»Könntet ihr zwei für einen Moment mit dem Hickhack aufhören?«, fragt Alice. »Cara sieht wirklich nicht so gut aus.«

»Lasst mich mal.« Myra holte ein Taschentuch aus ihrer Handtasche, tauchte es in ihren Eistee und begann, Caras Stirn damit abzureiben.

Inge schüttelte den Kopf. »Ich verstehe nicht, wie Eistee in ihrem Gesicht ihr guttun sollte.«

»Es ist das Nächstbeste, was ich statt Wasser zur Verfügung habe«, sagte Myra. »Und es wird schon gehen. Eine Mutter zu sein, wird dich auch lehren, kreativ zu sein, keine Sorge.«

Nachdem sie Caras Stirn befeuchtet und ganz klebrig gemacht hatte, klopfte sie ihr auf die Wange. Das erfüllte seinen Zweck. Cara wachte aus ihrem Tagtraum auf und fand ihre Stimme. Sie schob Myras Hand fort.

»Hör auf, mich zu schlagen!« Sie atmete tief ein und langsam wieder aus. »Kann mir jetzt irgendjemand sagen, was zum Teufel hier los ist?«

»Die Frau, die du gesehen hast, war wahrscheinlich wirklich Jude«, sagte Inge.

»Wie? Was?« Cara schüttelte den Kopf. »Ihr wisst, dass ich an Zufälle glaube, aber sogar ich ziehe irgendwo die Grenze. Warum seid ihr nicht mehr überrascht, sie hier zu finden?«

»Weil wir deswegen hier sind«, erläuterte Alice. »Wir sind hier, weil sie hier ist.«

»Ich … ich verstehe es nicht.« Cara wischte sich über die Stirn.

»Lass mich erklären«, sagte Myra.

»Bitte«, sagte Cara. »Und lass kein Detail aus.«

Myra sagte: »Inge, gib mir die Broschüre.« Inge reichte sie ihr schneller, als eine OP-Schwester dem Arzt das Skalpell. Myra faltete das bunte Blatt auf. »Sieh mal.« Sie breitete es auf dem Tisch aus, damit Cara es sehen konnte.

»Willkommen«, las Cara, »zum neunten alljährlichen Niederländischen Literaturfestival.«

»Das Festival ist bekannt und zieht viele Besucher an«, sagte Alice. »Es beginnt morgen. Jedes Jahr findet es in einer anderen Stadt statt und hat unterschiedliche Themen. Das Thema dieses Jahr ist …«

»Sag es mir nicht«, unterbrach Cara. »Dieses Jahr geht es um Kinderbücher.«

Myra nickte. »Wir haben in der Zeitung gelesen, dass sie teilnimmt, also dachten wir, wir machen einen kleinen Ausflug zusammen, haben Spaß, gehen auf das Festival und hoffen, dass Jude und du einander begegnen und dass … naja …«

»Dass die Dinge ihren Lauf nehmen würde«, fügte Inge hinzu.

Es war das erste Mal in ihrem Leben, dass Cara wirklich nicht wusste, was sie mit ihren Schwestern tun sollte – sie umarmen oder ihnen die Köpfe einschlagen.

»Das kann ich jetzt nicht.« Sie stand auf und ging davon. »Nicht!«, sagte sie, als sie aus dem Augenwinkel sah, wie Alice und Inge aufstanden, um ihr zu folgen. »Kommt mir nicht nach. Ich brauche nur ein bisschen frische Luft. Bin gleich wieder da.«

Sobald sie auf der Straße war, wo sie immer noch ein wenig von der Musik hören konnte, beruhigten sich ihren Nerven etwas. Sie atmete tief ein, die kalte Luft ließ sie keuchen.

Sie hatte nie geraucht, doch sie wünschte, sie hätte in diesem Moment eine Zigarette gehabt. Es wäre passend gewesen für diese spezielle Szene in dem seltsamen Stück, das sie anscheinend aufführten.

Hinter ihr schwang die Tür auf – ein Strom aus Hitze und Musik floss heraus und wurde wieder von der sich schließenden Tür gedämpft. Sie machte sich nicht die Mühe, sich umzudrehen, denn sie nahm an, dass, wer auch immer herausgekommen war, an ihr vorbeigehen und seinen Weg fortsetzen würde. Doch niemand ging an ihr vorbei. Deshalb drehte sie sich um, in der Erwartung, Inge dort zu sehen. Oder Alice. Oder beide.

Doch sie waren es nicht. Es war nicht Inge. Oder Alice.

»Von allen Bars …«, sagte Jude sanft hinter ihr.

Da war sie. Jude. Sie war alles – Cara erkannte das nun. Sie war Wasser und Nahrung, Regen nach einer Dürre, sie war die Linderung nach dem Schmerz – ein Trugbild, ein Schicksal.

Sie zuckte die Schultern. »Ich glaube nicht an Schicksal.«

Judes weicher Blick fand ihren. »Vielleicht solltest du.«

Cara schüttelte den Kopf. »Das Schicksal sind eigentlich meine loyalen, aber verblendeten Schwestern, die das hier inszeniert haben.«

Jude zitterte, es erinnerte Cara an die Nacht, als sie sich auf der Brücke geküsst hatten. Sie wünschte, sie hätte die Macht, alles andere auszulöschen, was nach diesem Moment gekommen war – sie flehte die Götter um eine Chance an, es noch einmal versuchen zu dürfen und diesmal richtig.

Jude stieß mit der Schuhspitze ein Steinchen fort. Ihr Haar fiel ihr ins Gesicht – sie schob es sich hinter die Ohren, und obwohl Cara das sicher schon Hunderte Male gesehen hatte, entfachte diese einfache Geste ihr brennendes Verlangen.

»Sie haben das inszeniert?«, fragte Jude. »Hast du ihnen nicht gesagt, dass dieses Ding zwischen uns aus und vorbei ist?«

Dieses Ding. Autsch. Cara zuckte zusammen. »Habe ich«, sagte sie, »aber sie sind Sturköpfe. Sie können nicht glauben, dass ich dumm genug war, dich gehen zulassen.«

»Ich verstehe. Also, warum hast du?«

Cara ließ ihre Schultern hängen. »Auf diese Frage gibt es viele Antworten, Jude, aber die, die der Wahrheit am nächsten kommt, ist, dass ich eine Idiotin bin.«

Jude schüttelte den Kopf. »Das bist du nicht.«

»Oh, das bin ich sehr wohl.«

»Du hast Angst bekommen«, sagte Jude.

Cara nickte.

»Ich glaube, auf gewisse Weise ging es mir genauso.«

»Und warum haben wir uns das nicht gesagt?«

»Weil wir beide Idiotinnen sind, vielleicht?«

»Vielleicht«, sagte Cara. Sie hielt inne. »Alle sagen mir, dass ich in ungesunden Verhaltensmustern feststecke.« Sie zuckte mit den Schultern. »Ich weiß nicht, sie haben wohl recht.«

»Sind das dieselben Menschen, die dir sagen, du sollst nicht bei Ikea einkaufen?«

Cara grinste, dann erinnerte sie sich an etwas. »Oh!«, sagte sie. »Ich habe deinen Rat befolgt. Ich habe Kissen gekauft. Und Zimmerpflanzen.«

Jude lächelte. »Wirklich? Und?«

»Du hattest recht. Sie haben die Wohnung hübscher gemacht.«

»Toll«, sagte Jude. »Ich würde es gern mal sehen.«

Cara wusste nicht, ob sie nur nett war. Sie konnte auch nicht herausfinden, ob die Schlussfolgerung, dass sie beide Idiotinnen waren, für Jude den Abschied bedeutete. Sie hielt sie für die Art von Mensch, die darauf bedacht war, dieselben Fehler nicht zu wiederholen. Außerdem waren Monate vergangen. Jude hatte ein neues Buch geschrieben, vielleicht hatte sich auf anderer Ebene ebenfalls etwas getan. Vielleicht blieb ihnen nichts mehr, außer sich alles Gute zu wünschen. Ihre Handflächen wurden schwitzig, trotz der Kälte.

»Also, wie ist es dir ergangen?«, fragte Cara. »Du siehst sehr gut aus. Ich habe dich nie in einem Kleid gesehen.«

»Das haben nur wenige.« Jude musterte sie. »Du siehst auch gut aus. Wunderbar sogar. Ich mag deine Haare.«

»Manchmal versuche ich, mir dein Gesicht vorzustellen«, sagte Cara, »und kann es nicht.«

Jude sagte nichts.

»Und …«, sagte Cara.

Die Tür der Bar öffnete sich. Zwei junge Männer kamen heraus. Einer von ihnen machte einen Schritt auf Cara zu, doch bevor er den Mund öffnen konnte, packte sein Freund ihn am Ärmel und zog ihn fort. Die beiden mussten sich anstrengen, die Balance nicht zu verlieren.

»Was wolltest du sagen?«, fragte Jude, als die Männer außer Hörweite waren.

»Ich … ähm … habe mich nur gefragt …«, Cara räusperte sich, »… ob es dir gut geht. Ob du … du weißt schon … glücklich bist. Wenn ich … dich das fragen darf. Ich hoffe wirklich, dass du es bist. Ich denke mal, du triffst dich mittlerweile mit jemand anderem.«

Okay, das war direkt. Cara scherte es nicht. Schließlich war es am besten, alles zu riskieren, wenn man nichts mehr zu verlieren hatte.

Jude schüttelte den Kopf. »Nein. Niemanden. Es gibt keine Neue. Oder Alte. Ich dachte, ich gönne mir eine Pause von der Liebe. So ungefähr für den Rest meines Lebens. Wie steht es mit dir?«

Cara sah zu den Sternen auf und überlegte sich ihre Antwort. »Würdest du mir glauben, wenn ich dir sagte, dass ich einem Kloster beigetreten bin?«

»Wirklich? Du weißt, was die Nonnen so treiben sollen, wenn es dunkel wird, oder?«

Cara schüttelte den Kopf. »Nein. Was?«

»Vergiss es.«

»Wie geht es Zoe?«

»Gut. Besser. Sie benimmt sich sogar ganz gut.«

»Was ist geschehen?«

»Ich denke, es war größtenteils … die gute Erziehung.« Jude schlug sich selbst auf die Schulter. »Und Unmengen an Bestechungsgeschenken.« Sie lächelte kurz. »Oder vielleicht ist der Bann einfach gebrochen. Es war wohl nur eine Phase. Eine wiederkehrende Phase, daran besteht kein Zweifel.«

Cara sah hinunter auf die Pflastersteine, die im Mondlicht glänzten. »Denke ich auch«, sagte sie. »Sag mal. Hasst du mich?«

»Was?« Jude schüttelte den Kopf. »Nein, natürlich hasse ich dich nicht.« Sie streckte die Hand aus, als wollte sie Caras Gesicht berühren, überlegte es sich aber doch noch einmal und zog sie zurück. »Ich könnte dich nie hassen«, sagte sie.

Cara war sich fast sicher, dass sie auf der Stelle sterben wollte, wenn dieses seltsame Treffen zu nichts weiter als einem freundlichen

Abschied führte. »Wenn es hilft«, sagte sie, »in der ganzen Zeit, in der wir getrennt waren, habe ich mich mies gefühlt.«

»Das hilft wirklich ein bisschen.«

Cara sah in den kalten Nachthimmel. Die Sterne zu betrachten, machte sie immer schwindelig. »Ich kann nicht glauben, dass wir uns wiedersehen«, sagte sie, »in dieser magischen Nacht. Hier. Ausgerechnet in Limburg.«

Jude lächelte. »Anstelle einer beleuchteten Knutschbrücke in Amsterdam.«

Cara nickte. »Du warst schon immer witzig.«

»Du auch. Das habe ich vermisst.«

»Wirklich? Was hast du noch vermisst?«, fragte Cara.

Jude zögerte.

Cara hatte Angst, dass ihr nichts einfiel.

Doch Jude wurde tatsächlich ein wenig rot, als sie sagte: »Nun … der Sex kommt mir da in den Sinn.«

»Kommt er«, stimmte Cara zu. »Eigentlich sogar fast täglich.«

»Wir haben so …«, Jude atmete tief ein, »… gut zusammengepasst, meinst du nicht?«

»Wir haben atemberaubend gut zusammengepasst«, antwortete Cara. »Wir schulden es …« Sie überlegte es sich anders. Das war kein angemessener Witz im Moment. Sie schüttelte den Kopf. »Vergiss es.«

»Nein, du hast absolut recht«, sagte Jude. »Wir schulden es … et cetera.«

Sie räusperten sich gleichzeitig, dann grinsten sie einander an.

»Weißt du, was ich noch vermisst habe?«, fragte Cara.

»Was?«

»Deine leckeren selbst gekochten Gerichte.«

Jude warf den Kopf zurück und lachte. »Das ist so gemein«, sagte sie.

Sie wurden still, zitterten in der Kälte. »Ich wünschte«, sagte Cara schließlich, »dass wir hätten reden können. Ich wünschte, wir hätten uns wenigstens die Chance dazu geben können.«

»Wir reden jetzt.«

Cara nickte.

»Was würdest du denn gern sagen?«

Sie hielt inne, wog ihre Chancen ab. »Nur, dass ich meinen rechten Arm für eine zweite Chance geben würde.«

Jude zog die Stirn kraus. »Was genau meinst du denn, hätte ich für eine Verwendung für eine einarmige Geliebte? Noch dazu eine Linkshänderin?«

Das Wort Geliebte sendete eine unerwartete Welle der Erregung durch Caras Körper, gerade weil es in Anbetracht ihrer Vorsicht so aus dem Zusammenhang gerissen war. Sie erschauderte.

»Also?«

Cara konnte nicht glauben, wie ruhig und spielerisch Judes Stimme klang, wenn sie auch hätte gehässig und anklagend sein können. »Eigentlich«, sagte Cara, »habe ich jetzt etwas mehr zu bieten.«

»Wirklich?«, fragte Jude. »Sag's mir, was hast du deinem ohnehin schon umwerfenden Lebenslauf hinzugefügt?«

»Jetzt flipp nicht aus, aber ich bin tatsächlich …«

»Was? Eine Drogendealerin? Eine Zeitreisende?«

»Lehrerin.« Sie wurde rot.

Jude riss die Augen auf. »Eine Lehrerin? Wie ist denn das passiert?«

»Es war einfach an der Zeit, denke ich. Ich habe es in Angriff genommen. Ich unterrichte Literatur. Und ich liebe es.«

»Das ist wunderbar«, sagte Jude. »Wow. Das ist so … passend. Wissen deine Schüler von deiner Sucht nach Liebesromanen?«

»Das ist ein gut gehütetes Geheimnis.« Cara lachte. »Und du … wow. Du hast auch etwas in Angriff genommen. Du hast ein neues Bunny-Buch geschrieben!«

»Das traurigste bis jetzt«, sagte Jude. »Hast du es gesehen?«

Cara nickte. »Myra hat es mir ins Gesicht gehalten, als wir auf dem Weg hierher in einer Buchhandlung haltgemacht haben.«

»Und?«

»Und gibt es eine Chance, dass du auch ein lustiges Bunny-Buch schreiben und mir widmen wirst? Oder ist das–«

»Ich werde nie wieder etwas schreiben, wenn ich nicht bald aus dieser Kälte herauskomme.« Jude zog ihren Mantel enger um sich. Ihr Atem formte kleine Wölkchen in der Luft. »Wir werden Folgendes tun«, sagte sie. »Ich übernachte in der Abtei.«

»Also gibt es wirklich eine? Ich dachte, meine Schwestern verarschen mich nur.«

Jude schüttelte den Kopf. »Nein, es gibt definitiv eine Abtei. Es ist sowohl ein Kongresszentrum als auch ein Hotel. Da habe ich mich eingebucht und werde morgen auch die Rede halten.«

»Rede«, sagte Cara beeindruckt. »Du wirst eine Rede halten.«

»Es ist ein schöner Ort. Ich habe mich gefragt, ob du mit mir dort etwas trinken möchtest.«

»Jetzt?«

»Ja, jetzt.«

Caras Herz schlug Purzelbäume. »Sehr gern«, sagte sie. »Ich brauche nur eine Minute, okay?« Sie deutete auf die Tür der Bar. »Meine Schwestern sind noch drin und ich muss ihnen sagen, dass ich nicht mit ihnen zurück ins Hotel gehen werde.«

»Vielleicht solltest du ihnen danken für ihre … Hilfe. Ich bin mir nicht sicher, ob wir das ohne sie hinbekommen hätten.«

Cara nickte. »Ja, ich denke, ihr absurder kleiner Plan hat bis zu einem gewissen Punkt geholfen.« Sie hielt inne. »Zwischen mir und ihnen ist eigentlich auch eine ganze Menge passiert. Das ist aber eine andere Geschichte. Warum treffe ich dich nicht in einer Stunde in deinem Hotel? Wir übernachten mitten im Stadtzentrum.«

Jude lächelte. »Heißt das, du hast so eine Art Ausgangssperre?«

»Nein«, sagte Cara. »Ich bin frei wie ein Vogel.« Sie hielt inne. »Klingt das überheblich?«

Jude schüttelte den Kopf. »Gar nicht.«

»Ich habe Angst, dass ich mich dir gegenüber nicht anständig verhalte«, sagte Cara plötzlich. Sie erstarrte, erschrocken über ihre eigenen Worte.

»Ich habe dich zu einem Schlaftrunk eingeladen, Liebes«, sagte Jude. »Ich habe dir nicht die Ehe angetragen. Lass uns einfach einen Drink nehmen, okay? Und dann machen wir von dort aus weiter.« Sie steckte Cara ein Stück Papier zu. »Das ist die Adresse des Hotels. Der Fahrer wird den Weg kennen.« Ihre Stimme war leicht rauchig. Vielleicht lag es an der Kälte. Aber vielleicht auch nicht. »Finde mich, okay?«, sagte sie. »Ich werde warten.«

Cara legte die Hand auf den Türgriff, bereit die Tür aufzudrücken.

»Und, und Cara …«

Cara drehte sich um. Jude machte einen Schritt auf sie zu, beugte sich vor und umarmte sie liebevoll.

»Ich habe dich so sehr vermisst«, flüsterte sie ihr ins Ohr.

Sie ging zurück in die Bar. Es war noch heißer als vorher und ihre Haut begann zu prickeln. Die Band machte eine Pause – die Bühne war leer bis auf die nun seltsam leblosen Instrumente.

Cara ging zu ihrem Tisch.

Ihre gesprächigen Schwestern sagten kein Wort.

Sie setzte sich nicht.

Sie sahen zu ihr auf.

»Und?«, fragte Myra endlich. »Hast du deine Zunge verschluckt?«

»Wir haben geredet«, sagte Cara. Sie legte beide Hände auf ihr Herz. »Ich danke euch so sehr, Leute.«

»Seht ihr?«, sagte Inge. »Ich habe euch doch gesagt, dass es funktionieren wird.« Sie beugte sich vor und streckte die Hand nach Myras Bauch aus.

»Liebes«, sagte Myra, »wir müssen uns wirklich über ein paar Grenzen verständigen. Du kannst mich nicht die nächsten acht Monate betatschen, wenn du dich über irgendetwas freust.«

»Sorry.« Inge grinste, wurde dann aber ernst. »Es ist nur, dass da drin unsere Tochter ist.«

Myra tätschelte ihre Schulter. »Ist sie, Liebes. Oder euer Sohn.« Sie drehte sich zu Cara um. »Und was jetzt?«

»Jetzt werde ich mich mit Jude in ihrem Hotel treffen. Und wir werden etwas zusammen trinken«

»Das war's mit unserer Mitbewohnerin«, sagte Alice. »Aber das ist okay. Ich bin sicher, wir werden ohne dich klarkommen. Und komm nicht zu spät nach Hause, Kleines«, frotzelte Alice weiter.

»Ich habe eine tolle Idee«, sagte Inge. »Warum lassen wir Cara nicht hier in Judes liebenden Armen und gehen nach Hause. Ich meine uns drei. Es macht mich fertig, Bart nicht von dem Baby erzählen zu können.« Sie streckte die Hand wieder nach Myras Bauch aus, überlegte es sich jedoch anders und zog sie zurück.

»Für mich geht das in Ordnung«, sagte Alice. »Warum sollen wir ohne Cara im Hotel bleiben?«

»Hey!«, protestierten Inge und Myra.

»Was?«, fragte Alice. »Wie viel Spaß bringt ihr schon? So sehr ich euch beide auch liebe, ihr habt bis jetzt nur geheult, gepinkelt und gekotzt. Ich habe schon gehört, dass es eine Flutwarnung geben soll.«

»Wir fahren auf keinen Fall mitten in der Nacht nach Hause«, sagte Myra. »Das ist meine letzte Chance für die nächsten achtzehn Jahre, die Nacht in einem Hotel zu verbringen, ohne eines meiner Kinder dabeizuhaben. Das werde ich nicht aufgeben. Und außerdem will ich morgen auf das Festival gehen. Ich denke, ich habe es mir so was von verdient, Jude Donovan die Hand zu schütteln.«

»Sie wird dort eine Rede halten«, sagte Cara stolz.

»Seht ihr?« Myra deutete auf niemanden im Besonderen. »Sie wird eine Rede halten.« Sie zwinkerte Cara zu. »Wenn nicht jemand heute Nacht dafür sorgt, dass sie morgen gar nicht mehr reden kann.«

»Wir werden nur was trinken«, sagte Cara. »Ich nehme später ein Taxi zurück ins Hotel, okay?«

»Wirklich?«, fragte Myra. »Liebes, du wirst in einer kalten Nacht Wein in einem romantischen Schloss aus dem dreizehnten Jahrhundert mit der Liebe deines Lebens trinken, und ich soll dir wirklich glauben, dass du zurückkommst, um die Nacht im Hotel mit *uns* zu verbringen?«

Sie gab dem Fahrer den Zettel mit der Adresse des Hotels.

»Die Abtei ist heute ein gefragter Ort«, sagte er. »Ich fahre irgendwie nur hin und her. Sind Sie eine von den Schriftstellern?«

»Bin ich nicht«, sagte Cara. »Nur ein Fan.«

»Ich verstehe«, sagte er und fuhr los. »Dann hoffe ich, dass Sie dort Ihr Glück finden.«

Cara sah in die dunkle Nacht hinaus und lächelte.

»Ich habe das Gefühl, das werde ich.«

KAPITEL 15

Achtzehn Monate später

»Ich habe tatsächlich Gänsehaut.« Inge streckte den Arm aus, damit Cara es sich ansehen konnte. »Siehst du?«

Cara warf einen kurzen Blick auf ihre Schwester, die neben ihr saß und sich heftig über die Arme rieb. Sie hatte sich für den Abend fein gemacht, trug ein lila Kleid über schwarzen Leggings. Ein buntes, mit Perlen besetztes Haarband hielt ihre widerspenstigen Haare zurück. Ihre Augen glänzten vor Aufregung. Ein Hauch von etwas ausgesprochen Festlichem umgab sie.

Myra, die neben Inge auf der anderen Seite saß, atmete laut aus. »Gänsehaut? Hier drin sind es wahrscheinlich hundertzwanzig Grad.« Sie riss die Augen auf. »Oder ist die Hölle der Menopause bereits über mich hereingebrochen?«

»Nicht von der Kälte habe ich die Gänsehaut.« Inge schaute sich um. »Sondern vor lauter Aufregung darüber, dass ich Jude Donovans Schwägerin bin.«

Myra lächelte, als sie zu Cara sah. »Ich weiß. Meine ist sie auch.«

Sie saßen in der ersten Reihe des Auditoriums – nicht, weil sie einen VIP-Status genossen, sondern weil sie als Erstes dort gewesen waren. Jude war irgendwo hinter der Bühne verschwunden, nachdem sie verschiedene Hals-und-Beinbruch-Wünsche ihrer Freunde, eine Umarmung von Zoe und einen so intensiven Glückskuss von Cara bekommen hatte, dass alle Zuschauer fast in Ohnmacht gefallen waren.

Sie hatten in der ersten Reihe gesessen, nur sie fünf, umgeben von Reihen leerer Stühle, die sich alle innerhalb der nächsten Stunde füllen würden, daran hatte Cara keinen Zweifel. Cara war mittlerweile mehr als gewöhnt daran, in der ersten Reihe von Hörsälen, Bibliotheken und Buchhandlungen zu sitzen. Es gab ihr immer das Gefühl, dass sie Jude irgendwie beschützte. Es war lächerlich, das wusste sie, aber wenn sie da saß, war sie wie ein Puffer – jeder mit den falschen Absichten musste zuerst an ihr vorbei.

Sie war nicht sicher, ob die Menschen sie erkannten – ab und zu erschienen Bilder von ihnen beiden in Magazinen oder im Internet. Doch Cara wusste sehr gut, dass die Menschen dazu tendierten, zu vergessen, wer am Arm einer berühmten Persönlichkeit hing, sofern derjenige nicht ebenfalls irgendwie interessant war. Und Cara Jong, die Lehrerin Schrägstrich Muse Schrägstrich Teilzeitmutter, war zwar hübsch, aber keine Schlagzeile wert.

Sie war glücklich mit ihrer Rolle im Hintergrund, obwohl Jude in jedem Interview von ihr sprach. Sie erwähnte Cara immer, nannte sie eine Inspiration, die Person, bei der sie sich fallen lassen konnte. Es brauchte eine Weile, bis Cara sich an so viel Lob gewöhnt hatte. Sie konnte nicht so ganz herausfinden, welches Gefühl stärker war, Stolz oder Verlegenheit, aber letztlich hatte der Stolz gewonnen. Sie hatte es sogar geschafft, ihre Schwestern zu ignorieren, wenn sie sie damit aufzogen, wie sie sich von der promiskuitiven Frau von Welt zu diesem hoffnungslos langweiligen Vorstadt-Hausmütterchen gewandelt hatte.

»Wir haben dich gebeten«, hatte Inge gesagt, »darüber nachzudenken, ein wenig mehr Stabilität in dein Leben zu bringen, nicht dich für alle Ewigkeit zu binden, ein Kind halbwegs zu adoptieren, dir einen Hund zuzulegen und es in das Schnarchfestival zu verwandeln, das es jetzt ist.«

»Der Hund war nicht geplant«, hatte Cara gesagt. »Obwohl wir ihn abgöttisch lieben.«

Sie lächelte, als sie erkannte, wie das Leben einem Dinge in den Schoß warf. Sie hatte nicht aufhören können, an den Labrador in

Almere zu denken, selbst nachdem sie mit dem Nachbarn gesprochen hatte. Sie hatte gewusst, dass sie weder in ihrem Apartment noch in ihrem Leben Platz für einen Hund hatte, und sich gezwungen, das Thema ruhen zu lassen. Doch da sie das Tier nicht aus dem Kopf bekommen hatte, war sie auf Spurensuche gegangen, um herauszufinden, was mit ihm geschehen war. Als sie hörte, dass die Tierrettung ihn in ein Tierheim gebracht hatte, wo seine Zukunft ungewiss war, hatte sie ihn abgeholt und noch am selben Tag mit nach Hause genommen. Von da an waren sie unzertrennlich gewesen.

Neben ihr rutschte Zoe ungeduldig auf ihrem Sitz hin und her. Cara war mit ihr das Protokoll durchgegangen. Für diese Art von Anlass hatten sie eine Reihe von Regeln zusammen aufgestellt. Obwohl sie und Jude Zoe selten zu einer Veranstaltung mitnahmen, die zu groß oder zu lang war, um von einem Kind ausgehalten zu werden, ohne sich hoffnungslos zu langweilen oder einzuschlafen. Sie strich dem Mädchen übers Haar. »Bist du aufgeregt?«, fragte sie.

»Wann kommt Mommy zurück?« Zoe sah mit hellen blauen Augen zu ihr auf.

»Das braucht noch eine Weile«, sagte Cara. »Sie wird dann nicht bei uns sitzen, sondern dort.« Cara deutete auf die Bühne, auf der die Leute von der Soundtechnik herumliefen, Mikrofone ausrichteten und wahnsinnig lange Kabel über den Holzboden schleiften. »Siehst du die Stühle dort?«, fragte Cara. »Mommy wird auf einem von denen sitzen. Eine andere Dame wird auf dem anderen sitzen und mit ihr durch das Mikrofon reden.«

»Was ist ein Mikrofon?«, fragte Zoe, doch sie konnte sich nicht dazu durchringen, auf eine Antwort zu warten. Sie beugte sich vor und sah Inge an. »Können wir später zu dir gehen und mit Silas spielen?«

»Nicht heute, Liebes«, sagte Inge. »Silas ist zu Hause bei seinem Daddy. Er schläft.« Inge verdrehte die Augen. »Wahrscheinlich schlafen sie beide.«

»Warum?«, fragte Zoe.

»Warum? Weil Onkel Bart ein wenig erschöpft ist.«

»Was ist mit Silas?«

»Silas ist auch erschöpft.«

»Warum?«

»Weil er ein Baby ist«, sagte Inge. »Babys müssen viel schlafen. So wachsen sie. Du hast auch die ganze Zeit geschlafen, als du noch ein Baby warst.«

»Habe ich nicht!« Zoe sah Cara hilfesuchend an.

»Das machen alle Babys«, sagte die. »Willst du deine Buntstifte haben?«

»Nein!« Zoe begann zu schmollen. »Wo ist Mommy jetzt?«

»Sie ist hinter der Bühne«, sagte Cara.

»Ich liebe das«, sagte Myra mit einem verträumten Ausdruck im Gesicht. »Hinter der Bühne! Das klingt, als würdest du eine Rocker-Schlampe daten.«

Cara zog die Stirn kraus. »Nennst du meine Lebenspartnerin eine Rocker-Schlampe?«

»Ähm«, machte Alice, »was ist das nur mit euch und diesem Lebenspartner-Geschwätz? Das ist so … unterwerfend. Es klingt, als hätte man eine Krankheit, die ständige Behandlung erfordert. Warum fällt euch kein besseres Wort ein?«

»Dafür gibt es eigentlich schon ein besseres Wort«, sagte Myra. »Ehefrau.«

»Das ist doch gar keine so schlechte Idee«, sagte Alice. »Warum heiratet ihr nicht einfach?«

»Oder zieht wenigstens zusammen«, warf Myra ein.

Cara schüttelte den Kopf. »Eigentlich«, sagte sie, »geht es uns gut. Es tut mir leid, euch zu enttäuschen, Leute, aber wir lassen die Dinge, so wie sie sind. Unser Arrangement funktioniert hervorragend.« Sie wandte sich wieder Zoe zu. »Jedenfalls«, sagte sie, »wird Mommy auf der Bühne sitzen. Es wird ganz still werden und Mommy wird aus ihrem Buch lesen. Genauso, wie sie das zu Hause macht. Und wenn sie mit Lesen fertig ist, wird die andere Frau ihr ganz viele Fragen stellen.«

Zoe riss die Augen auf. »Was für Fragen?«

»Fragen zu Mommys Buch.«

»Bunny!« Der Klang ihres Schreis, der durch den Saal hallte, ließ Zoe kichern und sie rief noch einmal.

»Das macht Spaß, oder?«, sagte Cara. »Aber jetzt musst du leise sein, okay?« Sie legte einen Finger an die Lippen. »Weißt du noch, was wir gesagt haben?«

Zoe nickte und legte ebenfalls einen Finger an die Lippen. Ihr Gesichtsausdruck wurde ernst, als sie an ihre wahnsinnig wichtigen Aufgaben erinnert wurde.

»Sie werden nicht über Bunny sprechen«, sagte Cara ihr. »Das machen sie ein anderes Mal, aber diesmal werden sie über Mommys neues Buch sprechen.«

Zoe sah sie verständnislos an.

»Das Buch, das *Was ist schon noch ein Tag* heißt. Erinnerst du dich?«

»Ich will mit Ede spielen«, erklärte Zoe und war plötzlich gelangweilt davon, erwachsen zu sein.

Cara nickte. »Vielleicht morgen, okay? Wir werden Tante Myra fragen, ob wir Ede mit in den Park nehmen und ein Picknick machen können.«

»Sicher«, sagte Myra. »Nehmt sie. Nehmt sie alle!«

»Yay«, flüsterte Zoe. Sie sah zu Cara auf, stolz darauf, die Regeln beachtet zu haben.

»Oh, Liebes.« Cara legte einen Arm um das Mädchen und zog sie an sich. »Du machst das so gut!«

Myra griff über Inge und tätschelte Caras Knie. »Ich könnte sogar überredet werden, Arend mitzuschicken, wenn du mich ganz lieb fragst.«

Cara schüttelte den Kopf. »Danke. Aber nein danke. Unser Picknick ist ein reines Mädchending.«

»Liebes«, sagte Myra. »Dein ganzes Leben ist ein Mädchending.«

Langsam füllte sich der Zuschauerraum. Man konnte ihn von beiden Seiten betreten und Cara drehte sich von der Bühne weg, um zu beobachten, wie zwei nicht abreißende Reihen von Teenagern die Stufen zu beiden Seiten des Raumes hinunterliefen und ihre Sitze einnahmen. Wenn sie so darüber nachdachte, war es witzig, wie Judes Publikum in etwas mehr als einem Jahr über eine Dekade gealtert war. Die Handlanger im Hasenkostüm waren verschwunden. Die schreienden Kleinkinder ebenfalls, die mit gekreuzten Beinen auf dem Boden saßen und atemlos zuhörten, wenn Jude sie durch ein weiteres von Bunnys Abenteuern begleitete, während die Eltern geduldig im Hintergrund warteten. Jetzt war sie auf eine ziemlich andere Gruppe von Menschen ausgerichtet – viel einschüchternder, oft mürrischer, scheu und verlegen, oder unangebracht laut, unsicher, vernarrt, voller Fragen und Kritik. Judes Roman hatte anscheinend die Grüblerischen unter den jungen Lesern angezogen, die Denker, die heimlichen Poeten.

Die Idee für *Was ist schon noch ein Tag* war durch Zufall entstanden, als Jude und Cara den Sci-Fi-Kanal geschaut hatten. Ohne zu ahnen, dass das Thema sie beide überhaupt großartig interessierte, hatten sie begonnen, über das Zeitreisen zu reden. Cara hatte sich gefragt, wie es wohl wäre, wenn man in seinem Leben vor- und zurückspringen könnte, um sein älteres Ich um Rat zu fragen und Entscheidungen zu treffen, wenn man das Ergebnis schon kennt.

Bevor sie es sich versahen, hatte Jude den ersten Entwurf fertiggestellt – eine wilde Zeitreise eines Teenagers. Sie brauchte einige Monate, um das Manuskript zu erstellen, doch zu diesem Zeitpunkt war sowohl Jude als auch ihrem Agenten klar, dass dieses Buch das Zeug zum großen Erfolg hatte. Jude, die schon seit Jahren eine ziemlich erfolgreiche Autorin war, erkannte, dass sie nicht gewusst hatte, was wahrer Erfolg war. Sie wurde zum Star, zu einer Heldin für junge Erwachsene.

»Alles, was ich getan habe«, hatte sie in vielen Interviews nach der Veröffentlichung gesagt, »habe ich schon immer gemacht – ich helfe den Kindern, mit den erschreckenden Geheimnissen des Lebens auf eine Art klarzukommen, die sie verstehen, egal ob sie vier oder sechzehn sind.«

Die jugendlichen Leser wurden zu Anhängern. Jude kannte sich mit Bewunderung aus, doch während die Kleinen Bunny geliebt hatten, waren die Jugendlichen mehr an ihr, der Schriftstellerin interessiert.

Es gab natürlich den Druck, einen zweiten Teil zu schreiben, doch diese Belastung gehörte einfach dazu. »Druckedidruck«, sagte Cara. »Zweiter Teil, teilte zwei.« Jude boxte sie, was genug war, um den Druck von ihr zu nehmen. Sie waren schon lange nicht mehr darüber erstaunt, wie oft das einfach genug war, um ein Problem zu lösen – ein dummer Witz und ein spielerischer Klaps. Es schien, als hatten sie die ganze Zeit dasselbe gewollt. Was immer im Weg stand, waren die Vertrauensprobleme, die Annahme, dass alles schiefgehen würde, doch wenn sie es dann ausprobierten, eigentlich ziemlich glattging. Es half, dass sie darauf achteten, nicht zu sehr aneinanderzukleben, und dass sie dem anderen das Recht auf seinen Freiraum und seine Entfaltung gaben. Sie waren immer füreinander da, aber als zwei eigenständige Wesen, und nicht als eine Art zusammengewachsener Zwilling. Es war die Art von Bindung, von der sie beide geträumt hatten, die Art, die sich für Cara in Judes Halskette widerspiegelte, die sie auf ihrem allerersten Date angehabt hatte.

»Das sind alles Mädchen.« Alice verzog den Mund, als sie die Menge sah, die allmählich die Reihen füllte. »Ich habe euch gesagt, dass das passieren würde. Sie hätte ihr Publikum verdoppeln können, wenn sie nicht darauf bestanden hätte, diese Sache durchzuziehen.«

›Diese Sache‹ war Alice' bevorzugte Anspielung auf eine entscheidende und ergreifende Szene des Buches, in der die achtzigjährige Protagonistin ihrem sechzehnjährigen Ich erzählt, dass sie lesbisch ist und dass es sehr wichtig für ihre Zukunft sein würde, sich jetzt zu outen.

»Wir sind eigentlich ziemlich stolz auf ›diese Sache‹«, sagte Cara.

Alice zuckte mit den Schultern. »Ich sage nur, dass sie jetzt eine lesbische Autorin ist. Das ist ein Label, das sie nie wieder loswird. Nie wieder.«

»Auf das Label sind wir auch stolz«, sagte Cara.

»Ich persönlich finde ja diese kleinen Lesben ganz niedlich.« Inge wippte auf ihrem Stuhl. »Und die Gothics auch.«

»Und sie alle sind in Jude verliebt«, sagte Myra.

»Was haben diese Gothics überhaupt?« Alice sah fasziniert dabei zu, wie ein komplett in Schwarz gekleidetes Mädchen mit gepierctem Gesicht sich ans andere Ende ihrer Reihe setzte.

»Was alle in diesem Alter haben«, sagte Myra. »Angst.«

»Und warum gab es die dann nicht, als wir jung waren? Wir hatten auch Angst!«

»Es gab sie.« Cara lächelte. »Sie kamen nur nicht so oft heraus.«

In weniger als einer halben Stunde war der Saal voll, alle zweihundertfünfzig Sitze waren besetzt. Die Bühne war mittlerweile auch fertig, zwei Ledersessel, eine große Topfpflanze und ein Tisch voller Wasserflaschen waren aufgestellt worden.

»Wann geht der Film los?«, fragte Zoe. Sie deutete auf die Leinwand am Ende der Bühne. Darauf war eine Lichtshow zu sehen, die vielleicht oder vielleicht auch nicht echte Aufnahmen der Nordlichter zeigte.

»Es gibt keinen Film«, erklärte Cara ihr. »Oder nur einen ganz kurzen, in dem Mommy zu sehen ist.«

»Mommy ist nicht in dem Film!« Zoe schüttelte den Kopf über so viel Unwissenheit.

»Aber sie ist eindeutig ein Star«, sagte Alice.

Zoe, die Alice nicht wirklich leiden konnte, streckte ihr die Zunge raus.

Als die Lichter gedimmt wurden, fühlte Cara die Angst, die immer kurz vor einem Interview in ihr aufstieg. Jetzt war es schlimmer – sie war sich nicht sicher, ob Jude je vor so vielen Menschen gesprochen hatte. Manchmal, genau in solchen Momenten, dachte Cara sehnsüchtig an die Zeit davor zurück, als es nur Bunny gab. Als alles so einfach war, trotz ihrer anfänglichen Angst vor den Kleinen. Cara bewunderte die Leichtigkeit, mit der Jude diese völlig andere Position bei ihren Lesern anscheinend eingenommen hatte. Und nicht nur bei ihren Lesern. Sie hatte nun auch eine andere Stellung als Autorin – es war fast so, als hätte sie mehr Verantwortung, als würde das, was sie zu sagen hatte, mehr bedeuten als vorher.

Cara, die Teil des Autorenlebens war, aber noch ein Zuschauer blieb, hatte sich langsamer mit den Veränderungen abgefunden und war dabei auch nie so überzeugend gewesen. Sie würde es mit einem Umzug vom Land in die große Stadt vergleichen – es war lauter, hektischer und viel stressiger. Andererseits wurde sie dafür auch reichlich belohnt.

Cara war so in ihren Gedanken vertieft, dass erst der Applaus sie darauf aufmerksam machte, dass Jude die Bühne betreten hatte. Cara konnte geradezu sehen, wie Jude in ihre Rolle schlüpfte. Sie verwandelte sich nicht in jemand anderen – sie war immer Jude, sogar in der Öffentlichkeit, aber mit mehr Ecken und Kanten. Sie saß gerader, sprach ein wenig nobler, lächelte öfter und war viel geduldiger, beantwortete Fragen, die sie schon hundert Mal zuvor gehört hatte, als wäre es tatsächlich das erste Mal, dass man sie ihr stellte.

Cara war sich nicht wirklich sicher, in welcher Beziehung sie zu Jude stand, wenn diese in offizieller Funktion als Schriftstellerin auftrat. Cara war ihre Lebensgefährtin, doch ein Schleier von etwas

Undurchdringlichem lag bei solchen Anlässen auf Jude. Es war fast so, als würde sie eine Art Kostüm tragen. Cara lächelte. Kostüme schienen eine wichtige Rolle in ihren Leben zu spielen – Santa, Bunny und nun das unsichtbare Kostüm der Star-Autorin.

Jude trank einen Schluck Wasser, als die Interviewerin sich räusperte und dann ihre erste Frage stellte. Jude lächelte und stellte ihr Glas ab.

»Eine Muse denke ich«, sagte sie. »Zumindest für mich. Jede gute Geschichte beginnt damit, dass meine Muse mir etwas ins Ohr flüstert. Von diesem Moment an ist es dann einfach nur noch harte Arbeit. Man muss sich dann hinsetzen und es fertigmachen.«

Sie setzte sich aufrechter hin. Cara lächelte, sie wusste, dass Jude strahlen würde. Und obwohl sie es liebte, Jude so selbstbewusst und so erfolgreich zu sehen, konnte sie nicht umhin, daran zu denken, dass sie in drei Stunden zu Hause sein und Zoe ins Bett bringen würden, um sich dann mit einem Glas Wein im Dunkeln aneinanderzukuscheln.

Diese Stunden, in denen sie all ihre Kostüme auszogen, würden ihr immer die liebsten sein.

Über Hazel Yeats

Hazel Yeats lebt in den Niederlanden, dem Land der flachen Köge, blühenden Landschaften und des vielen Wassers. Schon in jungen Jahren wusste sie, dass sie schreiben wollte, doch es sollte noch Jahrzehnte dauern, bis es endlich ein Roman wurde. Von da an gab es dann kein Zurück mehr – sie war Feuer und Flamme.

Wenn sie sich nicht in ihrem Hauptberuf abrackert, fährt sie Rad, trinkt Cappuccino oder macht sich die Hände in ihrem Gemüsebeet schmutzig. Und sie singt, in einem nicht wirklich ambitionierten Chor. Man würde sie nicht für einen Sopran halten, doch sie ist einer.

KONTAKT:

E-Mail: hazelyeats@outlook.com

Ebenfalls im Ylva Verlag erschienen

www.ylva-verlag.de

Eine Diebin zum Verlieben

Ina Steg

ISBN: 978-3-95533-809-1
Umfang: 246 Seiten (65.000 Wörter)

Robin ist eine Diebin, doch wie ihr Namensvetter verteilt sie ihre Beute an Bedürftige.

Obwohl Kriminaltechnikerin Hanna sie verdächtigt, ein wertvolles Buch gestohlen zu haben, ist das Knistern zwischen den beiden Frauen nicht zu leugnen. Während Hanna damit hadert, Robins Schuld beweisen zu müssen, verstrickt diese sich zunehmend in Lügen.

Kann es in diesem Katz-und-Maus-Spiel überhaupt Gewinnerinnen geben?

Wie ein neues Leben

Ein lesbischer Liebesroman

Lois Cloarec Hart

ISBN: 978-3-95533-220-4
Umfang: 378 Seiten (104.000 Wörter)

Jan hat es sich zur Aufgabe gemacht, ihren an MS erkrankten Ehemann Rob zu pflegen, der sich als ehemaliger Kampfflieger nur schwer mit seinem Schicksal abfinden kann. Durch Zufall tritt eines Tages Terry in ihr Leben. In kürzester Zeit stellt die junge Postbotin, die von einer Karriere als Schriftstellerin träumt, das Leben von Rob und Jan auf den Kopf.

Unwegsame Pfade

Caren J. Werlinger

ISBN: 978-3-95533-530-4
Umfang: 370 Seiten (91.000 Wörter)

Jules hatte es nie erwarten können, ihrer Heimatstadt zu entfliehen. Jetzt, als sie zur Beerdigung ihres Großvaters zurückkehrt, wird sie von einer Flut von Erinnerungen gequält.

Ihre Partnerin Kelli spürt, wie Jules ihr entgleitet, und wendet sich an Donna – Jules' Vertraute und Ex. Vergangenheit und Gegenwart kollidieren, und Jules findet sich erneut auf unwegsamen Pfaden.

Die Tote im Marschland

Ein Fall für Kate Brannon

Andrea Bramhall

ISBN: 978-3-95533-740-7
Umfang: 281 Seiten (90.000 Wörter)

Eine Frauenleiche wird an einem Küstenweg in Norfolk gefunden – erschossen durch die Linse ihrer Kamera.

Kate Brannons Ermittlungen führen in die Abgründe eines Fischerdorfs, das eingesponnen ist in ein Netz von Lügen. Kate weiß nur eins: Hier ist niemand das, was er zu sein behauptet. Auch Georgina nicht, zu der Kat sich hingezogen fühlt.

Demnächst im Ylva Verlag

Ein Happy End kommt selten allein

Jae

13 Kurzgeschichten für jede Stimmung, von romantisch bis erotisch, von witzig bis gefühlvoll.

Die Kurzgeschichtensammlung enthält:

Blind Date im Bücherwald
Der Weihnachtsmuffel
Die Liebesroman-Wette
Die Mitternachtscouch
Die Weihnachtselfe
Dress-tease
Neue Saiten
Pasta Amore
Sex Sells
Sonderfahrt an Heiligabend
Umzugsfieber
Verführung für Anfängerinnen
Weihnachtsfrauen küssen besser

Bibliografische Information der Deutschen Bibliothek
Die Deutsche Bibliothek verzeichnet diese Publikation in der Deutschen Nationalbibliografie; detaillierte bibliografische Daten sind im Internet über www.dnb.de abrufbar.

1. Auflage
Taschenbuchausgabe Februar 2018 bei Ylva Verlag, e.Kfr.

ISBN: 978-3-95533-938-8

Dieser Titel ist auch als E-Book erschienen.

Übersetzung: Nino Delia
Lektorat: Kerstin Thürnau und Andre Fries
Coverdesign: Streetlight Graphics

Kontakt:
Ylva Verlag, e.Kfr.
Inhaberin: Astrid Ohletz
Am Kirschgarten 2
65830 Kriftel
Tel: 06192/9615540
Fax: 06192/8076010
www.ylva-verlag.de
info@ylva-verlag.de
Amtsgericht Frankfurt am Main HRA 46713

10698228R00129

Printed in Germany
by Amazon Distribution
GmbH, Leipzig